D. C. ODESZA

KEIN LIEBESROMAN

SEHNSÜCHTIG *Gefangen*

- LE SECOND VOLUME -

EROTISCHER ROMAN

E-MAIL
d.c.odesza@gmail.com

FACEBOOK
www.facebook.com/d.c.odesza

1. Auflage, August 2014

Umschlaggestaltung © My Bookcovers
Foto © conrado / Valua Vitaly /
Dragana Gerasimoski – fotolia.com
SW Korrekturen e. U. – swkorrekturen.eu

ISBN-13: 978-1500868970
ISBN-10: 1500868973

Zwischen Geborgenheit und Freiheit
liegt das Land der Sehnsucht.

- KARL FELDKAMP -

Hinweis:

In meinen Romanen werde ich, bis auf wenige Passagen, auf Verhütungsmittel verzichten – was jedoch nicht heißen soll, dass sie im realen Leben nicht wichtig sind!

Nur leider kommt es häufiger als gedacht vor, dass Leser einen fiktiven Roman mit der Realität verwechseln.

1. KAPITEL

Prüfend, ob mein Outfit für den Ausflug auch richtig sitzt, drehe ich mich einmal vor dem Spiegel. Meine Hochsteckfrisur sitzt perfekt, das helle Sommerkleid gibt nicht zu viel Preis, um missbilligende Blicke auf mich zu ziehen, und die Schuhe haben einen akzeptablen Absatz.

Heute ist Sonntag, und meine Kunden wollen mich mit Jane durch Dubai führen, damit wir mehr als nur die Villa und wilde Stripclubs kennen lernen. Mit den Fingerspitzen fahre ich über mein Armband, blicke flüchtig auf die Uhr, als es schon an meiner Tür klopft und ich lächeln muss. Diesen Tag habe ich frei und kann es kaum erwarten, ihn zu genießen, ohne von Gideon, Lawrence oder Dorian beansprucht zu werden.

»Du darfst gerne eintreten«, rufe ich, bevor ich nach meinem hellen Sonnenhut und meiner großen Sonnenbrille greife, die ich mitnehmen möchte, um mir in der Hitze keinen Sonnenstich einzufangen.

Keine zehn Sekunden später steht Dorian neben mir und mustert mich von oben bis unten. »Bist du so weit?«

»Sicher.«

Warum ist er nicht bei Jane? Aber es braucht mich nicht zu interessieren. Wie ein Gentleman in einem grauen Anzug mit einem weißen Hemd bietet er mir seinen Arm an und nickt zur Tür.

Unten in der Eingangshalle erwarten mich bereits Gideon, nur in einem schwarzen T-Shirt und – oh – kurzen schwarzen Hosen, sodass ich seine Waden sehen kann, und Jane in einem mintgrünen Kleid, die mit Gideon in ein Gespräch vertieft ist. Bevor ich sie verstehen kann, beenden sie die Unterhaltung und blicken zu mir auf.

»Ganz in Weiß?«, fragt Gideon und hebt eine Augenbraue, bevor er seine Sonnenbrille auf die Nase setzt und sein Blick an mir vorbeiwandert.

»Ich weiß, du magst kein Weiß, aber es gestaltet sich äußerst schwierig, den Geschmack von euch dreien zu treffen.«

»Wenn, dann musst du dich nur kleiden, wie ich es möchte«, höre ich hinter mir und blicke über die Schulter. Lawrence kommt in einem ebenfalls lockeren Outfit, in T-Shirt und Bermudas, die Treppen herunter. »*Ich* habe dich gebucht, nicht Gideon.«

»Wie könnte ich das vergessen«, bemerke ich zynisch.

»Sei heute freundlich. Auch wenn du frei hast, wirst du die Konsequenzen, wenn du dich nicht benimmst, in den nächsten Tagen zu spüren bekommen.«

Ich senke meinen Blick und lächle dem Fliesenboden entgegen. »Wie mein Galan wünscht.« Schon steht Lawrence neben mir.

»Du gefällst mir heute, Kätzchen.« Bei der Bemerkung »Kätzchen« verfinstert sich kurz mein Gesicht, weil ich heute nicht *sein* Kätzchen sein will. Nein, heute freue ich mich auf den Ausflug, um meiner Schwester und Luis davon berichten zu können und nicht nur Fotos vom Pool der Chevaliers und dem Meer machen zu müssen.

Lawrence gibt mir einen Kuss auf die Lippen, dann gehen wir zur Limousine und steigen ein. Ich bin sehr gespannt, was sie für den Tag geplant haben, weil sie nichts verraten wollen. Typisch! Sie machen zu gern ein Geheimnis aus allem.

Nach einer kurzen Fahrt durchs Zentrum Dubais hält die Limousine und nicht weit von uns entfernt ragt eine imposante weiße Moschee in den blauen wolkenlosen Himmel auf, die ich durch die verdunkelten Scheiben mustere.

Dabei bemerke ich, wie ich die Blicke der anderen auf mich ziehe, aber mich interessieren nun mal architektonische Kunstwerke, während Jane dem Gebäude etwas misstrauisch entgegenblickt.

»Werden wir dort reingehen?«, fragt sie und verzieht ihren Mund, als sei sie von der Idee nicht begeistert.

»Deine Begeisterung ist kaum zu übersehen, Liebes«, bemerkt Lawrence und lacht. Schon werden die Türen geöffnet und wir steigen aus. Aber meine Begeisterung für das weiße Gebäude ist auf jeden Fall – trotz Sonnenbrille – auf meinem Gesicht zu sehen.

»Wir haben zwei Stunden Zeit, sie zu besichtigen, danach ist der Zutritt ab zwölf nur Muslimen gestattet«, bemerkt Gideon und schaut mir mit einem Grinsen entgegen. »Ich hoffe, die Zeit reicht dir aus.«

Mein Blick verfinstert sich. »Sicher. Ihr kennt das Gebäude bereits, oder?«, frage ich, weil ich auf Lawrence', Dorians und Gideons Gesichtern nicht die gleiche Faszination entdecken kann, wie ich sie ausstrahle. Lawrence zuckt belanglos die Schultern, während Dorian zu den Minaretten aufblickt.

»Bis in jeden Winkel.« Seine Gesichtszüge ändern sich in ein süffisantes Lächeln, bevor er Jane an seine Seite zieht und ich von Gideon und Lawrence umringt werde.

Zwischen den vielen Touristen fallen mir sehr schnell die Muslime auf, deren Frauen komplett in Schwarz verhüllt neben ihren Freundinnen oder Männern laufen. Ich ahne bereits, das Gebäude nicht ohne ein Tuch betreten zu dürfen, was sich am Eingang bestätigt. Jede Touristin muss sich ein Tuch aus dem Korb nehmen und es sich über ihr Haar binden.

»Hier, es wird dir sicher stehen, Kleines«, bemerkt Gideon und reicht mir ein schwarzes Tuch.

»Wie liebenswürdig.«

»Benimm dich, Schatz, und binde es dir über die Haare«, sagt Lawrence und stößt mich unauffällig an.

»Ich benehme mich doch und bin euch sehr dankbar, kein Tuch mit quietschbunten Mustern tragen zu müssen.«

»Das halten wir bereit, falls du nicht gehorsam wirst. Die Muslime werden ihre wahre Freude haben.«

Ich besehe Lawrence' Bemerkung bloß mit einem scharfen Blick, als Jane ebenfalls dem Tuch skeptisch entgegenblickt, aber es kurz darauf über ihr Haar bindet.

Ich nehme es aus Gideons Hand, setze den Hut ab und verstaue meine Sonnenbrille in der Handtasche. Ich bin nicht religiös, aber um dafür in die Moschee zu kommen, werde ich auch das in Kauf nehmen.

»Müsst ihr nicht diese kleinen Hütchen tragen?«, fragt

Jane und meine gelassene Miene geht in ein belustigtes Lachen über – weil sie recht hat. Lawrence mit einer Takke zu sehen, würde mir den Besuch in dem Gebäude ungemein verschönern.

»Es ist optional«, antwortet ihr Dorian.

»Das ist gemein. Wer denkt sich sowas aus? Die ganzen Feministen sollten dageg…«

»Sch, sei leise«, ermahnt sie Dorian. »Binde dir das Tuch einfach um. Einverstanden, Liebling?«

»Langsam wird Jane immer mehr wie Maron«, bemerkt Lawrence und lacht, während ich ihm fast zustimmen muss.

»Daran ist nichts verkehrt, ansonsten würde sie sich alles von euch gefallen lassen.«

Gideon schiebt seine Sonnenbrille zurück und schüttelt bloß den Kopf. »Ich weiß, dass du es liebst, wenn wir dich zu dritt fordern und an deine Grenzen bringen, Maron, also rede es nicht schlecht.«

Er betritt als Erster, gefolgt von Jane und Dorian, die Moschee, während ich dem Tuch in meinen Händen entgegenstarre. Lawrence wirft mir einen Blick über die Schulter, als er den anderen folgt.

»Geh schon vor, ich bekomme das Ding allein umgebunden, auch ohne die Hilfe meines geliebten Freundes.« Ich schenke ihm ein Lächeln.

»Davon gehe ich aus. Ich freue mich jetzt schon auf den Anblick.« *Ich mich erst* – denke ich. Aber ich muss Jane recht geben, die Feministen würden durchdrehen, wenn sie in diesem Land wären.

Lawrence verschwindet mit den anderen im Türbogen, während ich mich auf dem großen Platz umschaue, um zu sehen, wie die muslimischen Frauen dieses Tuch umgebunden haben. Eigentlich hätte ich für den schwarzen Stoff eine viel bessere Funktion. Mit den geknebelten Jungs Dubai zu erkunden, würde mit Sicherheit mehr Spaß machen.

Als ich den Sonnenhut auf meine Handtasche auf den Boden lege, um freie Hände zu haben und mir das Tuch umzubinden, bemerke ich einen Schatten. Es muss einer der Vögel sein, die um die Moschee herumfliegen. Aber ich kann, seit ich mit den drei Männern unterwegs bin, nicht vorsichtig genug sein. Irgendwie will es mir nicht gelingen, das Tuch richtig umzubinden, weil mich mein Anblick, als ich mich in meinem Handy spiegele, an meine eigene Großmutter oder meine ältere Nachbarin erinnert. Neuer Versuch. Ich lache leise über mein ungeschicktes Verhalten, als ich plötzlich warme Hände auf meinen spüre und instinktiv herumfahre.

Lawrence, dieser …! – denke ich. Doch es ist nicht Lawrence, der vor mir steht, sondern ein Araber, der mir mit seinen dunklen, fast tiefschwarzen Augen flüchtig entgegenblickt, dann seinen Blick senkt.

»Haben Sie mich erschreckt«, bringe ich unüberlegt hervor. Ob er überhaupt französisch spricht und mich verstanden hat? Denn er sagt nichts, sondern senkt seine Hände.

»Ich möchte Ihnen nur dabei behilflich sein, das Tuch umzubinden, denn anscheinend fehlt Ihnen die Übung«, antwortet er in einem guten Französisch, was mich misstrauisch macht.

Natürlich fehlt mir darin die Übung. Ich binde mir ja nicht jeden Tag ein Tuch um den Kopf. Mir ist durchaus klar, dass er mehr Übung darin hat, wie den Frauen Tücher umgebunden werden, aber sein plötzliches Herantreten macht mich kurz nervös, weil ich nicht weiß, wie ich mit dieser Art von Mann umgehen soll. Darf ich ihm Fragen stellen? Und in seine Augen blicken? Oder muss ich knicksen und den Kopf senken?

In seiner hellen Robe und dem Tuch über dem Kopf, das durch ein schwarzes Seil befestigt ist, schaut er mir kurz intensiv entgegen, sodass ich schmunzeln muss. Dann wendet er wieder den Blick von mir ab.

»Sehr aufmerksam, aber ich denke, ich werde das allein binden können.« Schließlich möchte ich nicht als hilfloses Wesen auf ihn wirken, bloß weil ich nicht weiß, wie das Tuch gebunden wird.

Da ich keine Ahnung habe, ob ich mich von ihm abwenden darf oder das eine Beleidigung ist, versuche ich erneut, meine Haare unter dem Tuch zu verdecken, was mir nach mehreren Versuchen irgendwann gelingt. Die Blicke des Fremden entgehen mir nicht. Bis mir auffällt, dass er womöglich der gleiche Araber ist, den ich im Restaurantbesuch mit Gideon gesehen habe. Spioniert er mir etwa nach oder ist das ein Zufall?

Nur glaube ich an keine Zufälle. Zumindest nicht mehr. Aber die Moschee ist die größte und bekannteste in Dubai, die von vielen angesehenen Muslimen aufgesucht wird.

»Kann es sein, dass ich Sie vor zwei Tagen in einem

Restaurant gesehen habe?«, frage ich nach, um mir sicher zu sein. Der Araber verzieht sein Gesicht zu einem Lächeln, sodass seine Augen schimmern. *Hilfe, der ist mir unheimlich.* Aber etwas interessiert mich an dem Mann. Meine Blicke wandern kurz zu seinem nicht zu langen Vollbart, seinen dunklen Augen, der braunen Haut, die mich an Bronze erinnert, und seinen Händen, die an den Seiten neben seinem Gewand ruhen. Er strahlt in seiner Größe Ruhe und Erhabenheit aus, wie ich sie selten von Menschen kenne.

»Durchaus. Ich habe Sie an dem Abend beobachtet, weil Sie mir aufgefallen sind.«

»Ah, und weswegen?« Ich habe an dem Abend bis auf das vielleicht etwas kurze Kleid versucht, keine Aufmerksamkeit zu erregen.

Vor mir verschränkt er die Arme und blickt auf mich herab.

»Weil sie traurig wirkten, trotz Ihrer Begleitung«, antwortet er mit seiner warmen samtigen Stimme.

»Ich versichere Ihnen, das war ich nicht.« Auch wenn ich es nur für einen kurzen Moment an dem Abend war – das muss kein Fremder wissen.

»Blicke sagen mehr als Worte«, antwortet er und hebt seine Hände, die er kurz vor meinem Gesicht stoppt. »Darf ich?« Sein Blick wandert zu dem Tuch, und ich nicke nur, weil mir seine schlanken Finger mit den Ringen und dem bronzefarbenen Ton gefallen.

»Sie beherrschen unsere Sprache wirklich hervorragend, fast akzentfrei«, bemerke ich, um das Thema zu wechseln.

»Das freut mich. Ich …« Mit seinen Fingern streift er über meine Stirn und zieht das Tuch zurecht, um darunter meine Haare zu verdecken. »… hatte eine hervorragende Ausbildung und machte bisher zwei Auslandsbesuche in Frankreich.«

Erst als ich meinen Blick von seinem Gesicht langsam abwenden kann, bemerke ich hinter ihm zwischen den Touristen ebenfalls Araber, die sich unterhalten, aber uns unauffällige Blicke zuwerfen, als würden sie die Situation überwachen wollen. »Frankreich ist ein beeindruckendes Land, genauso wie die Mentalität der Menschen, die in dem Land leben.« Langsam ziehe ich meine Augenbrauen zusammen.

»Maron, wo bleibst du?«, höre ich hinter mir Gideon rufen, als ich mich umwende. »Danke. Dann werde ich mich jetzt von der Einzigartigkeit Ihres Landes überzeugen«, antworte ich und schenke dem Fremden ein Lächeln.

Mit wenigen großen Schritten steht Gideon neben mir und mustert den Araber flüchtig, bevor er zu mir herabblickt.

»Mister Al Chalid, schön Sie hier anzutreffen.« Er nickt dem Mann nur zu, während er mich am Handgelenk unauffällig zu sich zieht.

»Freut mich ebenfalls. Anscheinend interessieren Sie sich außergeschäftlich für unsere Religion?«, erkundigt er sich, während er mich nicht mehr beachtet.

»Mit Ihrer Religion bin ich bereits vertraut und habe die Moschee schon öfter besichtigt. Wir wollten sie heute Maron zeigen.« Gideons Blick wandert zu mir, der mir verrät, dass ich etwas völlig falsch gemacht habe. Aber ich behalte meine gelassene Miene bei und blicke zum Eingang der Moschee.

»Dann möchte ich Sie und Ihre Begleiterin nicht aufhalten.« Mit einem charmanten Kopfnicken verabschiedet sich der Araber von uns, ohne mich eines Blickes zu würdigen. Seltsam, zuvor hat er mich noch flüchtig gemustert, aber nun scheine ich ihm nicht mal eines letzten Blickes würdig zu sein.

Als Al Chalid in seinem Gewand zu den anderen arabischen Männern läuft, umfasst Gideon meine Taille und führt mich zur Moschee.

»Dich kann man nicht mal zwei Minuten allein lassen und du wirfst dich schon anderen Männern an den Hals.«

»Ich habe nichts verbrochen, sondern mir nur helfen lassen, das Tuch umzubinden«, erkläre ich ihm, obwohl ich mich bei ihm nicht rechtfertigen muss.

Sofort bleibt Gideon im Eingang stehen und greift nach meinen Schultern. »Mister Al Chalid ist unser Geschäftspartner und ein Enkel der Majestät.«

»Und?«, frage ich fast gelangweilt. »Ich habe ihn nicht angesprochen, sondern er mich.«

»Andersherum wäre es auch unvernünftig gewesen. Zumindest solltest du Abstand von ihm halten.« Er streift seine Sonnenbrille auf sein Haar zurück und zum ersten Mal ist sein Blick todernst, wie ich ihn noch nie bei ihm gesehen habe.

»Ich habe nicht vor, mich ihm zu nähern. Es war ein Zufall. Aber warum muss ich mich vor dir rechtfertigen?«, frage ich zynisch. Ich löse mich aus seinem Griff und betrete die prachtvolle Moschee, die mit Marmor und wunderschönen Verzierungen an den Säulen ausgeschmückt ist.

»Du bist von uns gebucht worden. Es interessiert mich sehr wohl, mit wem du dich abgibst, Maron.«

»Tz.« Schnell drehe ich mich zu ihm um. »Ich habe nichts Verbotenes getan, Gideon. Oder ...« Ich mache einen Schritt auf ihn zu und behalte ihn fest im Blick. »Bist du etwa eifersüchtig?«

Als ich ihn frage, hebe ich eine Augenbraue, was mit dem Tuch sicher halb so effektiv aussieht.

»Träum weiter, Kleines.« Er schüttelt nur den Kopf. »Ich will bloß das Geschäftliche vom Privaten trennen.«

»Oh, welch weise Worte. Denn das möchte ich auch, aber du hältst dich nicht daran«, entgegne ich ihm und weiß in dem Moment überhaupt nicht, warum ich ihn anfahre. Sein Blick verfinstert sich, als hätte ich ihn beleidigt. »Tut mir leid, ich wollte nicht, dass es zu dieser Auseinandersetzung kommt.« Schließlich sollte ich nicht vergessen, mich an ihre Regeln zu halten.

Sein fester Blick geht in ein Lächeln über. »Du kannst dich entschuldigen?« Er senkt sein Gesicht zu mir herab bis kurz vor meine Lippen. »Gefällt mir.« Ein hauchzarter Kuss trifft meine Lippen. »Aber ich denke ...« Wieder ein Kuss. »Dein Freund sollte von dem kleinen Tête-à-Tête erfahren.«

Ich stöhne genervt. »Sicher, geh zu Lawrence und erzähle ihm davon.«

»Oder ...« Sein Atem trifft meine Lippen.

»Ja?« Ich forsche in seinen grünen Augen, als ich seine zweite Option abwarte.

»Wir klären die Sache unter uns«, bietet er mir an und sofort schwirren mir die wildesten Vorstellungen durch den Kopf.

»Klingt akzeptabel«, stimme ich ihm, ohne zu zögern, mit einem Lächeln zu.

»Noch heute.« Seine Augen wandern kurz meinen Körper herab, als er auf meine Antwort wartet.

»Einverstanden«, sage ich sofort, obwohl ich eine Pause einlegen wollte. Aber ihm kann ich es nicht ausschlagen, nicht bei ihm, weil ich keine Pause brauche – es aber den Jungs sicher nicht sagen werde.

2. KAPITEL

Nach einem langen Rundgang in der Moschee, bei dem Gideon an meiner Seite bleibt, als sei ich sein Besitz, und er Lawrence wirklich nichts von der Begegnung mit dem Araber erzählt hat, verlassen wir das große Gebäude über die Seitengänge und laufen auf die Limousine zu, die bereits auf uns in der Mittagssonne wartet.

»Was haltet ihr davon, wenn wir uns noch das Al-Fahidi Fort ansehen?«, fragt Gideon und sein Blick wandert von einem gelangweilten Gesicht zum nächsten. Lawrence verzieht sein Gesicht, als würde er gleich in eine Folterkammer gesteckt werden, während Dorian Jane erklärt, dass es sich um ein Museum handelt. Daraufhin seufzt sie.

»Können wir nicht einen Souk erkunden? Ich würde zu gern sehen, was hier angeboten wird, und wollte ein paar Souvenirs mitnehmen.« Die Frage stellt sie wohl eher Dorian, doch dann blickt sie in meine Richtung, damit ich ihrem Vorschlag zustimme.

»Ich würde das Museum wirklich gerne besuchen. Vielleicht danach den Markt aufsuchen?«, schlage ich ihr vor.

»Warum nicht aufteilen?«, fragt Lawrence. »Ihr schaut euch das Museum an, während ich für Maron etwas einkaufen gehe.« Auf Lawrence' Gesicht zeichnet sich ein verschmitztes Lächeln ab. Was plant er schon wieder? Als sich unsere Blicke kreuzen, reibt er sich über sein Kinn.

»Einverstanden. In zwei Stunden treffen wir uns auf dem Souk«, erklärt Gideon, bevor er sich in die Limousine setzt und ich ihm folge.

Auf Janes Gesicht erscheint ein Strahlen, als könne sie es kaum erwarten, shoppen zu gehen, während ich mich auf das Museum freue.

Kurz darauf steigen Gideon und ich aus der Limousine, während die anderen zum Souk gefahren werden.

»Dein Hintergedanke ist mehr als offensichtlich«, bemerke ich, als ich eine Haarsträhne hinter mein Ohr schiebe und zu dem Gebäude vor uns aufblicke, vor dem sich Touristen tummeln.

»Warte es ab, Kleines. Du möchtest doch gern Dubai kennen lernen. Wenn, dann von allen Seiten.«

»Hast du vor, unseren Deal im Museum einzulösen?« Mein Lächeln kann ich mir kaum verkneifen. Mit seiner Hand streicht er über meinen Oberarm und in seinem Blick steht das Verlangen, etwas Verbotenes zu tun. Sicher, weil er noch mein Souvenir trägt.

»Glaub mir, ich würde es hier und jetzt einlösen, aber warum nicht warten?«, flüstert er in mein Ohr, während er unauffällig daran knabbert, sodass ich Gänsehaut bekomme.

»Fein.«

Als wir das Museum betreten und ich die ersten Exponate aus der Geschichte Dubais anschaue, werde ich den Gedanken nicht los, dass irgendetwas geplant ist, von dem ich keine Ahnung habe.

Gideon verhält sich allerdings normal und zeigt wirklich

Interesse an der Ausstellung, bis mein Handy klingelt. Ich angele es aus meiner Tasche und lese eine Nachricht von Lawrence.

Lass dich von Gideon nicht verführen. Ich weiß, dass er die Regel brechen wird, um dich zu vernaschen.
Law

Wenn er wüsste ...

Ich bin keine Anfängerin. Süß, dass du dir Sorgen machst. Vielmehr freue ich mich auf dein Geschenk. Verrätst du mir, was du mir kaufen möchtest?
Maron

Mit Sicherheit wird er mir nichts verraten, aber versuchen kann ich es. Unauffällig blicke ich auf und sehe Gideon zwei Vitrinen weiter von mir entfernt stehen.

Nein! Aber ich gebe dir einen Tipp, es wird dir gefallen. :) Du wirst nicht mehr von mir lassen können, weil es dich um den Verstand bringt.
Law

Ich ziehe die Augenbrauen zusammen, um zu überlegen, was er meinen könnte. Werden in Dubai Sextoys verkauft? Wohl eher nicht ...

Verrate es mir, dann sage ich dir, was ich für euch demnächst geplant habe.
Maron

»Die Ausstellung scheint dich nicht sonderlich zu interessieren«, stellt Gideon neben mir fest, als ich schnell das Handy in meine Handtasche fallen lasse.

»Doch, das tut sie.«

Etwas misstrauisch blickt er mir entgegen, bis er mich weiter durch die Ausstellung führt. Nach mehreren Minuten suche ich die Toilette auf, weil ich Lawrence' Antwort ungestört lesen möchte.

In einer Kabine lese ich diese dann auch.

Ich verrate nur so viel: Massage der besonderen Art, bei der du nicht entspannt liegen bleiben kannst. Mich würde es brennend interessieren, was du mit mir anstellen willst, Kätzchen. Also, sag schon.

Augenblicklich springt mein Kopfkino an, und ich male mir aus, welche Art Massage Lawrence bei mir anwenden wird und wo seine Hände überall sein werden. Das wäre ausnahmsweise keine Bestrafung, wohl eher eine Belohnung. Als ich aus der Kabine komme, um mir meine Hände zu waschen und mein Make-up zu prüfen, steht Gideon neben dem Waschbecken und hält mir mit einem schiefen Grinsen einen Schlüssel entgegen. Bei dem Anblick muss ich lächeln. Wirklich raffiniert! Mit Geld erreichen sie anscheinend alles.

»Ich habe es bereits geahnt. Trotzdem überraschst du mich immer wieder.« Zügig wasche ich meine Hände und trockne sie. »Wie hättest du es gern?«, frage ich mit einem verdorbenen Blick und mache einen Schritt auf ihn zu.

»Seit wann so fügsam? Wo sind deine Befehle?«, fragt er zynisch, als meine Hände sich unter seinem Shirt vortasten und seine sich auf meinen Po legen.

»Wolltest du mir nicht eine Lektion verpassen, weil ich vorhin mit einem deiner Geschäftspartner gesprochen habe?« Zu gern will ich wissen, was er vorhat.

»Warum musst du immer Gegenfragen stellen?«

»Weil ich es gewohnt bin und ich die Kontrolle will«, raune ich ihm entgegen, bevor ich meine Handgelenke um seinen Nacken verschränke, mich zu ihm hochziehe und ihn verlangend küsse. Dabei wandert seine Hand zu dem Reißverschluss meines Kleides, das eine Minute später über meine Hüften rutscht. Hinter der Tür sind Stimmen zu hören, einer drückt die Klinke runter, aber die Tür ist verschlossen.

»Es macht mich ungemein an, mit dir auf der Toilette zu sein, während die Besucher an der Tür vorbeilaufen«, flüstere ich ihm geheimnisvoll zu.

»Weil du es liebst, dass wir erwischt werden können, nicht wahr?« Ich ziehe kurz die Augenbrauen zusammen, weil ich nicht weiß, warum er das sagt. Nur noch in Unterwäsche bekleidet, löst er sich von mir, während ich sein Shirt über seinen Kopf ziehe und seinen athletischen Oberkörper sehe, sodass ich mit den Zähnen auf die Unterlippe kaue.

Im nächsten Moment zieht er seine Hose aus, umgreift meine Hüfte und steht hinter mir, während er mich gegen die nächste Wand presst. Meine Hände lege ich an die Wand, während er meinen Slip herunterstreift und meinen BH auszieht.

»Trägst du noch den Ring?«, will ich wissen und mich zu ihm umdrehen, als er meinen Kopf festhält und ich seinen Schwanz zwischen meinen Beinen spüre, sodass ich instinktiv ein Hohlkreuz mache. Er reibt über meine Schamlippen, die kitzeln, dann fester, sodass ich die Augen vor Verlangen schließe und den Kopf zurückwerfe.

»Finde es heraus, Kleines.« Schon verschwindet sein Glied zwischen meinen Beinen, und seine Finger testen, ob ich feucht genug bin. Er muss hinter mir in die Knie gegangen sein, weil seine feuchte Zunge meine Schamlippen auseinanderdrängt und kurz meinen Kitzler massiert, bevor er wieder aufsteht und meine Beine weiter auseinanderspreizt. Seine rechte Hand umfasst meine Schulter, bevor er mit einem Stoß in mich eindringt. Mit der anderen Hand hält er meine Hüfte umfasst, die er auf seinem Schwanz rhythmisch auf und ab bewegt. *Gott, fühlt sich das verboten gut an.* Ich lasse mich fallen und gebe mich seinen Bewegungen hin, während ich draußen die aufgeregten Stimmen hinter der Tür höre.

»Du trägst ihn. Ich spüre, wie prall er ist«, keuche ich leise gegen die Marmorwand, als er wieder zustößt und ich ihm meinen Arsch mehr entgegenschiebe, damit er tiefer eindringen kann.

»Richtig, Kleines. Ich weiß, wie sehr er dich anmacht.

Aber leider werde ich ihn dich heute nicht sehen lassen.« Wieder dringt er in mich ein, während ich meinen Rücken weiter durchdrücke, als mich seine Härte komplett ausfüllt und ich gegen die Marmorwand stöhne.

Seine Lippen streifen über meinen Nacken, als er schneller wird und mich die Hitze erfasst. Ich spüre seine Zähne auf meiner Haut, seinen heißen Atem und seine warmen Hände auf meinem Körper.

»Lust, den Spaß zu intensivieren? Du weißt, mit einem Ring kann die Erektion länger anhalten.«

Ich will mich zu ihm umdrehen, um zu wissen, was er vorhat, als er mit einer Hand meinen Kopf festhält. Gott, ich bin so feucht und so geil, dass es mir in dem Moment egal ist, was er vorhat.

»Tu es.« Plötzlich höre ich ein Klacken und sehe etwas an der Tür aufblitzen. »Nein!«, keuche ich, weil er unmöglich die Tür entriegelt hat. Doch seine Hand hält die Tür neben uns zu.

»Sch. Bleib ruhig.« Schon liegen seine Hände auf meinem Körper, er massiert meine Brüste, zwirbelt eine Brustwarze, sodass sich alles in meinem Becken zusammenzieht und ich ein leises Lachen höre, das in ein Stöhnen übergeht, bis er mich härter vögelt. »Es war nur ein Test.« Erleichtert atme ich aus.

Als ich nach rechts blicke, sehe ich uns von der Seite im großen Spiegel. Der Anblick ist unbezahlbar. Verschwörerisch grinst er mir entgegen, als er weiter zustößt und mein Kitzler pocht, als würde er ihn mit seiner Zunge verwöhnen.

»Du siehst wunderschön aus, Maron. So verboten scharf, während ich dich ficke.« Ich blicke ihm diabolisch entgegen, bis ich spüre, dass er bald kommt, und meinen Kopf nach hinten werfe.

»Dann fick mich härter«, fordere ich ihn auf, was er tut, während ich in der Hitze zergehe. Sein Schwanz zuckt und mit zwei kräftigen Stößen kommt er in mir. Sein Atem beschlägt meinen Nacken. Im Spiegel sehe ich, wie er seinen Kopf auf meine Schulter senkt und meine Schulterblätter hauchzart küsst.

»Jetzt solltest du verwöhnt werden«, flüstert er neben meinem Ohr und ich schüttele den Kopf, als er sich aus mir zurückzieht.

»Nein, wir haben die Besucher draußen lang genug stehen lassen.«

»Die interessieren dich wirklich?«, fragt er spöttisch und lacht, als er seine schwarzen Shorts hochzieht.

»Nicht wirklich, aber die Tatsache, dass uns arabische Türsteher gleich rauswerfen werden, schon.« Lässig greife ich nach meinem Slip, gehe in eine Kabine, um mir Toilettenpapier zu organisieren und mich zu säubern.

»Wie du willst. Du bist diejenige, die zu kurz gekommen ist«, höre ich ihn von den Waschbecken aus reden.

»Und das stört dich etwa als geübter Gentleman?«

Während die Spülung rauscht, ziehe ich meinen Slip hoch und höre seine Stimme vor der Tür.

»Allerdings. Man sollte eine Lady nicht zu kurz kommen lassen.«

»Wie wäre es mit heute Abend?«, schlage ich vor, als ich

die Tür öffne und er an der Wand gegenüber der Kabine lehnt. Er presst die Lippen zusammen und hebt sein Kinn, was ihn arrogant wirken lässt. Er ist bereits komplett angezogen, während ich mich nur in Unterwäsche an ihm vorbeischiebe, um mein Kleid zu holen.

»Du magst keinen Sex in der Öffentlichkeit«, stellt er plötzlich fest und ich atme tief durch. Vielleicht hat er recht. Zumindest nicht am Tag in öffentlichen Gebäuden. »Könnte nützlich für mich sein.«

»Vergiss es! Ich habe die Nummer mit dir durchgezogen, es war perfekt, jetzt können wir gehen.«

»Ich möchte aber, dass du ebenfalls auf deine Kosten kommst, Kleines.«

»Was ist an heute Abend verkehrt? Dann lasse ich mich zu gern von deiner Zunge verwöhnen, Gideon.«

Mit den Beinen steige ich in mein helles Kleid und ziehe die Träger über die Schultern. Gideons Finger kommen mir zuvor, als er den Reißverschluss schließt und seine andere Hand unter dem Kleid zwischen meine Beine wandert. Für einen winzigen Moment schließe ich die Augen. Warum hat mich dieser Mann in der Hand, obwohl ich sonst diejenige bin, die die Männer um den Verstand bringt?

»Beuge dich vor«, befiehlt er mir mit seiner tiefen Stimme.

»Ich habe *nein* gesagt, oder soll ich ›Boosté‹ rufen?«

»Das darfst du, wenn ich mit dir heute fertig bin, Maron. Dann wirst du beflügelt sein, mein Engel.« Mit einer Hand drückt er mich sanft, aber bestimmend nach unten.

Ich lasse es mir gefallen, weil sich zwei Finger unter meinem Slip vortasten. Unerwartet ist ein Klopfen an der Toilettentür zu hören, sodass ich zusammenzucke.

Ich will hochfahren, als Gideon mich weiter herunterdrückt und seine Finger meinen Kitzler massieren, der wie wild pocht.

»Es ist gerade nicht die passende Situation, sich zu entspannen«, flüstere ich leise, als die Stimmen hinter der Tür lauter werden.

»Hello!«, ruft jemand wütend. Dann höre ich ein undeutliches Stimmengewirr von mindestens drei Personen.

»Da gebe ich dir ausnahmsweise recht. Besser, wir verschieben das auf heute Abend.« Augenblicklich spüre ich seine feuchten Finger meine Spalte entlangstreifen weiter zu meinem Anus, bis ich etwas Kühles fühle, das langsam in meinen Anus eindringt. *Ein Plug?*

»Verflucht!« Ich will mich umdrehen, als Gideon mich festhält. »Wenn es das ist, was ich denke ...« Langsam wird irgendein Sextoy in mich geschoben, aber ich gewähre es ihm, weil ein heißes Kribbeln über meinen Rücken jagt.

»Ist es. Das du bis heute Abend tragen wirst.« Mit einem Griff hilft er mir auf und ich spüre das Toy mit jeder Bewegung in mir, was meine Brustwarzen zusammenziehen lässt, weil es sich verboten gut anfühlt. »Warum sollst du nicht auch ein Souvenir von mir tragen, Kleines? Das wird dich auf heute Abend vorbereiten.«

»Was ist da drin los?«, höre ich jemanden auf Englisch rufen, bevor wieder die Türklinke heruntergedrückt wird. Gideon hat die Tür zuvor wirklich nicht aufgeschlossen, ansonsten wären wir sowas von fällig.

»Das wirst du bereuen«, antworte ich, wasche meine Hände und tue so, als würde ich keinen Analplug tragen.

»Und du wirst es lieben«, fügt Gideon mit einem Zwinkern hinzu, bevor er die Tür entriegelt, seine Sonnenbrille aufsetzt und die Tür öffnet. Gelassen läuft er an den glotzenden Frauen vorbei, die sich um einen arabischen Mann versammelt haben, der eine Uniform trägt und Gideon wütend entgegenblickt. Gideon lässt einen Schlüssel auf seine Hand fallen, und bevor der Wachmann eingreifen kann, ist er verschwunden.

Schnell schiebe ich meine Sonnenbrille ebenfalls auf die Nase und lächle den fragenden und verärgerten Gesichtern mit einem Schulterzucken entgegen, bevor ich Gideon folge.

Zugegeben, etwas heiß hat mich die Nummer schon gemacht. Und der Plug in mir würde es schwierig gestalten, nicht sofort über Gideon oder ein anderes männliches Wesen herzufallen, weil ich ständig unter Strom stehe. Jetzt kann ich nachvollziehen, wie sich Gideon mit dem Penisring fühlen muss.

»Trägst du ständig Plugs mit dir herum, um Frauen damit scharfzumachen?«, frage ich ihn, als er neben einer ausgestellten Szene von Arabien vor mehreren hundert Jahren steht und das Schild daneben liest, ohne mich zu beachten.

»Möglicherweise.«

Skeptisch blicke ich auf seine Umhängetasche. Ob noch weitere Spielzeuge darin versteckt sind und nur darauf warten, an mir ausprobiert zu werden?

»Hast du nicht letztens deine Peitsche und Fesseln mit dir herumgetragen?«

Unauffällig räuspere ich mich, als deutsche Touristen an uns vorbeilaufen.

»Du möchtest gern einen Blick in die Tasche werfen, oder?« Jetzt hebt er seinen Blick von dem Schild und schaut mir mit einem arroganten Grinsen entgegen.

»Nein. Ich kann mir vorstellen, dass du ein wandelnder Sexshop bist – aber glauben konnte ich es nicht.«

Dabei muss ich leise lachen, wende mich von ihm ab und versuche mich weiter auf die Ausstellung zu konzentrieren. Es ist ungewöhnlich schwer, mich mit einem Plug, der mich vordehnt, auf das Geschehen um mich herum zu konzentrieren. In meinem Becken ist das verlangende Ziehen mit jedem Schritt zu spüren, während meine Brustwarzen dauernd steif sind und kribbeln.

Vor Jahren habe ich einen Plug länger über Stunden getragen, aber gerade jetzt komme ich mir vor, als sei ich erneut anal entjungfert worden. Indem ich gleichmäßig Luft hole, ist das Gefühl halbwegs zu besänftigen.

Doch mit flüchtigen Berührungen von Gideon oder indem ich seinen anziehenden Duft neben mir rieche, seine raue Stimme höre oder in sein schön geschnittenes Gesicht sehe, wird es für mich jede Sekunde unerträglicher, die Finger von ihm zu lassen. Das ist sein Spiel, seine Revanche, und ich weiß, er liebt es, mich bluten zu lassen. Warten wir ab, was er zu meiner nächsten Revanche sagen wird.

Verborgen lächle ich der Vitrinenscheibe entgegen, bevor ich mit Gideon eng umschlungen die Ausstellung verlasse und mich zurückhalten muss, ihm nicht zu sagen, wie gerne ich von ihm gevögelt werden will.

3. KAPITEL

Ihr habt euch wirklich Zeit gelassen«, beschwert sich Lawrence, als Gideon und ich uns mit ihnen an der Limousine treffen. Gideon muss ihnen Bescheid gegeben haben, wo wir uns wieder treffen. Zumindest sind wir länger als zwei Stunden im Museum gewesen – länger als beabsichtigt.

»Es gab einige Komplikationen, die wir beheben mussten«, erklärt Gideon und grinst seinem Bruder entgegen. Lawrence' Gesichtszüge verfinstern sich, schon schaut er in meine Richtung, und ich sehe ihm an, dass sein Verstand auf Hochtouren läuft.

Ich werde ihm mit Sicherheit nichts von der Nummer auf der Museumstoilette verraten, stattdessen zücke ich meine Digitalkamera, um Fotos von dem Souk zu machen, der sich vor mir erstreckt.

Nachdem wir eine Runde über den Markt gelaufen sind, sitzen wir kurz darauf in einem Café, und ich spüre, egal wie ich mich positioniere, den Plug, der – wie es mir vorkommt – jede Sekunde tiefer in mich eindringt.

»Alles in Ordnung, Maron?«, fragt Jane, als sie einen Schluck von ihrem Kaffee nimmt und über den Rand der Tasse in meine Richtung blickt.

»Sicher, alles bestens.« *Wenn nur nicht dieses Ding in mir wäre.*

»Mir scheint, Maron bedrückt etwas«, stellt Gideon

fest, stützt sein Kinn auf dem Handrücken auf und schenkt mir ein schadenfrohes Grinsen. Ich kreuze seinen Blick.

»Wenn ihr mich kurz entschuldigt.« Ich muss unbedingt wissen, was mir Gideon in den Po geschoben hat. Langsam erhebe ich mich und ziehe neugierige Blicke von Dorian und Lawrence auf mich.

»Oh, ich werde dich begleiten«, schließt sich Jane an und ich presse die Lippen zusammen, weil ich mein kleines Problem selber beheben möchte, ohne sie dabeizuhaben.

»Typisch Frauen. Wenn ihr unerlaubte Dinge ohne uns auf der Toilette treibt, die ihr stattdessen mit uns tun solltet, dann wisst ihr, was euch erwartet«, droht uns Lawrence, sodass ich lachen muss.

»Da klingt einer ziemlich unausgelastet und verbittert«, stelle ich fest. »Nur noch anderthalb Tage, Schatz, dann erlöse ich dich von deinen Leiden.« *Wenn er wüsste.* Mein Blick huscht zu Gideon, der eine Braue hebt, aber ansonsten keine Miene verzieht.

Dann suche ich mit Jane die Toiletten auf.

»Wie war es im Museum?«, erkundigt sie sich und schenkt mir ein Strahlen.

»Recht amüsant.« Als ich einen Blick zurück an den Tisch im Café werfe, fällt mir auf, wie sich die drei Brüder angeregt unterhalten.

»Wenn ich ehrlich bin, brauche ich deine Hilfe, Jane.« Unauffällig ziehe ich sie in die Toilette. Sie schaut mir neugierig entgegen.

»Wenn du meine Hilfe für einen neuen Plan brauchst, bin ich gerne zur Stelle. Du bringst mich auf immer neue

Ideen und die drei haben es nicht anders verdient.« Sie kichert, dann beugt sie sich dem Spiegel über dem Waschbecken entgegen und zupft ihren Ausschnitt zurecht. An ihren Ohren baumeln schwere Ohrringe, als sie sich vorbeugt. Mit einem raschen Blick kontrolliere ich die Kabinentüren, um sicherzustellen, dass wir ungestört sind.

»Das denke ich auch. Ich weiß, dass Dorian an dir hängt, und deswegen, finde ich, sollten wir beide ihnen eine Show bieten. Ich weiß nicht, inwieweit du Erfahrungen mit Frauen hast?«, hake ich nach und hebe eine Augenbraue.

»Oh, die habe ich, keine Sorge. Ich stehe nur nicht auf das SM-Zeug.« Sie schaut über den Spiegel zu mir, während ich mich an die kühle Wand anlehne.

»Musst du auch nicht. Es ist gut zu wissen, was du magst.«

»Bist du wirklich eine Schwedin?«, will sie plötzlich wissen. »Ich weiß, wir sollen diskret sein und keine Fragen stellen, aber wenn wir wie Kolleginnen zusammenarbeiten, würden mich schon ein paar Details über dich interessieren. Ich habe von deinem Ruf gehört und weiß, wie du die Männer um den Finger wickelst. Allerdings bei den dreien ...« Sie nickt zur Tür. »... wirst du keine Chance haben. Sie mögen es viel zu sehr, über uns herzufallen, als sich von uns etwas sagen zu lassen. Deswegen wäre es gut, wenn wir einige Dinge voneinander wissen.«

Ich bin etwas perplex über ihre offene Art, aber sehe in ihren Augen keinen Hintergedanken. Wieso sie also nicht einweihen?

»Ja, meine Eltern stammen ursprünglich aus Schweden. Und ja, man sagt den Blondinen immer nach, sie seien hemmungslos, bisexuell und scharf auf One-Night-Stands.«

»Allerdings, das erklärt bei dir vieles.« Ich ziehe meine Augenbrauen zusammen. »Also ich meine, deine Art, wie du die Kontrolle bewahren willst, und auch deine Art, wie du mit deinen Kunden umgehst. Sie lieben es, das weiß ich, aber ich und die anderen Mädels unserer Agentur sind da etwas anders.« *Verklemmt?* »Zumindest bin ich froh, etwas von dir lernen zu können, denn einige Dinge werde ich auf alle Fälle ausprobieren.«

Zufrieden lächele ich ihr entgegen, obwohl ich nicht hoffe, dass sie als Unerfahrene plötzlich Männerhintern auspeitscht.

»Das ehrt mich, trotzdem solltest du mit den Regeln vertraut gemacht worden sein, bevor du *einige Dinge* ausprobieren möchtest.«

Sie nickt. Dann verschwinde ich zielstrebig in einer Kabine. Kurze Zeit überlege ich, den Plug nicht doch drin zu lassen. Aber als meine Neugierde siegt und ich ihn heraushole, muss ich fast lachen. Wirklich gute Qualität und pink. *Ehrlich, pink?*

Als ich Jane ungeduldig auf dem Fliesenboden trippeln höre, platziere ich den Plug, mit Desinfektionstüchern gereinigt, die ich bei mir trage, wieder an die richtige Stelle, aber keuche, weil mir ein Schauder die Wirbelsäule hinabjagt.

»Was ich dir noch sagen wollte, Maron. Sie haben etwas nach der Gala geplant. In der Nacht wollen sie etwas *Besonderes*, wie es mir Dorian erzählt hat, durchführen.«

»Das hat er dir erzählt?«

»Ja, rein zufällig. Es klang eher so, als wäre es ihm herausgerutscht. Kannst du dir denken, was sie vorhaben?«, fragt sie mich, während sie mit ihrem Haarspray, das sie aus der Tasche gekramt hat, ihr Haar in einer Parfümwolke erstickt.

»Ich habe gestern ein Zimmer gesehen, indem ...« Plötzlich geht die Tür auf und eine ältere Dame betritt die Toiletten. »Besser, wir treffen uns in Ruhe in der Villa. Aber ich freue mich jetzt schon, dich auf meiner Seite zu haben.«

»Ich mich erst. Der Urlaub wird das Erlebnis meines Lebens«, schwärmt sie wie ein verliebtes Mädchen. Vermutlich arbeitet sie noch nicht sehr lange in der Branche oder kann sich leicht für Dinge begeistern. Aber ich gebe ihr Recht, der Urlaub wird ein besonderes Erlebnis werden.

Am Tisch der Chevaliers angekommen, sind sie in ein Gespräch vertieft, in dem es darum geht, ob wir zurück zur Villa fahren oder noch eine Rundtour durch Dubai machen. Ich würde zu gern mehr sehen wollen, aber halte mich im Hintergrund, weil ich sehe, dass Dorian keine Lust mehr hat und Lawrence so ziemlich jede Entscheidung gleich ist.

»Du bist mir noch eine Antwort schuldig, Schatz.« Lawrence' Hand liegt besitzergreifend auf meinem Knie und mich durchschießt ein heißes Gefühl.

»Könnte ich dir das nicht, während du mich verwöhnst,

verraten?«, antworte ich leise und blicke zu ihm auf.

»Nein.« Es war zu erwarten, von ihm kein *ja* zu hören. Ich lehne mich zu ihm, damit uns keiner belauschen kann.

»Euch wird eine Show erwarten, die ihr nicht so schnell vergessen werdet«, flüstere ich verschwörerisch, während ich Gideons Blick auffange. Im Nacken zieht Lawrence mich näher an sich.

»Welche?«

»Wo bleibt der Spaß, wenn ich es dir verrate, Darling? Zumindest ...« Meine Hand wandert unauffällig über seine Wange, sodass ich seinen Dreitagebart spüre. Sein herber Männerduft lässt mich kaum meine Hände von ihm lösen. »... werdet ihr auf eure Kosten kommen, das verspreche ich.«

Nur mühsam senke ich meine Hand, als Lawrence die Augen zusammenkneift und breit grinst. »Vielleicht sollte ich dir die Massage erst genehmigen, nachdem ich die Show gesehen habe.«

»Nein, das bist du mir nach der Nummer im Kongressraum schuldig.«

Sein Blick wird gefährlich. »Ich bin dir gar nichts schuldig. Wenn ich es möchte, machst du, was ich will.« Unauffällig schlucke ich, als ich seinem harten Blick begegne, den er immer aufsetzt, um mich an meine Grenzen zu erinnern. Der Blick ist unglaublich sexy, sodass ich am liebsten auf seinen Schoß springen würde.

»Wie du wünschst.«

»So ergeben?« Er schaut an mir vorbei. »Was hast du mit ihr gemacht, Gideon? Maron ist heute – wie soll ich sagen – so zahm wie ein Engel.«

Gideon streift mit dem Finger über seine Lippen, nachdem er die Rechnung mit seiner Karte bezahlt hat. »Nun, ich denke, der Ausflug und der Museumsbesuch haben ihr gutgetan, damit sie auf andere Gedanken kommt.« Lawrence hat wirklich keine Ahnung?

»Irgendwie niedlich, trotzdem rechne ich damit, dass du wieder deine Krallen ausfährst«, sagt er, bevor er sich erhebt, nach meiner Hand greift und mir einen Kuss gibt. Ich schmunzle nur und blicke flüchtig in Janes Richtung, die verkrampft versucht, nicht zu kichern, um uns nicht zu verraten.

In der Villa angekommen, bin ich froh, mich von der Hitze, die draußen tobt, abkühlen zu können. Zu meinem Vorteil wurden Gideon und ich von den anderen überstimmt, die keine Rundtour in der Mittagssonne machen wollten. Im Nachhinein bereue ich es nicht, ich hätte die Tour nicht überlebt – nicht einmal im Schatten.

Erschöpft lasse ich mich auf mein Bett fallen und spüre erst jetzt, wie meine Füße schmerzen, die ich aus den Schuhen befreie, auf das Bett hebe und massiere. Am liebsten würde ich schlafen, als ich auf das frisch bezogene Bett blicke, das Eram für mich gemacht hat. *Warum nicht?*

Nachdem ich meine E-Mails und die ungelesenen Nachrichten gelesen habe, lege ich mein Handy auf den Nachttisch und schlafe kurze Zeit darauf ein. Dass mich die Hitze dermaßen auszehren würde, damit habe ich nicht gerechnet ...

Von einem hauchzarten Kitzeln in meinem Nacken werde ich geweckt, aber atme gleichmäßig weiter. Es ist der Moment, in dem ich einfach weiterschlafen würde, trotzdem interessiert es mich, was das Kitzeln verursacht.

Ich liege auf der Seite, nur meine Füße sind unter das Laken geschoben, und blinzle. Vor mir schwingen die langen hellen Gardinen leicht im Wind vor der Balkontür und es sind dahinter Wolken zu sehen, die sich in ein blasses Rosa verfärben. Es dämmert bereits?

Die Zeit verging viel zu schnell, so lange wollte ich nicht schlafen.

»Ich weiß, dass du wach bist, Kleines«, erkenne ich die samtige und zugleich tiefe Stimme von Gideon, dessen Hand über meine Hüfte wandert.

»Langweilst du dich, weil du mich aufsuchst?«

»Etwas. Aber wenn du weiterschlafen möchtest, ist das in Ordnung.« Schon spüre ich, wie sich seine Hand von meinem Körper löst, was ich nicht möchte. Ich drehe mich zu ihm um. Er steht an dem Bett und lächelt mir charmant entgegen.

»Nein, ich habe viel zu lange geschlafen. Länger, als ich wollte. Bleib bitte.«

»Bitte?« Er hebt eine Augenbraue, aber setzt sich zu mir auf das Bett. »Warum bist du heute so freundlich? Denn um ehrlich zu sein, gefällt mir das nicht. Du planst etwas.«

Mit einem unschuldigen Blick greife ich nach seiner Hand und verschränke sie in meiner. »Warum unterstellst du mir, ich sei immer die dominante Frau? Darf ich nicht versuchen, meine Kunden glücklich zu machen?«

»Gerne, aber wenn wir eine nette Lady gesucht hätten, hätten wir dich nicht genommen.« Da gebe ich ihm recht. Entweder durchschaut er mich schnell oder er mag keine Frauen, die ihn umgarnen, ständig freundlich sind und sich seinem Willen fügen.

»Hättest du? Dann beruhigt es mich zu wissen, keine gewöhnliche Frau für euch zu sein.« Langsam erhebe ich mich und prüfe mit der freien Hand mein Haar.

»Warst du nie und wirst du vermutlich nicht sein«, antwortet er und beugt sich mir entgegen, um meine Stirn zu küssen.

»Es ist das beste Kompliment, das du mir bisher gemacht hast, Gideon Chevalier. Also, wie kann ich dir über deine Langeweile hinweghelfen?« Ich halte ihn lange im Blick und reibe meine Lippen aufeinander.

»Das wirst du sehen, wenn du mich in den Garten begleitest.« *Garten?* Er hat in der Zwischenzeit etwas organisiert?

»Fein, ich lasse mich gerne überraschen. Nur würde ich mich vorher umziehen wollen.«

Ich will mich aus dem Bett erheben, als er mich zurückhält. »Dafür habe ich bereits gesorgt. Du wirst das hier anziehen.« Er deutet auf den Stuhl neben dem Tisch, über dem ein Bikini hängt, wenn ich das Kleidungsstück richtig deuten kann.

»Wie du möchtest. Für dich würde ich alles anziehen«, scherze ich und er steht auf, um mir die knappe Bekleidung zu bringen.

»Zieh dich in Ruhe um, in zehn Minuten erwarte ich

dich im Garten, Maron.« Er überreicht mir den schwarzen Bikini und verlässt mein Zimmer mit einem zufriedenen Lächeln.

»Du weißt aber schon, dass ich offiziell von dir freibekommen habe?«, rufe ich ihm nach.

»Davon habe ich im Museum nichts bemerkt. Bis gleich.«

Im nächsten Moment fällt die Tür in ihr Schloss und ich stöhne. Eigentlich möchte ich nicht frei bekommen, dafür interessiert es mich viel zu sehr, was er geplant hat.

Zügig ziehe ich mich um und bin erstaunt, was für einen wunderschönen schwarzen Designerbikini er mir gebracht hat. Er sitzt perfekt, weil er von der Agentur meine Größe weiß. Ich öffne meine Frisur und fahre grob mit den Fingern durch mein Haar, bis ich kurz zu meinen Bondageseilen blicke, die im Schrank versteckt liegen. Sollte ich mich heute seinen Händen überlassen oder mir doch die Option offenhalten, die Kontrolle zu übernehmen? Aber er hat mir zugesagt, mich zu verwöhnen.

Trotzdem binde ich mir mein dünnes schwarzes Tuch um die Hüfte, das ich als Fessel nutzen kann, und verlasse mit einem vorfreudigen Lächeln das Zimmer.

4. KAPITEL

An der Hintertür angekommen, verschlägt es mir für einen winzigen Moment die Sprache. *Gott, wie romantisch* – denke ich. Gideon versteht sich sehr gut darin, Frauenherzen höher schlagen zu lassen, denn vor mir liegt der Pool, auf dem unzählig viele Kerzen schwimmen und die Abendstimmung noch bezaubernder gestaltet. Neben dem leichten Rauschen der Wellen des Meeres ist ein leises Zirpen von Grillen zu hören und über mir funkeln die Sterne. *Die Stimmung ist beinahe filmreif.*

Gleich neben dem Pool liegt zwei Schritte von den Steinplatten entfernt eine Decke auf dem Rasen ausgebreitet, auf der verschiedene Speisen in Schüsseln oder auf Tabletts und Wein stehen. Ich lächle und gehe darauf zu. Nirgends kann ich Gideon entdecken. Entweder holt er noch etwas oder ... Ich atme seinen Duft ganz in meiner Nähe ein.

»Warum möchtest du mich immer erschrecken?«, frage ich und weiß, dass er hinter mir steht.

»Ich möchte nur deine ehrlichen Gesichtszüge sehen, wenn du mein Werk siehst, und keine vorgetäuschten. Ich weiß, dass du eine wahre Meisterin bist, Dinge zu überspielen, Freude zu zeigen, obwohl du dich nicht freust, oder Dinge zu loben, die du hasst.«

»Bin ich so durchschaubar?«, frage ich und drehe mich mit einem Schmunzeln zu ihm um.

»Eben nicht, deswegen prüfe ich dich.«

»Und was denke ich über dein romantisches Date im Garten?«, möchte ich von ihm wissen. Ebenfalls umgezogen, nur in einem losen Hemd, das an den Ärmeln hochgekrempelt ist und offen steht, und einer Jeans macht er einen Schritt auf mich zu. Kurz huscht mein Blick über seine verboten tiefsitzende Hose, weiter zu seinen nackten Füßen, die ganz anders als bei anderen Männern wirklich gepflegt aussehen.

»Verrate du es mir, anstatt meine Füße zu bewundern.«

»Tut mir leid, ich habe einen Fußfetisch.«

»Wieso glaube ich dir nicht? Wieso ist alles, was du sagst, blanke Ironie?«

Ich ziehe die Augenbrauen zusammen und hebe meinen Blick. »Ist es nicht. Zumindest nicht immer«, korrigiere ich mich. »Dafür weißt du mehr über mich, als andere Kunden je in den letzten Jahren über mich erfahren haben. Das sollte eine Ehre für dich sein.«

»Das schmeichelt mir«, antwortet er spöttisch, und ich weiß, dass er es ebenfalls ironisch meint. Er legt seine Hand auf meine Wange und macht einen Schritt auf mich zu. »An deinem Blick habe ich gesehen, dass dir der Anblick des Gartens zumindest etwas gefällt.« *Und das tut es wirklich* – aber ich werde es ihm nicht sagen.

»Es sollte die Aufgabe meines verliebten Freundes sein, romantische Abende für uns vorzubereiten.« Aber Lawrence ist nirgendwo zu sehen.

»Heute bin ich dein Freund. Also?« Er deutet mit der freien Hand zu der Decke. Seine andere Hand rutscht meinen Rücken hinab zu meiner Taille.

»Lawrence wird sich dieses Schauspiel nicht entgehen lassen«, spreche ich meinen Gedanken laut aus, weil der Garten direkt unter seinem Schlafzimmerfenster liegt. Mit Sicherheit wird er nicht lange fackeln und mich kopfüber in den Pool werfen und danach zwischen den Bäumen vögeln.

»Er weiß Bescheid.«

»Ehrlich?« Im Gehen blicke ich zu ihm auf.

»Hast du wirklich geglaubt, ich mache ein Geheimnis draus, wann ich dich treffe? Er weiß, wenn ich Zeit mit dir verbringe. Und ich, wenn er dich trifft.«

Also weiß Gideon über die Nacht von Lawrence und mir Bescheid. Ich kann sie sogar verstehen, wenn ich mit einer Freundin über mehrere Tage einen Mann teilen würde, würde irgendwann meine Neugierde siegen und ich alles wissen wollen, was sie getan haben. Aber warum? Um besser zu sein als sie? Oder dem Mann mehr zu gefallen?

Zum Glück bin ich nicht in dieser Position.

Ich antworte Gideon nicht, sondern nehme auf der Decke Platz, um nach einer Weintraube zu greifen. Er hat sich wirklich Mühe gegeben.

»Warum gibst du dir solche Mühe? Im Prinzip müsstest du mir deinen Wunsch ins Ohr flüstern und ich würde ihn dir, ohne zu murren oder zu zögern, erfüllen. Vielleicht noch besser, als du ihn dir vorstellen kannst?« Mit einem Glitzern in den Augen blickt er mir entgegen.

»Bilde dir nicht zu viel ein, Maron. Du hast heute frei, deswegen möchte ich dir deine freie Zeit so angenehm wie möglich gestalten.« Am liebsten hätte ich laut aufgelacht, weil sein Hintergedanke, mir mit diesen Köstlichkeiten den Kopf zu verdrehen, geradezu in seinen Augen abzulesen ist. Aber warum mich nicht verwöhnen lassen?

»Du bist sehr aufmerksam.« *Und ein Casanova* – denke ich – *was gefährlich werden kann.*

»Dafür bist du unberechenbar.«

»Tatsächlich?«, frage ich unschuldig und stütze mich mit dem Ellenbogen nach hinten auf der Decke ab, während ich die Weintraube in die Vanillesoße tauche und sie kurz darauf in meinen Mund schiebe. Für einen winzigen Moment schließe ich die Augen, weil die Vanille mild auf meiner Zunge zergeht.

»Nicht immer, aber teilweise.«

»Aber es scheint dich nicht zu stören?«, frage ich und halte immer noch die Augen geschlossen.

»Ganz im Gegenteil.« Etwas Süßes benetzt meine Lippen, sodass ich lächele und den Mund öffne, bevor mir Gideon eine gezuckerte Erdbeere zwischen die Lippen schiebt. Ohne die Augen zu öffnen, spüre ich, wie der Zucker auf meinen Lippen weggeküsst und mit seiner Zungenspitze weggeleckt wird.

Sofort werden bei den leichten Berührungen meine Sinne angeregt, meine Brustwarzen ziehen sich prickelnd zusammen und müssen durch das schwarze Bikinioberteil zu erkennen sein. Denn wie ein Lockruf schieben Finger den Stoff von meiner linken Brust zur Seite und Lippen küssen und saugen an meinem empfindlichen Nippel. Gleichzeitig schmecke ich Finger, die mit Vanillesoße überzogen sind und sich zwischen meine Lippen schieben. Ich lächle, während ich blinzle und seine Finger ablecke.

»Gefällt es dir? Denn glaube mir, oft werde ich das nicht mit dir machen«, höre ich Gideon, bevor er wieder an meiner Brustwarze saugt und eine heiße Welle durch meinen Körper jagt. Ich spüre, wie meine Pussy feucht wird und ich mehr von seinen intensiven Berührungen möchte.

»Das werden wir sehen. Vielleicht bringe ich dich schneller dazu, als du glaubst«, raune ich ihm verführerisch entgegen.

Ein amüsiertes Lachen ist zu hören, bevor er den Kopf hebt.

»Ich lasse mich gerne von dir überraschen, aber zuerst bist du dran, als kleine Wiedergutmachung für heute Vormittag.«

Er dreht seinen Kopf zu den Speisen und nimmt sich etwas, das ich nicht sehen kann. »Schließ die Augen.« Skeptisch schließe ich meine Augen. »Und leg dich hin.«

»Du weißt, dass ich es nicht mag, Befehle auszuführen.«

»Sieh es nicht als Befehl an, eher als Wunsch deines Freundes.« *Spinnt der? Freund?*

Ich presse die Lippen zusammen und versuche mich zu beherrschen. Im nächsten Augenblick spüre ich seine Zunge, die sich zwischen meine Lippen drängt und von einem feurig-süßen Geschmack begleitet wird. Aphrodisierende Lebensmittel sind wirklich etwas Feines, aber bis auf dass sie die Sinne wecken, werde ich mich von ihnen nicht betören lassen. Die Schokolade zergeht zwischen unseren Zungen, klebrig und zugleich scharf. Ich schmecke Chili und die herbe Note der Schokolade.

Wieder küsst er mich stürmisch und einfühlsam zugleich, während meine Hände über seine Schultern wandern, um ihn näher an mich zu ziehen. Wie immer begleitet ihn ein Duft, der mich um den Verstand bringt, als ich mich seit langem falle lasse, ohne dass es mir meine Vernunft verbietet. Die drei Brüder sind verboten gut darin, eine Frau um das letzte bisschen Verstand zu bringen.

Er beißt in meine Lippe, zieht sie zwischen den Zähnen zu sich, bevor er sich von meinem Mund löst und er mit seiner Zunge zwischen meinen Brüsten mein Brustbein entlangfährt, den Stoff meines Bikinioberteils beiseiteschiebt und an meinen Brustwarzen saugt und knabbert, während seine warmen Hände meinen Körper schmeicheln.

Mit Vanillesoße malt er Kreise auf meinen Bauch und leckt sie mit seiner Zunge ab, bevor seine Finger unter mein Bikinihöschen wandern und er das Tuch um meine Hüfte löst.

Ich entspanne mich unter seinen Berührungen, schließe meine Augen und breite meine Arme locker auf dem Rasen aus. Dann spüre ich etwas zwischen meine Schamlippen gleiten, was sich wie ein Band anfühlt. Aber ich will nicht sehen, was er macht, sondern mich dem Gefühl hingeben. Mein Bikinihöschen ist bereits ausgezogen worden, sodass ich lächeln muss. Er ist wirklich geschickt darin, eine Frau zu entkleiden, ohne dass sie es merkt.

»Spreize deine Beine mehr«, fordert er mich auf und ich tue es. Der Chili kribbelt noch immer scharf auf der Zunge, sodass ich am liebsten das Kommando übernehmen würde, aber den Gedanken beiseiteschiebe.

Feuchte Finger tasten sich zu meiner Klit vor, die es kaum erwarten kann, von ihm berührt zu werden. Aber er umspielt sie nur, sodass ich keuche, weil ich es vor Verlangen nicht aushalte. Das leichte Brennen von Chili ist zwischen meinen Beinen zu spüren. Es fühlt sich anregend und zugleich feurig an.

Sein Haar streift meine Oberschenkel und schon spüre ich seine warme Zunge meine angeschwollenen Schamlippen entlangfahren.

»Wie immer bist du vorbereitet«, sagt er, bevor er weitermacht und ich ihm mein Becken mehr entgegenschiebe. »Und voller Begierde.«

»Rede nicht, tu es einfach«, antworte ich und schon umkreist er fest meinen Kitzler und Finger tasten sich zu dem Plug vor, sodass ich aufstöhne, weil das Gefühl, als er ihn in mir bewegt, unglaublich ist. Es fühlt sich an, als würden Blitze durch meinen Körper zucken.

»Du scheinst sehr gut auf das Spielzeug anzusprechen, Kleines.«

»Hast du meine Vorlieben nicht in meiner Sedcard gelesen?«, frage ich ihn, ohne die Augen zu öffnen.

»Doch, allerdings wird in den Sedcards mehr aufgeführt, als die Mädels wirklich wollen.«

»Nicht bei mir.« Seine Zunge leckt fest über meinen Kitzler, sodass mein Körper zittert und ich die Finger im Gras krümme. Ich bin so feucht, dass ich am liebsten seinen Schwanz in mir spüren will.

»Das freut mich zu hören, dann bist du vorbereitet.« *Er*

will Analsex? Er bewegt den Plug, dehnt damit weiter meinen Anus, während meine Nippel steinhart werden, und ich nicht will, dass er mit dem, was er tut, aufhört.

»Ich bin immer vorbereitet«, scherze ich und öffne die Augen, als mich eine weitere heiße Welle durchfährt. Das Zusammenspiel der Stöße in meinen Anus und seiner feuchte Zunge, die schneller meiner Kitzler umkreist, ohne ihn zu berühren, treibt mich in den Wahnsinn. Doch plötzlich sehe ich Dorian über mir, der nach meinen Handgelenken greift.

Warum bin ich so dämlich!

»Schön, dass du dich an unserem Date beteiligen willst«, bringe ich keuchend hervor, während Gideon meinen Kitzler, der pocht, als würde er explodieren, streift.

»Du wirkst nicht mehr überrascht«, stellt er fest, bevor er sich zu mir herabbeugt und mich küsst. Ich schnappe nach Luft, als er mich stürmisch und nicht sanft küsst, seine Zähne an meiner Unterlippe knabbern, und das nicht einfühlsam. Aus den Augenwinkeln sehe ich, dass er nur mit einer Badehose bekleidet ist. Weiterhin drückt er meine Handgelenke auf den Rasen, sodass ich mich nicht bewegen kann.

»Amüsiert euch ruhig, wenn ich sie darauf vorbereite«, höre ich Gideons belustigte Stimme.

Wieder dehnt mich der Plug und Gideons Zunge reibt nun fest über meinen Kitzler, sodass mich der ersehnte Orgasmus langsam überrollt, während Dorian mich küsst und ich an meinen Armen zerre. Mit jeder festen und zugleich intensiven Berührung von Gideons Zunge wölbe ich meinen Rücken durch. Er umfasst meine Fußknöchel, während Dorian mich hungrig küsst wie nie zuvor. Ich kann nicht frei atmen, als mein ganzer Körper bebt, zuckt und ich nichts weiter will, als die Lust hinauszuschreien.

Was beide mit mir machen, ist unglaublich, sodass ich mich ihnen hingebe und sie gewähren lassen, wie ich es selten tue.

Langsam ebbt das heiße Gefühl ab und ich atme durch die Nase. Dorians Zunge penetriert meine, als wäre er kurz davor zu kommen. Gideon leckt mich weiter und zieht quälend langsam den Analplug mit den stimulierenden Erhebungen Stück für Stück heraus, sodass mich eine erneute Welle erfasst, die ich nicht kontrollieren kann und meine Oberschenkel zucken lässt. Kurz löst sich Dorian von meinem Mund und ich funkele ihm entgegen.

»Gib zu, dass es dir gefallen hat, in meinen Mund zu stöhnen.«

Ich lache finster. »Glaub mir, wie es dir gefallen wird, wenn ich dich kneble und du kommst!«

»Da ist unsere alte Maron wieder«, sagt Gideon, bevor er vor mir seine Jeans öffnet und ich die Beule zwischen seinen Beinen erkennen kann. Zumindest kann ich gleich den Ring sehen.

Dorian verstärkt seinen Griff. »Ich wusste, du würdest es nicht lange ohne uns aushalten. Was mich nur interessieren würde: Was hast du mit Jane auf der Toilette besprochen?«

Er und seine Jane … Als ob ich meine Pläne verraten würde.

»Hat sie dir nicht gesagt, dass wir über dich geredet haben? Wir Frauen vergleichen euch immer. Das macht zwischen Brüdern keinen Unterschied«, reize ich ihn und schenke ihm ein süffisantes Lächeln.

»Und was habt ihr über mich gesprochen?«, fragt er fast gelangweilt, während er mich weiter auf dem Rasen festhält.

»Sehe ich aus, als ob ich es dir verraten würde? Im Gegensatz zu dir bin ich keine Verräterin und plaudere Gespräche aus.«

»Stell ihr keine Fragen, sie wird ohnehin gleich sprechen«, mischt sich Gideon ein.

»Ich werde nichts sagen. Eure Befragungen könnt ihr vergessen, denn offiziell habe ich frei.«

»Hättest du auch, wenn du Jane nicht manipuliert hättest«, antwortet Dorian. »Könntest du mal bitte?«, fragt er Gideon und deutet auf meine Handgelenke.

»Aber gerne.«

»Ich habe niemanden manipuliert. Ihr hat es gefallen, was ich mit euch mache – mehr nicht. Und warum sollte es ihr auch nicht gefallen?«, entgegne ich ihnen und kann meinen selbstzufriedenen Unterton kaum verbergen. Unter dem berauschenden Gefühl kann ich mir das Lachen nicht verkneifen, als ich in Dorians Augen blicke. Plötzlich verzieht Dorian seine Mundwinkel zu einem durchtriebenen Grinsen, als Gideon nach meinen Armen greift.

»Weil ich keine Maron Noir auf die Reise mitnehmen wollte, sondern eine Jane Lefort. Aber es hat seinen Anreiz, zwei Damen zurechtzuweisen, die sich nicht benehmen können. Findest du nicht auch, Gideon?« Ich zerre an Gideons Griff und blicke ihm wütend entgegen.

»Allerdings.«

»Du hast dein Wort nicht gehalten.« Ich sehe zu Gideon hoch, der meine Arme festhält, als hätte ich es nicht anders verdient, obwohl ich wirklich brav war. »Wir wollten einen romantischen Abend zu zweit verbringen – nicht zu dritt!« Ich schaue kurz zu Dorian.

»Das wolltest du nie. Oder möchtest du weiterhin, dass ich dich verwöhne und wir Vanillasex haben? Von Law habe ich erfahren, dass du nicht darauf stehst.« Er gibt mir einen sanften Kuss. »Nein, wir haben etwas Schönes für dich vorbereitet. Es ist keine Bestrafung, sondern wird dich beflügeln, wie ich es dir versprochen habe, Kleines.«

Ich schlucke und sehe in sein Gesicht, das verkehrt herum über mir schwebt und meinen Blick auffängt. »Wo ist mein Freund?«, frage ich zynisch und hoffe, Lawrence wird eingreifen.

»Der hat gerade ein wichtiges Telefonat. Ich durfte für ihn einspringen«, antwortet Dorian für Gideon, der ebenfalls entkleidet ist und ich von beiden mit einem Kopfnicken hochgezogen werde. »Und er meinte, ich soll dich nicht schonen.«

Meine Knie fühlen sich etwas wackelig an, bis ich von vier Händen berührt werde, die meinen Körper erkunden. Dorian küsst mich bedrängend, während Gideon prüft, ob ich feucht genug bin, bevor er mit seiner Hand mein Haar aus dem Nacken streift und mit seinen Lippen über meine Haut wandert. Seine Finger erforschen jeden Winkel meiner Pussy, sodass ich keuche, weil mein Körper auf jede Bewegung von ihm empfindlich reagiert.

Erst jetzt sehe ich Gleitgel zwischen den Schüsseln versteckt und gebe mich weiter Dorians Küssen hin, bevor ich langsam von seinen Händen auf die Knie gezogen und mit dem Rücken heruntergedrückt werde, bis er mir seine Härte über die Wange reibt.

»Wie ich mich bereits die gesamten letzten Tage auf deinen Blowjob gefreut habe.«

»Sie macht ihren Job wirklich hervorragend«, höre ich Gideon, der sich meinem Po widmet und meine Pobacken auseinanderdrückt. Ich spüre etwas Kühles meine Spalte entlanggleiten, das sich wahnsinnig angenehm anfühlt, während Dorians steifer Schwanz mein Gesicht umfährt und ich vorsichtig nach ihm fasse. Er will, dass ich daran lutsche? Das kann er haben, zumindest hätte ich einen vorerst zufriedengestellt.

Ich lächle ihm entgegen, bevor ich mich weiter auf allen vieren abstütze und seine pralle glänzende Eichel mit der Zunge verwöhne. Immer tiefer nehme ich seinen Schwanz in meinen Mund auf. Dorians Blicke sind auf mir, das weiß ich, ohne ihn ansehen zu müssen. Obwohl ich Gideons Schwanz von allen am interessantesten finde und Lawrence den Größten hat, gefällt mir Dorians, weil er etwas dicker ist. In rhythmischen Bewegungen sauge ich über seinen Schaft, nehme ihn tiefer in mich auf und reagiere auf Dorians langsame Stoßbewegungen, bis ich spüre, wie etwas in mich eindringt und ich kurz die Augen zusammenziehe. Gideons Hände umfassen mein Becken, als er seinen

Schwanz langsam in meinen vorgedehnten Anus schiebt.

Dorian höre ich vor mir auf den Knien stöhnen. »Er wird sanft sein, versprochen.« Dorians Versprechen traue ich keine Sekunde. Stattdessen spüre ich, wie sich Gideons Schwanz tiefer in mir bewegt, er mich ausfüllt und dehnt, was sich unglaublich gut und zugleich kurz fremd anfühlt.

»Werde ich. Du machst deine Sache gut, Kleines.« Mit zarten Streicheleinheiten massiert er meinen Hintern, weiter meine Bauchseite entlang. »Aber vergiss Dorian nicht.«

Für diese Bemerkung würde ich ihm einen Tritt verpassen, stattdessen sauge ich weiter an Dorians Schwanz und spüre zugleich die Hitze. Gott, wie ich Analsex liebe, wenn es richtig gemacht wird. Gideons Bewegungen werden tiefer, intensiver, und ein Kitzeln jagt durch mein Becken, sodass ich meinen Rücken durchdrücke und ihm meinen Arsch weiter entgegenstrecke, während ich Dorians Schwanz verwöhne.

»Sehr gut. Sie macht ihre Sache trotz Ablenkung wirklich hervorragend«, bemerkt Dorian. Wie ich es hasse, wenn sie über mich reden und ich dabei bin.

»Maron ist eben ein Naturtalent.« Unvermittelt trifft Gideons Hand meine linke Pobacke, und ich muss aufpassen, nicht mit meinen Zähnen Dorians Härte zu berühren. Der prickelnde Schmerz durchwandert meinen Körper, schon folgt der nächste feste Schlag, während er mich anal fickt und es mir unmöglich ist, mich auf Dorian zu konzentrieren.

Ich schlucke, soweit es mit einem Phallus im Mund geht, und konzentriere mich auf Dorian, werde schneller mit meinen Saugbewegungen, bewege die Lippen enger um seinen Schaft und gleite schneller vor und zurück, im gleichen Takt, wie mich Gideon von hinten nimmt, bis ich etwas an meinem Kitzler vibrieren spüre und – Gott – es langsam nicht mehr aushalte.

»Konzentriere dich, Maron, ich bin gleich so weit.« Dorian umfasst mein Gesicht zärtlich, während er mir seinen Schwanz erneut in den Mund stößt, immer schneller, und ich mich ihm anpasse, bis seine Hoden sich zusammenziehen. Lange behalte ich seine Erektion tief in meinem Mund und blicke zu ihm auf. Unsere Blicke treffen sich, als ich ihn mit drei festen Stößen mit meinen Lippen zum Kommen bringe, und er versucht leise zu stöhnen. Sein Sperma kommt so unerwartet, dass es mir den Rachen herunterläuft und ich mich fast verschlucke. Augenblicklich zieht er sich aus meinem Mund zurück.

»Der Wahnsinn, wirklich. Selbst Jane ...«

»Ich will es nicht wissen, Dorian!« Ich schnappe nach Luft, als mich Gideon härter nimmt, seine Stöße intensiver werden, ich mich nicht mehr auf den Armen halten kann und mit den Ellenbogen auf dem Rasen abstütze.

»Verstanden, Madame. Du bist bezaubernd.« Dorian gibt mir einen Kuss auf mein Haar, dann sehe ich ihn an mir vorbeilaufen und Gideons lautes Atmen geht in ein Stöhnen über. Die Vibration an meiner Klit wird schneller und ich kann das Zittern nicht länger zurückhalten, als Gideon mich härter fickt und ich sogar den Ring um sein Glied spüren kann, wenn er meinen Schließmuskel streift. Ich beuge mich mit dem Oberkörper in einer betont devoten Haltung weiter auf den Rasen und höre Gideons: »Der Anblick, dich so zu sehen, ist der Wahnsinn«, bis sich die Hitze in mir kaum mehr aufhalten lässt.

Wie Blitze durchzucken meinen Körper Lustwellen, sodass ich meine Augen schließe und versuche leise zu stöhnen, damit es keine Nachbarn hören. Die Mischung, wie mein Anus und mein Kitzler stimuliert werden, lässt mich kurz Sterne sehen. Der Orgasmus ist intensiv, sodass ich nicht leise stöhnen kann, sondern die Gegend zusammenschreien würde, wenn nicht Dorian ein Tuch entgegenhalten würde.

»Beiß rein. Es wird dir helfen.« Ich würde nicken, wenn ich es könnte, stattdessen beiße ich in das Tuch und schließe die Augen. Eine unglaubliche zweite Welle durchrauscht meinen Körper, bis ich spüre, wie meine Muskeln zucken, die Gideon ebenfalls spüren muss. Denn wenige Sekunden später ergießt er sich in mir und statt eines Stöhnens, das ich an ihm mag, höre ich ihn knurren, fast fauchen. Seine Hände wandern streichelnd über meinen Körper, bevor er eine Weile in mir verharrt und sich dann zurückzieht. Zwei sanfte Schläge folgen auf meinen Po.

Erst jetzt spüre ich meinen tauben Oberkörper und wie schmerzhaft meine Knie gelitten haben. Trotzdem lege ich mich nicht auf das Gras, sondern ziehe mich auf die Knie, um tief Luft zu holen. *Himmel, die Männer ruinieren jeden Plan, mich ihnen nicht willenlos hinzugeben.*

Über mir blitzen zwischen den Blättern der Palmen die Sterne am Nachthimmel zu mir herab. Mein Puls beruhigt sich allmählich und ich kann freier durchatmen.

»Trink das, ma cherie.« Dorian bietet mir ein Glas Weißwein an, dem ich skeptisch entgegenblicke. »Mach schon. Alternativ könnte ich dir Poolwasser anbieten.«

Gideon lacht hinter mir. Seine Hände umschlingen meine Taille, um mich näher an sich zu ziehen und festzuhalten.

»Gut.« Ich greife zittrig nach dem Wein und nehme drei Schlucke, die das Kratzen in meinem Hals fortspülen. Ohne lange zu überlegen, leere ich das Glas und reiche es Dorian. »Noch eines, bitte.« Irgendwie hört sich meine Stimme rau und heiser an.

»Das sehe ich als Zeichen, dass es dir gefallen hat, meine Kleine«, raunt Gideon dicht an meinem Ohr.

»Oder als Versuch, die Nummer sofort im Delirium zu ersticken«, antworte ich ihm frech und lächele Dorian entgegen, der mir nachschenkt und den Kopf schüttelt.

»Warum behältst du nie in den passenden Momenten deine Zunge im Zaum, Kleines? Jetzt wäre der richtige Moment gewesen.«

»Du warst großartig, das möchtest du hören, nicht wahr?« Ich neige meinen Kopf in seine Richtung, um ihn aus den Augenwinkeln zu sehen.

»Das wäre zumindest ein guter Anfang. *Großartig* reicht mir für den Abend, aber es lässt noch Platz nach oben.«

»Hier.« Dorian reicht mir das Glas mit Wein gefüllt. Er hat in der kurzen Zeit schon wieder seine Hose angezogen und fährt sich durch sein glattes dunkles Haar, als wäre der Vorfall vor wenigen Minuten nicht passiert. »Ihr zwei kommt allein zurecht, wie ich sehe.« Meine Augenbrauen ziehen sich bei seiner Bemerkung zusammen. »Dann werde ich sehen, wie Jane ihre freie Zeit nutzt. Bis morgen!«

Mit wenigen Schritten überwindet er die Stufen der Terrasse zum Eingang und ist hinter der Tür verschwunden.

»Was für ein Verräter bist du eigentlich?«, frage ich Gideon, der seine Arme immer noch um meinen Körper geschlungen hält. Als es sich wieder anfühlt, als hätte ich meinen Körper unter Kontrolle, trinke ich das Glas mit mehreren großen Schlucken leer, stelle es im Gras ab und will mich erheben.

»Ach komm schon. Dorian hat sich wirklich auf den Deepthroat gefreut. Bisher durfte er nur zusehen und konnte sich nicht selbst davon überzeugen, wie gut du darin bist, Schwänze zu verwöhnen. Ich bin wirklich stolz auf dich.« Er hilft mir auf die Füße. »Deswegen werde ich dir jetzt gerne behilflich sein, dich zu waschen.« Schnell greift er nach meinem Bikiniunterteil, das nachlässig neben der Decke im Gras liegt. »Heb deinen Fuß.« Ich steige in das Höschen, während er vor mir kniet.

»Der Anblick gefällt mir«, muss ich laut aussprechen.

»Weil du durch und durch berechnend bist.« Langsam erhebt er sich und zieht seine Shorts über. Bevor ich begreife, was er vorhat, hebt er mich auf seine Arme hoch und verlässt mit mir schnellen Schrittes den Garten.

5. KAPITEL

»Embrasse-moi!«, fordere ich ihn auf, als er mich in seinen Armen hält und die Wellen des Meeres meinen Körper umschmeicheln. Es ist eine milde Nacht, in der keine Menschenseele am Strand zu sehen ist. Nur von weitem höre ich einen Hund bellen und sehe beleuchtete Fenster der benachbarten Villen, die am Strand liegen.

Gideon lächelt mir entgegen, bevor er mein Kinn mit seinen Fingern anhebt und meine Mundwinkel küsst, dann mit seinen Lippen über meine Wange streift und seine Zunge meine hervorlockt. Ich seufze leise, weil er tut, was ich verlange. Mit geschlossenen Augen ziehe ich mich näher an ihn, um meine Zunge mit seiner verschmelzen zu lassen und ihn zu schmecken. Mit den Fingern fahre ich durch sein feuchtes Haar. Plötzlich spüre ich den Sandboden nicht mehr unter meinen Füßen, weil er mich hochhebt und ich meine Beine um seine Hüfte schlinge.

»Du bist eine echte Versuchung, Maron. Ich bin über Lawrence' Entscheidung froh, dich nach Dubai mitgenommen zu haben«, spricht er dicht vor meinen Lippen. Ich blinzele und schenke ihm ein Lächeln.

»Ich bin ebenfalls froh, mit euch reisen zu dürfen, obwohl ich morgen wirklich Zeit benötige, um zu lernen.« Sein Lächeln verblasst plötzlich und er holt lange Luft.

»Was ich dich die gesamte Zeit fragen wollte.« Gespannt warte ich auf seine Frage, weil ich hoffe, er würde jetzt nicht den Moment zerstören, wie es meistens nur Frauen in kitschigen Filmen tun.

»Ja?«, hake ich nach und hebe eine Augenbraue.

»Es wäre meine dritte Frage an dich, die ich dir eigentlich gestern stellen wollte, bis uns Law unterbrochen hat.« Ich runzle meine Nase, weil er plötzlich so geheimnisvoll ist.

»Frage mich. Ich habe sie dir gewährt, also stelle sie mir, wenn ich dir ebenfalls Fragen stellen darf?«, fordere ich und erkenne sofort, wie er meine Forderung mit einem strafenden Blick besieht.

»Einverstanden.« Er holt Luft, blickt kurz zur Villa zurück, bevor er mich fragt: »Was ist das zwischen dir und diesem Luis für ein Verhältnis?«

»Was genau meinst du?« Mir gefällt die Frage nicht, die ich bereits erwartet habe. Trotzdem geht ihn mein Verhältnis zu Luis nichts an, weil ich ungern mehr von mir erzählen möchte. Zu dumm, dass ich ihm zuvor drei Fragen gestattet habe.

»Ich meine, er hilft dir bei deinem Studium ...«

»Was nichts Schlimmes ist«, unterbreche ich ihn schnell, um vielleicht doch das Thema abzuwenden.

»Lass mich meine Frage zu Ende stellen! Du hast zwar vor wenigen Tagen versucht, mir eine Lügengeschichte aufzutischen, trotzdem entging mir dein Gesichtsausdruck nicht, als du von ihm gesprochen hast. Ihr seid zusammen gewesen: Was ist jetzt zwischen euch?« Als er seine Frage ausgesprochen hat, löse ich meine Beine um ihn, um mich von ihm zurückzuziehen.

»Warum darf mir mein Exfreund nicht beim Studium helfen?«

»Hör auf, mir Gegenfragen zu stellen, Maron! Beantworte meine Frage einfach.« Seine Stimme klingt ernst und nimmt mir jedes Verlangen, das ich nach ihm hatte, und es lässt nun einen eiskalten Schauder über meinen Rücken jagen. Ich wende mich von ihm ab und sehe zu den Sternen auf.

»Jetzt ist zwischen uns nichts weiter als ein freundschaftliches Verhältnis. Nach unserer Beziehung, die alles andere als einfach verlief, hat uns weiterhin unsere Vergangenheit verbunden. Klingt seltsam, ich weiß, aber er wird immer ein Teil meines Lebens sein, auch wenn er mir zu gern sagen möchte, was ich in meinem Leben zu ändern habe – was ich nur ihm durchgehen lasse.« Warum erzähle ich ihm davon? »Beantwortet das deine Frage?«

»Nicht ganz, was verbindet euch?« Ich werfe ihm einen flüchtigen Blick aus den Augenwinkeln entgegen. Warum muss er das wissen?

»Weit mehr, als du denkst. Wir sind praktisch wie Geschwister aufgewachsen. Er war immer der Nachbarjunge von nebenan, mit dem ich gespielt habe, Hausaufgaben erledigt habe ... mit dem ich viele schöne und schreckliche Momente erlebt habe. Doch eigentlich ist er es, dem ich mein Leben verdanke. Können wir es nicht dabei belassen?« Ich drehe mich zu ihm um. »Du brauchst nicht mehr zu wissen. Das, wie vorhin, das sollte ich für dich sein, eine gekaufte Frau, mit der du machen kannst, was du willst, und keine Freundin, die aus ihrer Vergangenheit erzählt.«

Er hebt die Augenbrauen. »Habe ich mich das letzte Mal nicht deutlich genug ausgedrückt?« In seiner Stimme schwingt der Ärger, aber zugleich das Missverstehen mit. »Du sollst nicht nur eine käufliche Frau für uns sein, Maron. Sei unsere Freundin, unsere Gespielin und Geliebte – und dazu gehört Vertrauen. Oder lässt du dich von jedem Kunden anal vögeln?«

»Das geht dich nichts an!«, fauche ich ihm entgegen. Eine kurze beklemmende Stille tritt ein, die den Abend vollends ruiniert. Warum müssen Menschen in Erinnerungen schwelgen, jedem von ihrem Problem, ihren Sorgen und Ängsten erzählen, die andere Menschen für sie nicht lösen können? Warum das Leben nicht jeden Moment auskosten – genießen und im Hier und Jetzt verbringen?

Seine Finger streichen mir eine nasse Haarsträhne aus dem Gesicht. »Fühlst du dich wegen des Vorfalls mit ihm verbunden?«, fragt er leise, aber einfühlsam.

Für einen winzigen Moment schließe ich die Augen, um ruhig Luft zu holen. »Ja, ja verdammt, deswegen bin ich ihm dankbar. Du willst wirklich wissen, warum?« Ich sehe mit einer kalten Miene zu ihm auf, während er einmal nickt. »Weil mein Vater mich fast totgeprügelt hätte, weil ich mit dem Kopf wegen eines Stoßes von ihm gegen die Tischkante geprallt bin und mich Luis blutüberströmt gefunden hat. Mein Vater hätte es bis heute nicht bemerkt, weil er mit dem verfluchten Alkohol so ziemlich alles um sich herum vergessen hat! Er hätte nicht bemerkt, dass ich mir eine Gehirnerschütterung zugezogen hatte, weil er mit dem Wodka im Wohnzimmer saß und Fußball geschaut hat, nachdem er mir das angetan hat. Wenn Luis nicht vorbeigekommen wäre, um mit mir die Hausaufgaben zu erledigen, wäre ich nicht mehr hier!«, fauche ich ihm entgegen. »Und ja, jetzt weißt du, was mich mit Luis verbindet. Ich hoffe, jetzt hast du deine Antwort!«

Als ich von der Szene spreche, tauchen die Bilder wieder vor meinen Augen auf, wie Luis die Küchentür öffnet, ich blinzle und er nur schreit. Er schreit, und ich kann nichts weiter tun, als meine Augen zu schließen, weil mein Kopf höllisch schmerzt und sich alles um mich dreht und langsam verdunkelt. Dann spüre ich, wie Hände mich hochheben, höre, wie Scherben auf dem Boden zertreten werden, dann einen hohen Fiepton und erwache irgendwann im Krankenhaus.

»Wie alt warst du zu der Zeit?«, will er wissen und ich versuche, seinen Blicken auszuweichen.

»Zwölf.«

Wieder treten Tränen in meine Augen, als ich mich von Gideon abwende und zum Strand gehen will. Warum muss er mir auch die falschen Fragen stellen! Ich will ihn nicht anfahren, weil ich nie unkontrolliert handele oder unüberlegt, aber mit dieser Frage fühle ich mich angegriffen und es tut einfach nur weh, davon zu erzählen.

Kaum dass mir das Wasser nur noch bis zu den Hüften geht, umfassen mich Arme von hinten. »Du wirst schön hierbleiben. Ich danke dir für dein Vertrauen, Kleines. Aber so lasse ich dich nicht gehen.«

»Tu uns beiden den Gefallen und lass den Abend nicht

schlimmer enden, als er ohnehin schon ist.«

»So? Du findest den Abend mit mir schlimm? Das höre ich äußerst ungern.«

Ich antworte nicht, sondern bleibe stehen und schließe meine Augen. Am liebsten würde ich alles hinunterschlucken – wie immer –, aber es geht im Augenblick nicht, weil ich mich einem Fremden anvertraut habe, der mein Kunde ist, der sich irgendwann aus meinem Leben verabschiedet. Es wird über die Jahre leichter, die Szene immer schneller zu verdrängen, trotzdem kann ich, sobald ich an meinen Vater zurückdenke, es nicht so einfach vergessen.

»Wie wäre es jetzt mit meinen Fragen an dich?«, bringe ich mit leiser Stimme hervor und drehe mich zu ihm um.

»Wenn es dir hilft, dich abzulenken, kannst du sie mir gerne stellen. Aber wenn du über ... Also wenn du darüber reden willst, dann ...«

»Will ich nicht, Gideon. Wirklich, ich weiß dein Angebot zu schätzen. Aber ich rede nicht gerne, es sei denn, jemand zwingt mich dazu.« Ich lächele matt, dann blicke ich über seinen Oberkörper zu ihm auf. »Aber ich komme damit klar.«

»Sicher?«, hakt er nach und umfasst mein Gesicht mit seinen Händen, sodass ich mich nicht von ihm abwenden kann.

»Vorerst, ja, danke.« Ich ertrage sein Verhalten mir gegenüber nicht, weil ich mich für meine Vergangenheit schäme – obwohl nicht ich diejenige war, die Fehler gemacht hatte. Damit versuche ich mich immer zu beruhigen.

»Vielmehr interessiert mich deine Vergangenheit.«

Mein Versuch, die Situation doch noch zu kontrollieren, die Fäden in der Hand zu halten, funktioniert etwas, bis ich kurz schluchze und leise fluche.

»Welche? Stell sie mir.« Ich sehe ihm an, als ich in seine Augen blicke, dass er mir helfen will, den Schaden zu beheben, den er glaubt, mit seiner Frage angerichtet zu haben. Doch er ist nicht schuld an meiner Vergangenheit ...

Ich konzentriere mich auf die Frage, die mich am meisten interessiert und ablenken wird. »Erzähle mir von Rica«, fordere ich ihn auf. Es ist das, was mir gerade einfällt. Als sein Vater im Restaurant von Gideons Exfreundin erzählt hat, hat es mich sofort neugierig gemacht.

Er verzieht sein Gesicht zu einer gequälten Grimasse, die mich zum Lächeln bringt.

»Wirklich? Ich soll dir von ihr erzählen? Von einer Frau, die mit ihrer Arbeit verheiratet ist? Die ständig ihr Leben nach Diäten, ihrem Schlafrhythmus, ihren Fitnessstunden und ihren Vitaminpräparaten ausrichtet?«

Tief hole ich Luft, weil es wirklich – nun ja – ziemlich übel klingt, was mich erwarten wird. »Ähm ... ja, erzähl mir einfach davon. Ich dachte, diese Exemplare von Frauen seien bereits ausgestorben?«

»Dachte ich ebenfalls, aber sie existieren weiterhin verborgen unter uns«, scherzt er und ich muss über seine Worte lachen, dabei wische ich unauffällig die Tränen fort.

Dann beginnt Gideon von Rica, eigentlich Ricarda, zu erzählen, die einem Workaholic gleicht, auf jedes Gramm Fett achtet, öfter Leute aus unerfindlichen Gründen zurechtweist und ziemlich launisch sein muss. Während er erzählt, laufen wir zum Strand und setzen uns in den Sand. Die Wellen umspülen angenehm meine Füße, was mich – zusätzlich zu Gideons warmer Stimme – beruhigt. Ich lausche gerne seiner tiefen Stimme, sodass ich öfter versucht bin, die Augen zu schließen, um sie besser aufnehmen zu können.

»Und wie kommt ausgerechnet ein Gideon Chevalier, der Frauenschwarm schlechthin, an solch ein Biest?«

»Woher willst du wissen, dass ich ein Frauenschwarm bin?«

»Das Internet verrät alles. Glaubst du wirklich, ich hätte mich nicht intensiv über meine Kunden informiert?« Er stöhnt und fährt sich durch sein feuchtes Haar.

»›Wie‹ ist ganz einfach: Der erste Blick täuscht immer. Wir haben uns in einem Club kennengelernt, als eine ihrer Freundinnen, die ich etwas kenne, ihren Geburtstag gefeiert hat. Tja, und was soll ich sagen? Zuerst war sie mir sehr sympathisch, bis ich mit jeder Stunde, die ich mit ihr verbracht habe, gesehen habe, was sie wirklich ist. Deswegen versuche ich mehr über mein Gegenüber zu erfahren. Man kann nie wissen, was sich hinter einer hübschen Fassade befindet. Frauen sind trügerische Wesen.« Er schaut mir lange entgegen. Ich halte seinem Blick stand und presse die Lippen aufeinander. Denn ich gebe ihm recht. Tief in uns verborgen lauern Abgründe, die sich erst nach und nach dem anderen zeigen.

Rücklings lasse ich mich auf den kühlen Sand fallen und könnte ewig so daliegen.

»Deswegen buchst du dir Frauen, um sie nicht lang mit

ihren Macken ertragen zu müssen, habe ich recht?« Ich lächle zart, aber schaue ihn nicht an. »Ich würde es nicht anders machen, wenn ich Geld und Einfluss hätte.« Es ist meine ehrliche Meinung, denn für wie lange erträgt man die Macken eines anderen, wie oft kommen Bedürfnisse zu kurz, über die keiner reden will?

»Manchmal, stelle ich fest, ähneln wir uns sehr.«

»Wirklich? Das denke ich nicht.« Ich drehe meinen Kopf zu ihm. Er sitzt neben mir, die Arme locker auf seinen Knien aufgestützt, während ich die Konturen seiner Bauch- und Brustmuskeln sehen kann. Der Strand ist zwar kaum beleuchtet, nur von der Außenbeleuchtung der Anwesen, trotzdem reicht mir das schwache Licht völlig. Auf seinem Oberarm sehe ich auf der Unterseite wieder das Tattoo. Er schaut nicht zu mir, also betrachte ich es näher. Es ist ein Relief von einer Stadt, über die Vögel fliegen. Irgendwie weckt das Tattoo eine Sehnsucht in mir. Noch nie habe ich eine Stadt auf Haut tätowiert gesehen.

»Stimmt, ich bin nicht so grottenschlecht im Umgang mit Berechnungen.« Das tiefe Lachen von ihm gefällt mir. Ich stoße ihn mit der Hand an.

»Du bist nicht gerade sehr galant und unterschätzt mich maßlos. Du weißt nicht, wozu ich fähig bin. Wenn ich etwas erreichen möchte, dann schaffe ich es auch.«

Ich recke mein Kinn zu den Sternen hoch, während Gideon zu mir blickt. Wie er neben mir sitzt – das Haar leicht angetrocknet, das dunkle Glitzern in seinen Augen, die lockere Haltung –, könnte ich annehmen, wir würden uns Ewigkeiten kennen. Irgendetwas lässt mich bei ihm nicht die Distanz wahren, wie ich sie gewöhnlich zu Kunden halte. Bisher habe ich mich auch nie mit einem Kunden so gut verstanden.

»Das tu ich nicht, Maron. Ich weiß, wozu du fähig bist, und ich weiß, dass du die Prüfung schaffen wirst, spätestens, wenn du deinen Professor von deinen Reizen überzeugst.« Sofort erhebe ich mich und besehe ihn mit einem strafenden Blick.

»Für so berechnend hältst du mich? Wenn du meinen Professor gesehen hättest, wüsstest du, dass jeder Versuch Zeitverschwendung wäre.«

»Das stellt für dich sicher kein Hindernis dar oder?«

»Es gibt auch Grenzen für mich. Außerdem möchte ich meine Prüfung ehrlich bestehen, nicht indem ich meinen Prof verführen muss«, antworte ich und schaue auf die pechschwarzen Wellen, die an den Strand gespült werden.

»Wenn es dich beruhigt, ich hätte dich nicht so eingeschätzt, dir deine Note unehrlich zu verdienen.«

»Hey, Maron!«, ruft jemand nach mir und ich drehe meinen Kopf in die Richtung, aus der die Stimme kommt. Jane steht am Strand und winkt mir entgegen. Gott, wie spät ist es mittlerweile?

»Danke für deine Wiedergutmachung, Gideon.« Ich beuge mich Gideon entgegen und küsse ihn, bevor ich aufstehe. »Die ist dir mehr als gelungen.«

»Davon gehe ich aus. Komm später in mein Zimmer.«

Ich ziehe die Augenbrauen zusammen. »Aber ich wollte ein Bad nehmen, um nicht *nur* den Sand aus allen Öffnungen zu waschen.« Sofort lacht er leise.

»Das kannst du auch bei mir tun.« *Ob es wirklich eine gute Idee ist?*

»Gut, bis später.« Schon laufe ich Jane entgegen, die aufgeregt wirkt, obwohl ich am liebsten bei Gideon sitzen bleiben würde. Aber das Bad müsste ich nach dem Sex auf jeden Fall nehmen, weil ich bei jedem Schritt, den ich mache, den Sand in und auf mir spüre.

»Was ist los?«

»Ich habe dich gesucht. Ich dachte, wir sprechen unseren Plan ab, bevor wir ...« Sie nickt kurz zu Gideon, der sich ebenfalls erhebt und uns einen misstrauischen Blick entgegenwirft.

»Benehmt euch, Ladys«, warnt er uns, bevor er in den Garten geht und ich schmunzle. Kurze Zeit darauf laufe ich mit Jane über den Strand und bespreche mit ihr meinen Plan. Sie klingt begeistert und schon morgen Abend werden wir ihn durchführen, beschließe ich – aber erst, nachdem ich Lawrence' Massage genossen habe. Schließlich sollte er sich seine Aufmerksamkeit verdienen.

6. KAPITEL

Kannst du mir mein Buch bringen?«, frage ich Gideon, der in seinem Zimmer irgendwelche Unterlagen studiert, sodass nur ein Rascheln von Papieren zu hören ist.

»Nein«, antwortet er etwas grimmig.

»Verflucht, mache es einfach!«

»Ansonsten?«, fragt er streng und ich fahre mit der Hand über mein feuchtes Haar. Mit den Fingern schnippe ich den Schaum in die Luft, der in weißen Flocken in der Luft herumwirbelt.

»Wirst du keine Bekanntschaft mit einer Lingam-Massage machen, die ich eigentlich für dich geplant habe«, erkläre ich in einem gelassenen Tonfall. Keine zwei Sekunden und ich höre einen Ordner zuklappen, dann ein Lachen.

»Der Bekanntschaft kann ich wohl nicht aus dem Weg gehen.«

»Sehr brav.«

Im nächsten Augenblick höre ich die Schienen der Balkontür und – *er holt mir tatsächlich das Buch aus meinem Zimmer?* Wie effektiv die Erwähnung einer vielversprechenden Massage sein kann. Das muss ich mir für später merken. Genüsslich schließe ich die Augen und lehne mich im Wasser zurück.

»Hier!« Gideon steht nur in schwarzen tiefsitzenden Shorts neben mir an der großen Eckbadewanne und reicht mir das Buch. Meine Blicke wandern über seine muskulöse Brust, etwas tiefer hinab zu dem Bund seiner Shorts, dann zu dem Buch, das er mir reicht.

»Nicht das Erotikbuch, ich wollte Dumas lesen.« Sein Blick verfinstert sich.

»Nein, ich finde, du solltest das lesen und nicht die Rachepläne von Edmond Dantes, um dich davon inspirieren zu lassen. Denn in dem Band werden«, er geht neben mir geschmeidig in die Knie und stützt seine Unterarme auf dem Wannenrand ab, »zwei Frauen am gesamten Körper gefesselt, bis sie sich nicht mehr bewegen können«, spricht er mit einer rauen Stimme weiter. Dabei blitzen seine Augen verräterisch. »Während zwei Männer sich von ihnen holen, was sie wollen. Dabei werden sie als Letztes die Lust der Ladys befriedigen und sie über mehrere Stunden vögeln, bis ihnen erlaubt wird zu kommen.«

»Ist das so?«, hake ich nach und erkenne seine Absicht, mich neugierig zu machen, sodass ich schlucke. Die Worte lassen sofort mein Kopfkino anspringen, sodass ich nicht lange zögere und nach dem Buch greife.

»Es wird dir gefallen, Kleines. Es ist eines meiner Lieblingsbücher.« Seine Hand streift meine Schulter, als er verdorben grinst, sich dann umwendet, sodass ich seine breiten Schultern und zugleich den athletischen Rücken sehen kann, und das Badezimmer verlässt. Ich lasse mir nicht anmerken, wie mir in dem Moment heißer wird und ich das lustvolle Ziehen zwischen meinen Beinen spüre, stattdessen blättere ich in dem Buch, das Gideon vermutlich nicht nur ein Mal gelesen hat – denn das Buch hat ein hartes Leben hinter sich, zumindest sieht es so aus.

»Falls du die Szene suchst«, höre ich ihn aus dem Schlafzimmer. »Sie beginnt auf Seite 172.« *Verflucht. Bin ich so durchschaubar?*

»Danke, aber ich wollte zuerst wissen, wie sich die Personen kennenlernen«, lüge ich, aber blättere doch die Seiten vor.

»Das spielt doch keine Rolle.«

»Ich denke schon.«

»Warum widersprichst du mir andauernd?«, stöhnt er genervt.

»Liegt in meiner Natur, als ...«

»Noch ein Wort und du darfst die Massage in der Badewanne durchführen.« *Warum eigentlich nicht?* – liegt mir auf der Zunge. Aber ich schlucke die Worte herunter, weil ich zuvor die Szene lesen möchte. Wenn sie das, was Gideon mir beschrieben hat, nach der Gala vorhaben, wäre Jane mit eingebunden. Aber würde sie das mitmachen?

Sofort erinnert mich die Szene an meinen Lehrer, der mir den Umgang mit BDSM beigebracht hat. Wenn sie das geheime Zimmer in der zweiten Etage als Dungeon benutzen, dann sollte ich einen Blick hineinwerfen, wenn sie nicht da sind, um mich zu vergewissern, was sie dort an Möbeln und Spielzeug gebunkert haben. Es gibt nichts Wichtigeres als Sicherheit, schließlich habe ich nicht vor, meinen Körper schänden zu lassen, bloß weil sie glauben, mit uns alles anstellen zu können, was sie wollen.

Kaum dass ich meinen Entschluss gefasst habe, schon morgen das Zimmer aufzusuchen, beginne ich zu lesen und

… oh, es geht ziemlich professionell und interessant zu – das könnte mir gefallen. Die Ladys werden in einer vereinbarten Zeit nach dem Bondage frei gelassen, um etwas trinken zu können, bevor sie an einem Andreaskreuz oder in einer Liebesschaukel festgebunden werden. In den fünf Minuten, in denen sie sich frei bewegen, dürfen sie sich bei den Herren revanchieren. Ich weiß bereits jetzt, wie meine Revanche aussehen würde: die Brüder am Pendel festgebunden und ihre knackigen Hintern spanken.

Das Lächeln kann ich mir kaum verkneifen, als ich weiterlese und mir die Szene immer besser gefällt. Obwohl ich heute ausreichend Sex hatte, erregt mich der Gedanke und ich komme etwas in die Versuchung, nicht schon heute Abend Lawrence aufzusuchen, weil Gideon nicht erfahren muss, wie leicht er mich mit diesen Vorstellungen in der Hand hat.

Was macht Lawrence eigentlich die gesamte Zeit? Wirklich ein Telefonat führen? Gelangweilt fernsehen? Bei ihm kann ich es mir kaum vorstellen. Diese gewöhnlichen Dinge passen nicht zu ihm. Vielmehr habe ich die Vermutung, dass er in der Zwischenzeit einen Pornomarathon hinlegt oder im Internet nach Anleitungen sucht, wie man am besten und unkompliziertesten Frauen bändigt. Das Bild, das ich vor Augen habe, bringt mich leise zum Lachen, bevor ich die Seite umblättere.

Gideon steht plötzlich im Türrahmen. »Was meinst du als professionelle Lady?« Ich blicke vom Buch auf und weiß, dass er mich testen will. Als er im Türrahmen angelehnt vor mir steht, kann ich ihn ausgiebig betrachten und kaum meinen Blick von ihm abwenden.

»Ganz nett«, antworte ich und lege das Buch zur Seite. Ich weiß, ihn mit meiner Antwort zu reizen, aber der Blick, den er mir gerade schenkt, ist es mir wert.

»Sicher lässt sich da noch alles etwas mehr intensivieren, aber eine wirklich schöne Vorstellung«, bemerke ich und wende meinen Blick ab, um mir einen Schwamm zu greifen, mit dem ich mein ausgestrecktes Bein wasche. »Wenn ich ehrlich bin, hätte ich dir nicht zugetraut, als ich dich das erste Mal gesehen habe, dass du an BDSM-Spielen Gefallen findest. Irgendwie dachte ich, du stehst auf Tabledance-Flittchen, Rollenspiele und liebst es, reihenweise Frauen abzuschleppen.«

Weil ich nicht zu ihm blicke, weiß ich nicht, wie er auf meine Provokation reagiert. Männer lassen ungern falsche Vorstellungen über sich ergehen. Ausgiebig wasche ich mein anderes Bein, bis der Schwamm langsam zwischen meinen Beinen herabwandert, ich die Augen schließe und mit der anderen Hand unter Wasser meine Brüste berühre, sie streichele und ihn nur knappe Blicke gewähren lasse.

»Wie schade, dass deine Vermutungen nicht stimmen, Kleines«, höre ich ihn über mir sprechen, bevor er mich küsst. Dann sucht seine Hand mein Handgelenk unter Wasser und hält mich auf, weiter meinen Körper zu verwöhnen. »Und solltest du dich, während du hier bist, ein einziges Mal anfassen, werde ich die Szene aus dem Buch mit meinen Brüdern schneller umsetzen, als dir lieb ist.«

»Du willst mir drohen?«, frage ich dicht vor seinen Lippen. »Mit dieser Vorstellung? Nimm es mir nicht übel, aber das wäre ein Geschenk«, provoziere ich ihn und lächle ihm entgegen. Plötzlich hebt er mich aus dem Wasser, sodass ich laut ausatme.

»Du bist wirklich unbelehrbar.«

»Nein, nur neugierig.«

»Dann komm mit.« Schnell wirft er mir ein Handtuch zu, nachdem er mich auf dem Fliesenboden abgesetzt hat. Kaum dass ich das Handtuch um meinen Körper geschlungen habe, zieht er mich hinter sich her. In seinem großen Schlafzimmer bleibt er stehen, während ich mich abtrockne und gespannt darauf warte, was er mir zeigen will. Er öffnet seinen Schrank, und ich werfe an ihm einen Blick vorbei, um zu sehen, was er darin versteckt.

»Was wird das? Willst du mich bestrafen, weil ich mich gestreichelt habe? Oder weil ich die Vorstellung, gefesselt zu werden, erregend finde? Komm schon, wir haben beide genug für heute, vermutlich sogar auch bis morgen Abend, denn es ist schon nach Mitternacht. Musst du nicht morgen früh raus?«, frage ich ihn, während er sich etwas aus einer Schublade nimmt, was ich nicht genau erkennen kann.

Mein Themenwechsel scheint ihn nicht zu interessieren, weil ich ihn etwas aufschieben höre. *Das gefällt mir nicht.* »Außerdem wollte ich dir eine Massage schenken.« *Verflucht, was macht er?*

»Die nehme ich gerne entgegen, bevor du dich mal eben kurz hinlegst.« Mit einem Blick, als würde ich ihm nicht trauen, lege ich mich langsam in einer sinnlichen Haltung auf das Bett und lege meine Arme locker über den Kopf. Dann schaltet er das Licht aus, sodass ich ihn nur zwischen meinen Beinen verschwinden sehe und dann kühles Metall spüre, das ...

»Nein, keine ...« Ich will aufspringen, als er mich an den Oberschenkeln mit einem Griff auf dem Bett fixiert.

»Sch. Die wird dir stehen. Außerdem, wenn du schon nicht dein loses Mundwerk im Zaum behältst, wird sie dich mit jedem Schritt, den du machst, daran erinnern, wie du dich mir gegenüber das nächste Mal richtig zu verhalten hast. Ich werde Lawrence morgen damit beauftragen, sie dir abzunehmen, weil er bis Mittag in der Villa sein wird.«

Also würde mein Plan nicht aufgehen, das Zimmer zu erkunden. Schon spüre ich die kühle Spange um meine Klit und ziehe scharf die Luft zwischen meinen Zähnen ein, weil meine Weiblichkeit immer noch zu sensibel auf Berührungen reagiert. »Damit du über Nacht nicht in Versuchung kommen solltest, dich selbst zu befriedigen, wirst du hier schlafen.«

»Nein, warum ...«

Er bewegt die Klemmen, sodass ich fauche und die Finger in das Bettlaken kralle.

»Wunderschön. Jetzt darfst du gerne deine Fingerfertigkeit zur Schau stellen. Ich kann deine Tantramassage mit der hübschen Spange um deinen Kitzler kaum erwarten. Sie steht dir wirklich hervorragend mit den kleinen goldenen Kugeln.« Mit den Fingern stupst er die Perlen an, sodass sich mein Kitzler noch angeschwollen anfühlt und ich mich langsam erhebe.

»Dafür ...«, setze ich an, als er mich unterbricht.

»Benimm dich endlich, Kleines, und schenk mir deine

Aufmerksamkeit, bevor ich dich einfach nur mit dem hübschen Schmuck schlafen gehen lasse.«

Finster funkele ich ihm entgegen. »Was, wenn ich mich mit der Spange nicht konzentrieren kann? Ich werde die halbe Nacht nicht schlafen können.« Hilfe, ich jammere fast wie ein Mädchen. Gideon verzieht nachdenklich sein Gesicht, als würde er wirklich überlegen, mir den Schmuck abzunehmen.

»Vielleicht hast du recht und wir verschieben die Massage auf morgen. Aber ich kann dich beruhigen, du wirst sicher einschlafen können – vielleicht von lustvollen Träumen geplagt werden, aber ganz sicher schlafen können. Man gewöhnt sich an so ziemlich alles.« Der Spruch ruft eine Erinnerung in mir wach. Das hat Kean in manchen Momenten auch zu mir gesagt.

Ich schlucke, aber setze zu keinem Widerspruch an, weil ich von dem angenehmen Bad, den vielen Eindrücken in Dubai und Gideons Verwöhnprogramm müde geworden bin. Hinter vorgehaltener Hand gähne ich. »Und dir würde es nichts ausmachen, die Massage auf morgen zu verschieben? Du hast schließlich das Sagen. Wenn du möchtest, dass ich es noch heute mache, dann …« Er beugt sich über mir herab, streicht mir mit beiden Händen fast fürsorglich mein Haar aus dem Gesicht und schüttelt den Kopf.

»Nein, verschieben wir es auf morgen. Auch wenn ich es gerne aus deinem Mund höre, dass ich das Sagen bei uns habe, sollten wir schlafen gehen«, neckt er mich, bevor er mich an den Schultern sanft auf die Matratze zurücklegt. Leise zische ich, weil die Klemme mit jeder meiner Bewegungen meinen Kitzler ankurbelt und mich das Verlangen zwischen meinen Beinen kaum klar denken lässt. Ich bin bereits feucht, als würde ich von ihm mit einem Vorspiel verwöhnt werden, um zur heißen Phase überzugehen. Aber das wird heute Nacht wohl nicht mehr passieren ...

Gideon umläuft das Bett, streift seine Shorts runter, sodass ich seinen knackigen Hintern sehen kann, wie ihn nur ein sportlicher Mann haben kann, und legt sich zu mir. Dann zieht er das dünne Laken über uns und ich werde in seinen Arm gezogen.

»Du musst wirklich müde sein, wenn du mir nicht widersprichst, Kleines.« *Das bin ich auch.* Meinen Kopf bette ich auf seine Brust und lausche seinen tiefen gleichmäßigen Atemzügen, die mich beruhigen und nicht mehr an die Spange denken lassen.

»Darf ich dich etwas fragen?«, flüstere ich leise, weil sich die Müdigkeit trotz des Verlangens nach ihm in mir einschleicht.

»Gerne. Aber ich behalte mir vor, nicht jede Frage zu beantworten«, legt er fest. Mit einer Hand gleite ich auf seinem Bauch auf und ab, während sein Arm warm um meine Schulter liegt.

»Ladet ihr öfter Frauen zu euch ein?«

Er holt tief Luft, sodass sich sein Brustkorb unter mir hebt. »Eigentlich sprechen wir nicht darüber. Aber, ja. Gelegentlich machen wir es, wenn wir Single sind. Aber nur für ein paar Nächte, nicht für Wochen.«

»Hm ...«, bringe ich hervor und schließe meine Augen.

»Aber wenn ich ehrlich bin, hatten wir bisher keine

Frau wie dich bei uns. Zuerst konnte mich Law nicht von der Idee überzeugen, dich nach Arabien mitzunehmen. Aber ich muss zugeben, du bist wirklich eine sehr abwechslungsreiche Reisebegleiterin für uns ...«

Ich schmunzle, streiche mit meinen Lippen über seine Haut, bis ich von seinem Duft und seiner Wärme umgeben einschlafe und nicht mehr höre, was er weitererzählt – sosehr ich auch versuche, wach zu bleiben.

LAWRENCE

Obwohl ich Zeit habe auszuschlafen, stehe ich auf. Ohne einen Blick in den Spiegel zu werfen, verlasse ich mein Zimmer und brauche einen Kaffee. Kein Morgen beginnt ohne einen Kaffee, ansonsten kommt mein Gehirn nie in die Gänge, und der Tag ist zum Kotzen, bevor er angefangen hat.

In der Küche, in der Eram mit ihrem üppigen Hintern am Herd steht und mir kurz den Weg zum Kühlschrank verstellt, sitzen Gideon und Dorian am Tisch und besprechen die aktuellen Aktienkurse – die mir um diese Uhrzeit sowas von am Arsch vorbeigehen.

Eram lächelt mir entgegen, dann starrt sie verstohlen auf meine Brust, weiter zu meinen Shorts. An ihrem Blick sehe ich, wie sie mich praktisch auszieht, während ich den Kühlschrank öffne und mir eine Saftpackung greife. So viel zum keuschen Verhalten muslimischer Frauen. Gierig trinke ich den gekühlten Grapefruitsaft und ziehe mir finstere Blicke von Gideon zu. Jedes Mal macht er eine Show daraus, wenn ich kein Glas nehme. Da hat die Erziehung unserer Mutter wohl bei ihm mehr gefruchtet. Mir egal.

»Morgen. Du bist schon wach?«, fragt mich Dorian und schlürft seinen schwarzen Tee. Wie er diese Brühe jeden Morgen runterbekommen kann, ist mir ein Rätsel.

»Nein«, antworte ich trocken. »Das, was du hier siehst«, ich deute auf meinen Körper, »ist eine Fata Morgana, die als wandelnde Projektion durch unsere Küche läuft«, beantworte ich seine dämliche Frage, grinse und fordere Eram auf, mir einen Kaffee zu bringen.

Gideon sieht von seiner Mappe auf und verzieht sein Gesicht zu einem Grinsen. »Wie lief es gestern Abend? Hast du die Verträge für Al Chalid fertig?«

Bevor ich ihm antworte, nehme ich einen Schluck von meinem Kaffee, den mir Eram mit einem breiten Lächeln auf den Tresen serviert. »Ja, im Gegensatz zu dir habe ich gestern mit Gerald aus dem Büro alle Paragrafen geklärt.«

»Und wo sind sie?«, fragt mich Dorian mit hochgezogenen Brauen.

»In meinem Büro auf einem Stick, wo sonst? Mann, ich habe heute frei, also hört auf, mich gleich am Morgen mit der Arbeit fertig zu machen. Geh hoch und hol ihn dir einfach«, antwortet ich Dorian, der genervt vom Stuhl aufsteht und die Küche verlässt. »Wie lief es gestern Abend noch mit der Kleinen?«, erkundige ich mich und Gideon weiß sofort, was ich meine. Seine Augenbrauen ziehen sich zusammen. Dann schaut er zu Eram, als ich mich zu ihm an den Tisch setze.

»Ziemlich friedlich, wenn du darauf hinauswillst.«

»Mir gefällt das nicht. Das ist nicht ihre Art.«

Gideon lacht. »Deswegen habe ich ihr versprochen, dass du dich heute Vormittag um sie kümmern wirst, damit sie nicht auf dumme Gedanken kommt.«

»Dumme Gedanken? Hat sie die nicht ständig?« Wieder nehme ich einen Schluck und starre zum Fenster, vor dem ich beobachten kann, wie die Limousine durch das geöffnete Tor auf die Einfahrt fährt. Ich beneide die beiden nicht, den gesamten Morgen die langweiligen Diskussionen und Auswertungen der Börsenbeiträge letzter Woche über sich ergehen lassen zu müssen. Mich heute Morgen um Maron zu kümmern, ist auf jeden Fall interessanter.

»Ja, die hat sie, deswegen habe ich ihr als kleines Dankeschön einen hübschen Schmuck verpasst. Du darfst dich gerne darum kümmern.«

»Schmuck?« Ich runzle die Nase und fahre über mein ungekämmtes Haar. »Ihr beide habt eine ausgeprägte Vorliebe für Intimschmuck, was?« Gideon zuckt mit den Schultern, bevor er weiter seine Statistiken studiert. »Sag nicht, du trägst ihr zuliebe den Ring noch?« Ich beuge mich an der Tischkante vorbei, um zu sehen, ob er immer noch mit einem Dauerständer herumrennt. Aber es ist nichts zu erkennen, bis sein Fuß mein Schienbein trifft.

»Er ist gar nicht mal so übel, wenn man sich daran gewöhnt hat. Solltest du selber probieren. Sie steht darauf«, antwortet er, aber ignoriert mich.

»Ihr verbringt in den letzten Tagen viel Zeit miteinander und du hältst die Absprachen nicht mehr ein.« In der Tür erscheint Dorian, der den Stick in der Hand dreht und ihn in seine Jacketttasche fallen lässt.

»Seit wann sind dir Regeln wichtig?« Gideon sieht mit einem scharfen Blick auf, bevor er die Blätter auf einen Stapel sortiert und sie flüchtig durchzählt.

»Wenn du dich mit Maron wie Dorian mit Jane zurückziehst, sollte ich davon wissen.«

»Ich überlasse sie dir heute, also was ist dein Problem?« Das Zucken auf seiner Wange, als er mich weiter im Blick behält, gefällt mir nicht. Irgendwie scheint ihm meine Vermutung nicht zu passen, als hätte ich ihn wie früher beim Rauchen eines Joints erwischt und er hätte die Befürchtung, dass ich es gleich Mutter erzählen werde, die ihn sofort in einer Entzugsklinik anmelden würde.

»Mir fällt ebenfalls auf, dass du dich viele Stunden mit Maron beschäftigst. Seit wann willst du jede Nacht mit einer Frau in einem Bett schlafen?«, fragt Dorian und schaut kurz aus dem Fenster, dann auf seine Uhr. »Wir sollten losfahren.«

Gideon erhebt sich langsam, bevor er in einem ruhigen Ton sagt: »Ich kann machen, was ich will, ohne mich bei euch rechtfertigen zu müssen. Außerdem habe ich sie wohl entdeckt.«

»Und ich sie gebucht!«, stelle ich klar.

»Wir bezahlen«, Gideon schaut zu Eram, die kurz die Küche verlassen hat und jetzt wieder in der Tür steht, »sie gemeinsam«, knurrt er mir entgegen. »Nutze deinen Tag mit ihr. Ich werde jetzt arbeiten, um das, was du die letzte Woche versäumt hast, aufzuarbeiten und deine falschen Zahlen zu korrigieren!«

»Da ist wohl jemand beleidigt«, antworte ich belustigt, lehne mich im Stuhl zurück und verschränke die Arme vor der Brust, als sich Gideon zu mir umdreht.

»Auf dich? Sei froh, wenn ich Vater nichts davon erzähle.«

»Erzähle es ihm, mir egal. Der große Gideon macht sowieso alles richtig. Warum übernimmst du nicht gleich meinen Posten?«

»Damit du dich faul an den Strand legen, Cocktails

trinken und Tussen abschleppen kannst?«

»Klingt akzeptabel«, stimme ich ihm mit einem breiten Grinsen zu. Als ob er es, wenn er die Möglichkeit hätte, nicht anders tun würde.

»Vergiss es! Ab morgen darfst du allein nach Riad reisen.«

»Du sollst mitkommen. War es nicht Vaters Wunsch?«, frage ich zynisch. Dorian verdreht neben Gideon bei meiner Bemerkung die Augen, schüttelt den Kopf und greift nach seiner Tasche.

Wie mich diese verfickten Auseinandersetzungen mit Gideon stören. Klar habe ich die Zahlen verwechselt und falsche Dokumente vorgelegt, aber scheiße, nein, ich werde meinen Bruder dafür nicht den Arsch küssen, weil er es gerichtet hat. Dafür habe ich mir die halbe Nacht um die Ohren geschlagen und mit Gerald telefoniert, um die Verträge für Chalid Paragraf für Paragraf zu überarbeiten.

»Es wäre besser, wenn es so wäre, damit du nicht weiter die Geschäfte ruinierst.« *Hat er einen Sitzen!*

Ich beiße auf meine Zähne, um mich daran zu hindern, ihm nicht meine Faust ins Gesicht zu rammen. Überheblichkeit war schon immer seine Stärke, allerdings sollte er nicht vergessen, dass ich sein älterer Bruder bin, der die meisten Verpflichtungen übernimmt.

»Anscheinend hat dir die Kleine über Nacht dein Gehirn verdreht.«

»Jetzt beruhigt euch. Gideon, komm mit«, mischt sich Dorian ein und stößt Gideon zur Tür. »Und Law, halt die Klappe. Tob dich aus und überlege in Ruhe, was du hier von dir gibst.«

»Ach scheiße!«, fluche ich. »Verzieht euch einfach aus meinem Sichtfeld!«

Kurz darauf sind sie durch die Tür verschwunden, und ich beobachte mit einem mürrischen Blick, wie die Limo davonfährt. *Scheißtag!* Jetzt glotzt mich Eram an, als sei ich ein Schwerverbrecher, der auf einen Massenmord aus ist.

»Was?!«, gehe ich sie an, trinke den Kaffee aus und verlasse die verfluchte Küche. Ich höre sie flüstern, was wie ein leises Gebet klingt, bevor sie das Geschirr klappernd wegräumt.

7. KAPITEL

Es ist 7.43 Uhr und ich befinde mich in Gideons Bett, der gerade die Tür hinter sich zugezogen hat. Zum Glück bin ich dadurch wach geworden, weil ich nicht verschlafen möchte. Ich strecke mich ausgiebig und starre kurz der Decke mit den modernen dunklen Zierelementen entgegen. Den Vormittag hätte ich frei – oder zumindest so lange, wie ihn mir Lawrence frei gibt.

Noch nicht ganz wach setze ich mich auf. Um mich herum rieche ich Gideons Duft, was mir ein Lächeln auf mein Gesicht zaubert. Wenn er wüsste, wie vernarrt ich in seinen Duft bin, obwohl Lawrence auch seine persönliche Duftnote hat, die mich magisch anzieht.

Mein Smartphone liegt noch in meinem Zimmer. Um die Nachrichten zu lesen, werde ich am besten in mein Zimmer gehen. Außerdem brauche ich etwas sportliche Betätigung nach den letzten Tagen – und damit meine ich keine Bettübungen in Form von Sex.

In meinem Zimmer angekommen, fällt mir ein, meiner Mutter gestern nicht mehr geantwortet zu haben, wie ich es wollte. Aber muss ich wirklich? Sie will mich sehen und wissen, wie es Chlariss geht. Warum auf einmal der Sinneswandel? Mir erscheint es seltsam, dass sie sich nach vier Jahren bei mir meldet, wo sie sich zuvor weder zu unseren Geburtstagen noch zu Weihnachten oder anderen Anlässen gemeldet hat.

Ich kenne meine Mutter lange genug, um zu wissen, dass sie entweder Geld braucht, ich ihr bei irgendetwas helfen soll oder etwas anderes dahintersteckt. Sie war nie eine Mutter, die sich – so wie Chlariss und ich es uns gewünscht haben – um uns gekümmert hat.

Unruhig tippe ich mit dem Finger auf dem Display meines Handys herum. Ach, ich will ihr nicht antworten. Soll sie mir einen Brief schreiben! Es klingt gemein, aber für mich ist sie keine Mutter. Bisher habe ich mein halbes Leben ohne sie gemeistert, also brauche ich sie jetzt auch nicht.

Als ich mir einen BH anziehe, darüber ein Top streife und in Shorts schlüpfe, die ich immer zum Joggen im Sommer trage, überlege ich für einen winzigen Moment, die Klemme abzunehmen. Wie bescheuert muss es sich damit laufen? Dann geht mein angestrengtes Atmen gleich in ein Stöhnen über, und ich schwitze vor Erregung, bevor ich mich aufgewärmt habe.

Soll ich oder soll ich nicht? Vielleicht ist Lawrence noch nicht wach und würde davon nichts mitbekommen? Warum müssen sich die Brüder auch immer absprechen? So fällt es mir schwer, die Regeln zu brechen, ohne von ihnen bestraft zu werden.

Ich pfeife auf ihre Bestrafung! Mit einem Zischen nehme ich vorsichtig die Klemme ab und ziehe scharf die Luft ein, weil es kurz ziept, bevor das Blut wieder in meinen Kitzler schießt. Hoffentlich besitzt Gideon nicht eine ganze Palette voll von diesen Dingern, denn die hübsche Klemme werde ich ihm mit Sicherheit nicht zurückgeben.

Im Bad binde ich mein Haar zu einem Pferdeschwanz zusammen und verlasse auf Zehenspitzen – meine Turnschuhe in der Hand – mein Zimmer. Im Gang und auf den Treppenaufgängen ist alles ruhig. Durch die Glasscheiben der Haustür erkenne ich, wie ein schwarzes Auto die Einfahrt verlässt. Vermutlich sind es Gideon und Dorian? Oder bleibt Dorian auch in der Villa?

Egal ... Langsam schleiche ich die Stufen mit meinem iPod bewaffnet in das Foyer und gehe zum Hinterausgang. Ich gehe immer vor dem Frühstück joggen, weil ich selten Zeit oder Lust habe, gleich nach dem Aufstehen etwas zu essen. Somit wird mich Eram nicht sehen. Himmel, ich komme mir vor wie eine Sklavin, die gerade verbotene Dinge tut, bloß weil sie an die frische Luft will, Ruhe braucht, einfach nur laufen will, ohne von einem Mann mit hinterhältigen Gedanken aufgehalten, geknebelt und gefesselt zu werden.

Wenn ich ehrlich bin, hätte ich die zwei Tage Zeit für mich wirklich gebraucht, denn wie soll ich alles schaffen, wenn sie immer um mich sind?

Hinter mir schließe ich die Tür und durchlaufe den Garten zügig, bevor ich das Tor öffne und zum Strand gehe. *Geschafft!* Wenn sie mich suchen, haben sie Pech, denn mein Handy habe ich sicher versteckt im Zimmer zurückgelassen.

Am Strand setze ich meine Sonnenbrille auf, schalte die Musik an und fange an, mich mit geübten Dehnübungen aufzuwärmen. Bereits jetzt bereue ich meine Entscheidung nicht, Gideons Andenken abgenommen zu haben.

Ich schmunzele, als ein Pärchen mit einem Hund an mir vorbeiläuft. Es scheinen ebenfalls Touristen oder Reiche, die eine Villa in Dubai bewohnen, zu sein. Sie nicken mir zu, während der Mann mir auf den Arsch glotzt. Gut, die Shorts sind etwas knapp, aber was ist daran verkehrt?

Ohne mir weiter Gedanken darüber zu machen, laufe ich zehn Minuten später den Strand entlang im Takt zu meiner Lieblingsmusik, die ich immer zum Joggen höre. Dabei beobachte ich die Wellen, die Muscheln an den Strand spülen, sehe Möwen über dem Meer kreisen und begutachte die prachtvollen Anwesen, die schöner nicht sein können. Es wäre ein Traum, einmal in meinem Leben nur eines dieser schönen Gebäude entwerfen zu dürfen. Insgesamt erinnert mich der Ort an das Reichenviertel in Marseille, das ebenfalls am Meer liegt.

Auf dem Sand läuft es sich anstrengender als auf den Wegen im Park von Marseille, dafür tut die Bewegung gut, um mich von allem abzulenken. Schließlich gibt es mehr als nur Sex auf dieser Welt, auch wenn er noch so gut ist. Auf einem Steg weit vor mir erkenne ich eine Gruppe muslimischer Frauen, die komplett in dunkle Tücher verhüllt sind, sodass nur noch ihre Augen zu sehen sind. Solch ein Leben könnte ich mir nicht vorstellen. Wie Araber wohl im Bett sind?

Himmel, hör auf daran zu denken! Sicher sind die Frauen prüde, gehorsam und werden nur gerufen, wenn es der Mann will. Ich lächle in mich hinein, als ich den Steg erreiche und auf die Uhr blicke. Genau eine halbe Stunde bin ich gelaufen. Guter Schnitt, um wieder umzudrehen. Kurz tripple ich auf der Stelle, atme tief durch und gehe zu den Wellen, um meine heißen Füße abzukühlen. Vielleicht sollte ich im Wasser weiterlaufen und die Schuhe ausziehen, weil bereits jetzt der Sand erstaunlich warm wird und ich keine Blasen an den Füßen gebrauchen kann.

Das Wasser umspült wunderbar kühl meine Fußfesseln, als ich die Schuhe ausgezogen habe, sodass ich am liebsten ins Meer springen würde, um eine Runde zu schwimmen. Aber die Frauen werfen mir seltsame Blicke entgegen. Nicht, dass es mir etwas ausmachen würde, aber ich sollte die Regeln in Dubai einhalten.

Schließlich gibt es in dem Land strenge Vorschriften. Und wenn mich die Damen jetzt schon so pikiert ansehen, als würde ich nackt am Strand stehen, möchte ich nicht wissen, was passiert, wenn man beim Sex am Strand erwischt wird. *Und schon wieder denkst du nur an das eine Thema.*

Ich laufe im Wasser zum Anwesen der Chevaliers zurück und überlege, was meine nächsten Schritte nach der Reise sein werden, um mich abzulenken. Wenn ich die Prüfung schaffen sollte, dann stände meine Abschlussarbeit an, mein letztes Semester und ich wäre fertig mit dem Studium.

Doch dann beginnt die Bewerbungsphase, und ich habe nicht vor, in Marseille zu bleiben – was ich mir gut überlegen sollte, um Chlariss Behandlung nicht zu unterbrechen. Außerdem weiß ich, wie sehr Luis Marseille mag. Er hat sich sein Leben in der Stadt aufgebaut, Freunde gefunden und wird sicher alles tun, um dort zu bleiben. Eine andere Agentur zu finden, mit der ich zufrieden bin, wird auch nicht einfach werden ... Irgendwie möchte ich frei und ungebunden sein, aber kann es nicht. Andere Menschen reisen für ein Jahr nach Australien, machen Austauschjahre oder bereisen die Welt, während ich nicht machen kann, was ich will. Dafür weiß ich, dass es das Richtige ist, auf meine Schwester aufzupassen und bei Luis zu sein ...

Erschöpft wische ich mir den Schweiß von der Stirn. Es ist mittlerweile kurz nach neun und die Hitze erdrückt mich. Das nächste Mal sollte ich um sechs Uhr morgens joggen gehen. Ich öffne das Tor und will nichts weiter als eine kühle Dusche nehmen und Wasser trinken, als ich Lawrence im Pool schwimmen sehe.

Bisher hat er mich noch nicht entdeckt, dafür bleiben meine Blicke länger auf seinem Rücken hängen. Mit jeder Schwimmbewegung wölben sich seine Schultermuskeln und ich bestaune die Tattoos. Als ich gelassen am Pool vorbeigehen will, spritzt mir Wasser entgegen und Lawrence schaut zu mir auf.

»Oh, die Prinzessin ist zurück. Zumindest etwas, was mir den Tag verschönert«, sagt er neben mir und ich bleibe stehen.

»Wieso? Bist du schlecht gelaunt?«

Lawrence lacht bitter, bevor er an den Rand schwimmt. »Sagen wir so: Mein freier Morgen wurde mir verdorben, bevor ich meinen ersten Kaffee ausgetrunken habe.«

»Schlimm, wenn mir das nicht leidtut?«, frage ich unschuldig und hebe eine Augenbraue, bevor ich weiterlaufen möchte.

»Warum erzählt mir Gideon, du seist anständig gewesen, wenn du gerade dabei bist, meinen Tag ebenfalls zu vermiesen?«

»Glaub mir, Lawrence, ich war nicht anständig.« Mein Schmunzeln kann ich mir kaum verkneifen, während sein Blick zu meiner Shorts wandert. Er weiß wirklich Bescheid.

»Ah, ausnahmsweise lasse ich es durchgehen. Los, komm ins Wasser!« Er winkt mich zu sich.

»Du lässt es mir wirklich durchgehen? Wenn ich raten dürfte, herrscht Ärger im Paradies der Chevalier Brüder?«, frage ich, weil er zuvor Gideons Namen etwas abfällig ausgesprochen hat. Das konnte ich am Klang seiner Stimme hören. Und es gefällt mir, wenn sie sich nicht einig sind. Dann habe ich mehr Zeit für mich. Klingt egoistisch, ist aber überlebenswichtig.

»Das ist ganz in deinem Sinne, nicht wahr?«

»Ich bin nicht schadenfroh, falls du das denkst.« Ich gehe zu ihm an den Poolrand und betrachte ihn länger durch meine Sonnenbrille. »Aber wenn du dich mir anvertrauen möchtest, kannst du das gerne tun. Schließlich möchte ich, dass es meinen Kunden gut geht und sie die Anwesenheit mit mir genießen können«, biete ich ihm an. Lawrence' Gesichtszüge verhärten sich, als wüsste er nicht, ob er mir trauen kann. Genau, wie ich es beabsichtigt habe.

»Bestimmt nicht. Du würdest uns damit ausspielen, Kätzchen. Und darauf habe ich keine Lust.«

»Warum denkst du so schlecht von mir, als sei ich von Grund auf verdorben?«

»Weil du es bist.«

Ich stöhne und will mich umdrehen, als er sich aus dem Wasser zieht. Auch wenn ich gerne die unberechenbare Frau bin, die Männer in Schach halten will, würde ich trotzdem niemandem schaden wollen. Ganz anders sieht es zwischen den Brüdern aus. Sie haben bisher fast jede Gelegenheit ausgenutzt, um mich für Dinge bluten zu lassen, die ich ihnen anvertraut habe. Immer noch kann ich nicht glauben, dass Gideon Lawrence und Dorian nichts von meiner Vergangenheit erzählt hat. Ich hoffe sehr, dass er es nicht getan hat, und vertraue ihm seltsamerweise.

»Hey, ich wollte dich nicht beleidigen, Maron.«

»Ich weiß«, entgegne ich ihm kühl.

»Los, komm rein! Ansonsten …« Zwei Hände umfassen meine Taille, und ich bleibe stehen, weil seine kalten Hände auf meiner Haut ruhen.

»Wirst du mich in den Pool werfen?« Ich lache leise. »Aber zuvor würde ich gern etwas trinken und mich umziehen wollen, um die verschwitzten Sachen loszuwerden.« Lawrence dreht mich zu sich um, dann legt er seinen Kopf schief, während sein Blick langsam zu meinem Ausschnitt wandert. Zwischen meinen Brüsten muss sicher der Schweiß entlanglaufen, weil ich das Kitzeln, wenn ein Tropfen auf meiner Haut herunterläuft, spüren kann.

»Ich werde dir gern dabei behilflich sein wollen.« Schon hebt er mich hoch und trägt mich in das Anwesen.

»Du kannst es wohl kaum erwarten.«

»Was erwarten? Falls du glaubst, dass ich dich in deinem Zimmer vögeln werde, täuschst du dich. Ich will den Tag heute genießen.«

»Ach, und das kannst du auch ohne Sex?« Während ich seine Worte höre, als kämen sie nicht von Lawrence, muss ich lachen. Bisher habe ich ihn immer als Draufgänger gehalten, der sich keine Gelegenheit entgehen lässt, eine Frau flachzulegen.

»Es gibt Dinge, die sind fast so gut wie Sex«, antwortet er und lässt mich in meinem Zimmer herunter. »Zieh dich um, ich will, dass du abgekühlt bist, bevor wir die Villa verlassen.«

»Wohin willst du heute noch?«

»Stell keine Fragen, sondern beeil dich.« Er lehnt sich an die Wand neben mein Bett und macht eine Handbewegung, um mir zu verdeutlichen, dass ich mich beeilen soll. Schön, dann ziehe ich mir einen Bikini an, obwohl er mich neugierig gemacht hat. Während ich mich umziehe, sehe ich die Pfütze, die er auf dem hellen Teppich hinterlässt. Sein Haar ist wie meistens zusammengebunden und sein Blick undurchdringlich. Wenn er wüsste, wie sehr ich Überraschungen liebe – aber seine hasse.

»Du hast die Spange wirklich abgenommen?«, fragt er, als ich meinen Slip ausziehe und sein Blick auf meiner Pussy hängenbleibt.

»Sicher wirst du dich nicht zurückhalten können und Gideon davon erzählen. Aber mit dem Ding joggen zu gehen, ist genauso wie mit einem vibrierenden Minidildo zwischen den Beinen im Flugzeug zu sitzen.« Er lacht und senkt dabei seinen Blick.

»Ich werde mir überlegen, ob ich ihm davon erzähle.«

Im Garten kann er es nicht lassen, mich in den Pool zu

werfen und kurz darauf neben mir aufzutauchen.

»Kannst du mir nicht einen Tipp geben, wohin du mich entführen willst?« Ich schwimme gemächlich eine Runde und genieße die Abkühlung nach der Joggingtour.

»Hast du in den letzten Tagen nicht bemerkt, dass ich nie etwas verrate, selbst wenn du mich danach fragst?«

Ich ziehe die Augenbrauen zusammen. »Ja, das habe ich. Trotzdem – ein Versuch war es wert«, antworte ich bewusst enttäuscht, aber er fällt nicht darauf rein. Eigentlich habe ich angenommen, meine Massage zu bekommen, aber die scheint er entweder vergessen oder verschoben zu haben.

Nach der Abkühlung soll ich mir bequeme Sachen anziehen und ihn eine halbe Stunde später in der Küche treffen. Umgezogen in einer schwarzen Röhrenhose, einem locker sitzenden schwarzen Oberteil mit glitzernden Pailletten und hochgebundenen Haaren betrete ich die Küche und bin wirklich überwältigt von dem Anblick, der mich erwartet.

Lawrence sitzt am Tisch, der gedeckt ist wie ein kleines Büfett.

»Für diese Art Mann hätte ich dich gar nicht gehalten«, scherze ich. Sicher hat ihm Eram geholfen, den Tisch zu decken und die Speisen vorzubereiten.

»Für welche Art Mann hast du mich denn gehalten?«

Ich streife mir eine lose Haarsträhne aus der Stirn und schaue von den gepressten Säften zu den Pfannkuchen, weiter zu den Bagels und der Früchteplatte.

»Keine Ahnung. Für einen Charmeur, der sich gerne

das nimmt, was er will.« Ich passe auf, ihn nicht zu beleidigen, ansonsten würde ich es bereuen.

»Und dafür auch die Frau nicht zu kurz kommen lässt. Wir sollten uns nicht zu viel Zeit lassen. Aber ich finde, du solltest erst einmal etwas essen, bevor es losgeht. Mir fällt immer wieder auf, dass du zu wenig isst.«

»Ist das so? Ihr gebt mir ja kaum eine Gelegenheit dazu.«

»Ah. Dann sollte ich das ändern.«

Ich nehme mir ein Croissant und zupfe mir ein Stück davon ab. »Du machst ein echtes Geheimnis daraus, was mich erwarten wird«, murmle ich und gieße Saft in mein Glas, als ich flüchtig zu ihm blicke. In einem ärmellosen Shirt stützt er die Ellenbogen auf den Tisch und füllt sich eine Schüssel mit Joghurt. Während seiner Bewegungen fällt mir auf, wie vorbildlich er sich benehmen kann, wenn er es will. Worüber Gideon sich beschwert hat, kann ich nicht verstehen.

»Ich liebe Geheimnisse«, sagt er, bevor er mir entgegengrinst und seine Augenbrauen in die Stirn zieht. Alles kommt mir etwas seltsam vor. Will er mich beeindrucken? Denn etwas – gebe ich zu – bin ich von ihm schon beeindruckt, weil er sich heute anders verhält als sonst – was mir aber sehr gefällt, sodass ich kaum meine Blicke von ihm abwenden kann.

»Was ist mit der Massage?«, hake ich nach und nehme einen Schluck von dem Milchkaffee, der nach einem Hauch weißer Schokolade schmeckt. Woher weiß er, dass ich meinen Kaffee so am liebsten in Cafés trinke?

»Die habe ich nicht vergessen. Ursprünglich wollten Gideon und ich morgen nach Riad fliegen, aber ...« Er setzt ein verdorbenes Grinsen auf. »Gideon wird allein fliegen und wir haben alle Zeit der Welt. Du bekommst deine verdiente Massage. Versprochen, Schatz.«

Gut – etwas stimmt hier nicht. Aber kann es mir nicht egal sein?

»Also widmest du dich mir zwei Tage?«

»Nicht ganz, heute Nachmittag habe ich noch Termine zu erledigen, aber ab heute Abend stehe ich dir wieder zur Verfügung.«

»Das versprechen aufregende Tage zu werden«, stelle ich fest und beiße genüsslich von einem Stück Melone ab.

»Das werden sie«, raunt er mir über den Tisch zu, fasst nach meinem Kinn, während mich seine Augen fest im Blick behalten, und lächelt mir vielversprechend entgegen.

8. KAPITEL

»Was ist nicht dein Ernst?«, frage ich ihn und schiebe meine Sonnenbrille zurück auf mein Haar. *Was ist das für eine großartige Idee!* Ich blicke auf einen schwarzen Helikopter, an dem ein Mann vorbeigeht und die Fahrertür öffnet. Die Sonne spiegelt sich auf dem dunklen Lack des Hubschraubers, der neben anderen Segelflugzeugen auf einem Flugplatz steht.

»Doch. Ich habe gemerkt, dass du mehr von Dubai sehen willst. Warum nicht von oben, statt Gideons Schwanz im Museum.« Ich stoße ihn an und schüttele den Kopf. Nur mit Mühe muss ich mich beherrschen, nicht laut loszulachen.

»Das ist wirklich ...« Mit zusammengekniffenen Augen blicke ich zu ihm auf. »Du hast etwas vor. Ohne einen Hintergedanken würdest du mich nicht in einem Helikopter mitfliegen lassen. Zuerst willst du mich nicht in meinem Zimmer flachlegen, dann das leckere Frühstück und dann das?« Ich deute misstrauisch auf den Hubschrauber.

»Du solltest dringend deine Meinung über mich überdenken, Schatz. Ansonsten basiert unsere Beziehung auf falschen Vorstellungen, was irgendwann in einem Rosenkrieg enden wird oder damit, dass einer von uns beiden sich missverstanden fühlt. Und das wollen wir doch nicht, richtig?« Er erntet einen finsteren Blick von mir. »Ich sehe schon wieder an deinem Gesicht, wie du versuchst, mich zu analysieren. Los komm, und hör auf, deinen Verstand einzusetzen!« Und schon hat er die Illusion, meine Meinung über ihn zu ändern und anders über ihn zu denken, zerstört.

Zusammen setzen wir uns auf die Rückbank des Helikopters, und Lawrence hilft mir das Headset anzulegen, weil ich nie zuvor eines getragen habe – er anscheinend schon öfter.

Nicht lange und der Helikopter hebt ab, woraufhin mein Magen sich kurz mulmig zusammenzieht. Das ist mein erster Flug in einem Hubschrauber. Ich kann es immer noch nicht fassen, dass ausgerechnet Lawrence den Rundflug über Dubai mit mir macht. Von Gideon oder auch von Dorian hätte ich es erwartet. Aber von Lawrence? Nie im Leben.

Unter mir glitzert die Stadt von der Vormittagssonne, als wäre sie mit Gold überzogen worden, das Meer schimmert und ich kann die berühmten Jumeirah Emirates Towers, die Beach Hotels und auch das *Burj Al Arab*-Hotel, das vom Meer umgeben ist, sehen.

Auch wenn ich es gern vermeiden möchte, komme ich aus dem Strahlen nicht mehr heraus, zücke meine Kamera und mache unzählig viele Bilder.

»Gefällt es dir?«, fragt mich Lawrence und zieht mich an der Hüfte, soweit es die Gurte zulassen, näher an sich.

»Es ist Wahnsinn. Du hast recht, es ist viel besser als Sex.«

»Das habe ich nicht gesagt. Nur fast so gut«, korrigiert er mich und grinst zum Fahrer vor, dessen Bart zittert, als ich Lawrence' Blick verfolge, so als ob er vor sich hin schmunzeln würde. Oh nein, das muss er wohl mitgehört haben. Dürfen Araber überhaupt über das Thema schmunzeln oder ist es ein Vergehen an ihrer Religion?

Bevor ich mich weiter in Verlegenheit bringe, was ich hasse, blicke ich auf das Meer hinab, auf dem mehrere Yachten in einem Hafen anliegen und einige Segelschiffe bereits im Meer schaukeln. Am Strand sind viele Besucher auf Liegen und sogar Surfer, die sich in die Wellen stürzen, zu sehen. Das Feeling von hier oben ist einfach unglaublich, sodass ich am liebsten für immer über Dubai fliegen möchte.

»Das war mit Abstand der schönste Ausflug, den jemand mit mir gemacht hat«, sage ich mit einem Lächeln auf den Lippen, bevor ich Lawrence einen Kuss auf die Wange gebe. Ich weiß, dass ihm die Worte schmeicheln, aber dieses Mal sind sie ernst gemeint, obwohl er sie wieder hinterfragt, das lese ich auf seinem Gesicht ab.

»Wirklich? Dann hast du bisher nicht die passenden Kunden gehabt, die dir etwas bieten konnten?«

»Das stimmt so nicht«, korrigiere ich ihn. »Es gab durchaus welche, die mir so einiges geboten haben.«

Meine Worte bewirken genau das, was ich wollte: das Kratzen an seinem Ego. Denn seine Gesichtszüge wirken wie eingemeißelt und seine grauen Augen schauen mir arrogant entgegen. Lawrence verschränkt die Arme vor seinem schwarzen hochgekrempelten Hemd.

»Dann sollte ich deine Meinung über sie ändern, Liebling.«

»Du gibst mir immer neue Kosenamen.«

»Ich möchte für Abwechslung in unserer Beziehung sorgen«, antwortet er, schiebt eine Hand in seine Anzughose, während seine andere nach meiner Hand greift. »Und ich habe schon die passende Idee.«

Keine zwanzig Meter entfernt, lockt er mich in ein Juweliergeschäft, wo mir funkelnde Diamanten und Saphire in den Schaufenstern entgegenzwinkern. Ich schlucke. Obwohl ich mich von Schmuck nicht beeindrucken lassen möchte, muss ich zugeben, dass es jedes Frauenherz bei diesem Anblick höher schlagen lässt – auch meines.

»Du brauchst mir nichts zu kaufen, um deine Liebe zu mir zu beweisen, Tiger«, scherze ich.

»Unsere Liebe vielleicht nicht, dafür dass ich ab heute auf Platz eins deiner Top-Kunden bin.«

»Als ob ich eine Liste führen würde«, entgegne ich ihm und sehe hinter einem Tresen eine Frau, die uns begrüßt, als mich Lawrence in das Geschäft drängt. Sofort spricht sie uns an, sodass ich wohl keinen Rückzieher mehr machen kann.

»Kann ich Ihnen behilflich sein?«, fragt uns die überschminkte, aber hübsche Verkäuferin und schaut abwechselnd von Lawrence zu mir.

»Darf sie?«, fragt mich Lawrence und blickt mit einem Grinsen zu mir herab. Um keine Szene zu machen, versuche ich mich aus der Entscheidung herauszuhalten.

»Ich lasse mich gerne überraschen, mon amour«, erwidere ich, dabei bleibt mein Blick flüchtig auf einer Glasvitrine hängen, in der breite Spangenarmreifen liegen. Für mich sind Armreifen die absoluten Lieblinge unter den Schmuckstücken, weil ich keine Ketten oder teure Ohrringe trage – außer zu Anlässen. Schnell schaue ich weiter, um mir nicht anmerken zu lassen, wie sehr sie mir gefallen. Die Preise dahinter lassen mich schlucken.

Keine zehn Minuten später verlasse ich mit Lawrence und einem breiten funkelnden Armreif, in den Smaragde eingearbeitet sind, das Schmuckgeschäft. Manchmal schenken mir aufmerksame Kunden, die mich beeindrucken wollen, Schmuckstücke. Aber jedes Mal beschleicht mich danach ein seltsames Gefühl, weil es mir umso mehr verdeutlicht, wie käuflich ich bin. Meine Kolleginnen sind da meistens anderer Meinung. Sie können nicht genug Schmuckstücke ihrer Verehrer sammeln, um sie als kleine Trophäen in ihren Schmuckkästchen zu horten und so ihr Prestigegehabe auszuleben.

»Du erwartest sicher eine Gegenleistung«, hake ich nach, als wir zur Limousine laufen.

Lawrence setzt seine Sonnenbrille auf und schaut dann zu mir herab. Er wirkt neben mir so viel größer, was mir gefällt. Selbst andere weibliche Touristen werfen ihm neugierige Blicke entgegen.

»Du darfst mich gerne überraschen. Nur tu mir den Gefallen und freue dich darüber. Letztens hat mir Dorian erzählt, dass es dir schwergefallen ist, Geld auszugeben.«

»Das stimmt, nicht in diesen Dimensionen und erst recht nicht in dieser kurzen Zeit.« *Dir tut es ja nicht weh* – denke ich, aber spreche es nicht laut aus. »Aber das

Schmuckstück ist außerordentlich schön.« Ich hebe meinen Arm und mustere den Armreifen, der mir in der Sonne entgegenblitzt. »Dafür hast du dir eine Belohnung verdient.«

An der Limousine, die in einer Seitenstraße parkt, angekommen, weist Lawrence den Fahrer an, uns kurz allein zu lassen. Geht ja schneller, als ich dachte.

»Ich kann es kaum erwarten.« Sein spöttischer Gesichtsausdruck ist der, den ich so gut an ihm kenne und dem ich mit einem zarten Lächeln begegne.

Wir steigen in das klimatisierte Auto, und er verriegelt die Türen, sodass wir hinter den dunklen Fensterscheiben von der Außenwelt abgeschottet sind.

Auf seinem Schoß nehme ich Platz, schiebe mich mit den Knien auf das helle Lederpolster und bedanke mich bei ihm mit einem intensiven Kuss. Dabei wandert meine Hand über seine Brust und öffnet Knopf für Knopf sein Hemd.

»Wie hättest du es gern?«, frage ich und nehme seine Sonnenbrille ab, um in seinen Augen lesen zu können, was er gerade denken könnte.

»Eigentlich wollte ich dir den Tag Zeit geben, dich heißzumachen, bis deine Pussy es kaum erwarten kann, von mir gefickt zu werden, aber wenn du es mir förmlich anbietest ...« Er zieht mein Top über meinen Kopf und grinst schief. »Nach deiner Art.«

Ich lächle verhalten und schaue zur Seite. »Da kann ich wohl nicht *nein* sagen.« Langsam ziehe ich mich von ihm zurück. »Zieh deine Hose aus«, befehle ich. Lawrence befolgt die Anweisung, während ich mich aus meiner quälend engen Hose befreie, die Schuhe ausziehe und mich auf seine Oberschenkel mit betont weit gespreizten Beinen setze. Dabei sehe ich seinen halb erigierten Schwanz, der nur darauf wartet, sich zwischen meine Schamlippen zu schieben.

Seine Hand bewegt sich auf meine Hüfte zu, als ich sie wegschlage. »Vergiss es, du wirst schön selbst Hand anlegen und meine feuchte Pussy nicht anfassen.« Ich schließe meine Augen und wandere mit meinen Fingerspitzen zärtlich über meinen Körper, streife meine Brüste und drehe meine Brustwarzen, bis ich den BH öffne. Ein Knurren ist zu hören. »Beweg dich, Liebling, ich möchte sehen, wie du deinen göttlichen Schwanz verwöhnst. Wenn nicht, dann«, ich öffne die Augen und blicke ihm eiskalt entgegen, bevor ich aus meiner Handtasche einen Seidenschal angele, »werde ich dir die Augen verbinden und du wirst ohne das hier«, ich fahre meinen Körper entlang, »auskommen müssen.«

»Du bist wirklich bösartig, Maron.«

»Nein«, raune ich ihm ins Ohr. Meine steifen Brustwarzen, die kribbeln und am liebsten von ihm gesaugt und angeknabbert werden wollen, streifen seine Haut. Mit meiner Zunge lecke ich über seinen Hals bis zu seinem Ohr.

»Fang an!«, befehle ich ihm in einem strengen Ton. Und genau jetzt weiß ich, dass er meine Befehle nicht bis zum Schluss ausführen wird. Lawrence ist einfach nicht der Typ Mann, der sich herumkommandieren lässt. Über seinem Nasenrücken bildet sich eine hübsche Falte, als ich meine Wange an seine schmiege und mit rhythmischen

Bewegungen auf seinem bereits harten Glied mit meiner Pussy vor und zurück rutsche.

Sein Blick ist undurchdringlich, als er beginnt, mit seiner Hand seinen Schwanz zu umfassen und zuerst über die Eichel reibt, dann seine Hand um den Schaft auf und ab bewegt. Mit jeder Berührung wird sein Schwanz praller, ich sehe den ersten Lusttropfen. Mit einem lasziven Blick beiße ich auf meine Unterlippe und ziehe mich ein Stück auf seinen Beinen zurück, um ihm besser zusehen zu können, obwohl ich bereits jetzt feucht genug bin, um von ihm genommen zu werden. Gott, der Anblick dieses muskulösen großen Mannes beim Masturbieren lässt mich zittrig ausatmen.

»Wie gern ich ihn ablecken würde«, spreche ich laut aus. Dabei wandert meine Hand über meine Hüfte, über den Venushügel zu meinen geöffneten Schamlippen. Er verfolgt jede meiner Berührungen. Ich platziere mich so, dass er alles sehen kann. »Gott, wie feucht mich dein Schwanz bei dem Anblick macht, am liebsten würde ich ihn in mir spüren.«

»Verflucht, hör auf mit dem Scheiß«, knurrt er. Im nächsten Moment liegen seine Hände um meine Hüfte, er hebt mich hoch und schiebt seinen Schwanz mit einem kräftigen Stoß in mich, sodass ich aufkeuche, mich an seine Schulter kralle und die Augen schließe, weil ein heißes Kribbeln durch meinen Schoß zuckt.

»Lass mich los!«, protestiere ich und will von ihm runterklettern.

»Vergiss es. Nettes Vorspiel, aber ich werde dich nicht

mehr freigeben, bis du am Ende schlucken wirst.« *Schlucken?* »Spürst du die Verbundenheit, Schatz? Du willst es doch die ganze Zeit, also genieße es.«

Mein Blick verfinstert sich. Mit den Händen umfasst er fest mein Becken und hebt mich auf seinem Schwanz, ohne dass ich etwas machen muss, auf und ab, sodass ich mein lustvolles Stöhnen kaum unterdrücken kann. Gott, es fühlt sich so gut an, wenn er mich führt. Seine Härte füllt mich aus und dehnt mich mit jedem weiteren Stoß, als sei sein Schwanz wie für mich geschaffen. Und allein das Gefühl reicht, um meine Oberschenkel zittern zu lassen.

»Ich überlasse dir nicht die Kontrolle, Tiger.« Rasch beuge ich mich zu meiner Tasche, um den Schal zu holen. Kaum dass ich ihn zu fassen bekomme, hebt er mein Becken höher und rammt sein großes Glied tiefer in mich, dass ich nach Luft schnappe und mein Herz wie wild rast. Mit einer Hand kralle ich meine Finger in seine Schulter, während die andere mit dem Schal von ihm aufgehalten wird, meinen Plan zu Ende zu führen. Lawrence presst mein freies Handgelenk an meine Hüfte und bewegt mich weiter auf sich auf und ab, als würde ich nichts wiegen.

»Gegen mich hast du keine Chance, Kätzchen.«

»Erst recht nicht«, ergänze ich und öffne den Mund, um tief durchzuatmen, »in dieser verdammt engen Limousine.«

»Ganz genau. Lass mich dich ficken, danach werde ich mich deiner hübschen Pussy mit der Massage widmen.« Ich ziehe die Augenbrauen zusammen. Verflucht, ich will nicht nachgeben. Ständig torpedieren sie meine Vorhaben. Aber Gott, es fühlt sich viel zu gut an, um es zu stoppen.

»Dann streng dich an, denn ich will dich mit jeder Faser meines Körpers spüren!«

Das Grau seiner Augen wird dunkler, und er beißt mir in die Schulter, aber so, dass es nicht zu schmerzhaft ist, ich dennoch laut schreie und den Kopf zurückwerfe. Gleichzeitig stößt er tiefer zu, ich spüre ihn so tief in mir, dass ich leise wimmere, was ich nie tue. Ich stehe völlig unter Strom, spüre seinen leichten Schweißfilm, seine harten angespannten Schultermuskeln unter meinen Fingern und höre ihn lauter atmen.

»Hart genug?«

»Mehr!«, antworte ich mit einem verbotenen Blick, als ich zu ihm aufsehe.

Ein spöttisches Schnauben ist zu hören, bevor er mich ohne Rücksicht hart nimmt, sodass ich versuche, mit meinem Becken einen Widerstand zu schaffen, und meine Muskeln anspanne.

»Wie du mich fickst, ist der Hammer«, bringe ich hervor. Ich kralle mich weiter an seiner Schulter fest. Meine Brustwarzen reiben seine Brust entlang, und ich drohe gleich vor Anspannung zu zergehen, als er lauter atmet und mich plötzlich von seinem Schoß auf den Boden hebt, ohne dass ich reagieren kann.

»Wie befohlen, wirst du es mit einem Blowjob zu Ende bringen.« Mit der Hand drückt er mich zwischen seine Beine auf die Knie und ich umfasse seine Härte. *Verflucht, das ist nicht fair.*

»Und wenn ich nicht will?«

»Du wolltest dich bedanken. Also beweg dich, leck ihn,

bevor du von vorne anfangen kannst!«

Meine Vagina schreit mir förmlich entgegen, lieber wieder auf seinen Schoß zu steigen, aber ich nehme seinen Schwanz in meinen Mund auf und umschließe die Lippen um seinen Schaft. Schnell und intensiv bewege ich meinen Mund auf und ab, schmecke meine Pussy und schließe kurz die Augen. Er umfasst meinen Kopf, was ich zulasse. Gleichzeitig streichle ich seine Hoden, massiere sie und spüre, wie sein Schaft pulsiert. Er führt meinen Kopf, was ich eigentlich nicht mag, und rauft mein Haar.

»Verdammt, wie du bläst, ist einfach unschlagbar.«

Das höre ich gern ... Unter meinen Fingern entspannt er sich und lehnt sich zurück. Ich presse die Lippen fester um seine zarte pralle Haut, erschaffe ein Vakuum und schon nach zwei Auf- und Abbewegungen ergießt er sich in meinem Mund und ich schmecke seinen Saft auf meiner Zunge.

»Schlucke es!«, befielt er mit seiner rauen Stimme, als ich mit den Augen blinzle und er über mir sein Kinn anhebt mit einem Funkeln in den Augen.

Langsam löse ich meine Lippen von seinem Glied, lächele lasziv und öffne kurz mit dem Sperma auf der Zunge meinen Mund, damit er es sehen kann, dann schlucke ich vor ihm. Der Blick, den er mir zuwirft, ist unbezahlbar. »Du verstehst dich wirklich darin, ein kleines Miststück zu sein.«

»Ich danke dir für dein erstes nettes Kompliment«, bringe ich hervor, nachdem ich mit dem Zeigefinger meine Mundwinkel abwische und nach meiner Unterwäsche greife. Dabei schaue ich flüchtig auf das Armband, das immer noch meinen Arm ziert. Was gibt es Schöneres, als seinen Kunden befriedigt zu sehen und ein Schmuckstück als Dank dafür zu tragen?

Im Innenraum der Limousine riecht es nach Sex, Pheromonen und Schweiß, sodass ich lächeln muss. Doch nicht lange und jemand klopft gegen die Scheibe.

»Scheiße!«, höre ich Lawrence leise fluchen, während er zügig Shorts und Hose hochzieht. Ich kann mit seinem Tempo nicht mithalten, weil meine Hose verflucht eng sitzt und in der Limousine nicht so viel Platz ist, um aufzustehen.

»Hier.« Er wirft mir sein Hemd entgegen, bevor er die Sonnenbrille aufsetzt und die Scheibe ein Stück herunterlässt. Rechtzeitig schließe ich den Knopf meiner Hose und richte sein Hemd an mir. Im nächsten Moment greife ich in meine Tasche, um mir eine Zigarette zu holen und sie anzuzünden. Wer auch immer es ist, derjenige soll nicht die verbrauchte Luft im Wagen riechen. Die erste Rauchschwade puste ich aus, als sich Lawrence zu mir umsieht.

»Was soll der Mist?«

»Willst du das der Jemand gleich riecht, dass wir gevögelt haben?« Ich zucke mit den Schultern, dann lehne ich mich zurück und zupfe an seinem Hemd.

»Lawrence«, begrüßt ihn eine Stimme, die mir bekannt vorkommt. *Sein Vater?* Ich lächele in mich hinein. Umso besser, dass ich rauche. Obwohl es jetzt nach einem Puff riechen dürfte. Lawrence hat das Fenster nur zur Hälfte heruntergelassen. »Was machst du hier? Solltest du nicht im Büro sein?«

»Ich brauchte eine Pause. Und da Maron unbedingt Dubai besser kennenlernen wollte, dachte ich, wir fahren ins Zentrum.«

Ich sehe Monsieur Chevalier über der Scheibe zu mir hereinblicken. »Sie rauchen?« *Nein, das ist nur eine künstliche Attrappe in meiner Hand, eine E-Zigarette* – will ich sagen, aber entscheide mich für ein: »Sehr selten. Nur wenn es zur Stimmung passt.«

Lawrence räuspert sich. Anscheinend gefällt ihm meine Antwort nicht. Aber soll ich es verleugnen? Wäre wohl noch unangebrachter.

»Also hat Ihnen der Ausflug gefallen?«

»Ja, sehr sogar«, antworte ich, fahre mit der freien Hand unauffällig über mein Haar, das dank Lawrence ungekämmt und verfilzt aussehen muss. *Danke Liebling.*

»Das freut mich.« Monsieur Chevalier wendet seinen Blick auf Lawrence. »Hast du auf die Uhr gesehen?« Seine Stimme klingt plötzlich nicht mehr ganz so freundlich, sondern scharf.

»Ja, ich weiß. In einer Viertelstunde werde ich im Kongresssaal sein«, murrt er und schaut gleichzeitig auf seine Armbanduhr.

»Wir treffen uns dort. Und Ihnen wünsche ich noch einen angenehmen Nachmittag, Madame Delacroix«, verabschiedet sich sein Vater von mir. *Den werde ich haben. Oder wohl eher nicht, weil ich lernen muss.*

»Vielen Dank«, antworte ich, dann schließt Lawrence mit einem genervten Blick die Scheibe.

»Nicht mal ungestört vögeln kann man«, grummelt er und bindet sein Haar neu.

»Er hat es gemerkt«, sage ich trocken. Ich nehme einen letzten Zug von meiner Zigarette, bevor ich sie im Aschenbecher ausdrücke.

»Das ist mir heute relativ egal.« Wieder erkenne ich seinen finsteren Blick wie heute Morgen. »Ich lass dich zurückfahren. Wir treffen uns später – am Abend.«

Ich streife sein Hemd über die Schultern, reiche es ihm und angle nach meinem BH. »Ich werde die Stunden zählen, Schatz.«

Er schnaubt abfällig, bevor er das schwarze Hemd anzieht. »Warum habe ich nur die Vermutung, dass du froh bist, die freien Stunden ohne mich zu nutzen?«

»Steht das auf meine Stirn geschrieben?«, frage ich und streife mein Top über. »Denn du vergisst, dass ich noch meine Belohnung von dir erhalte, die ich mir mit Sicherheit nicht entgehen lassen werde.«

Ich behalte ihn im Blick, als er den Kopf schüttelt, während er sein Hemd zuknöpft. »Du scheinst dir nie etwas entgehen zu lassen.«

»Vielleicht solltest du das nächste Mal keine Versprechungen machen. Denn glaub mir, ich merke mir gewisse Dinge sehr lange.«

»Vor allem die, die zu deinem Vorteil sind.«

»Ganz richtig.« Ein zufriedenes Lächeln huscht über meine Lippen. »Diese ganz besonders.«

»Du wirst es bereuen, glaub mir, Schatz.« Als er sich fertig angezogen hat und trotz der kurzen Nummer erstaunlich gepflegt aussieht, beugt er sich mir entgegen und umfasst mein Kinn. »Denn das, was ich mit dir vorhabe, wird anders, als du es dir in deinem hübschen Köpfchen ausmalst.«

Meine Lippen verziehe ich zu einem Lächeln. »Davon gehe ich aus, Lawrence«, raune ich ihm entgegen, dann küsse ich ihn auf die Wange. Keine fünf Sekunden später hat er die Limousine, in der es nun nach Rauch und einem teuren Männerparfüm riecht, verlassen und der Fahrer steigt ein.

9. KAPITEL

Nach mehr als drei Stunden lernen klopft es an meiner Zimmertür. Ich schaue auf mein Smartphone. Es ist kurz nach halb sechs. Sind die Brüder schon zurück?

»Herein!«, rufe ich und Jane öffnet die Tür.

»Hey!«, begrüßt sie mich. Ich habe sie heute, außer als sie sich eine Runde im Garten auf einer Liege gesonnt hat, nicht angetroffen. Aber wegen der Hitze, die draußen herrscht, habe ich mich, nachdem ich zurückgefahren bin, nur im Zimmer aufgehalten.

»Schön, dass du vorbeikommst.« Mit schnellen Griffen räume ich meinen Mac, Zettel und Stifte vom Bett, um ihr Platz zu machen. Am Fußende nimmt sie mir gegenüber im Schneidersitz Platz.

»Du hast wirklich ein tolles Zimmer.« Sie blickt sich um und mustert die terrakottafarbenen Wände, die modernen Bilder und Vorhänge. »Meines ist fast ähnlich, aber die meiste Zeit verbringe ich ja bei Dorian.« Warum erzählt sie mir das?

»Ähm ... ja, die Zimmer sind schöner als ein Fünf-Sterne-Hotelzimmer. Aber ...« Ich ziehe die Augenbrauen zusammen und halte ihr hübsches Gesicht im Blick. »Deswegen bist du nicht hier, wenn ich raten dürfte.«

»Nein, du hast recht.« Sie seufzt und versucht meinen Blicken auszuweichen. Wenn es um heute Abend geht, kann sie mit mir darüber reden.

»Du weißt, dass du mit mir über alles reden kannst. Ich bin eine gute Zuhörerin.« Ich rutsche ein Stück näher zu ihr, um die Distanz zu überwinden und ihr die seltsame Anspannung, die sie ausstrahlt, zu nehmen.

»Ja, ich weiß. Es ist nichts Schlimmes, aber ich weiß nicht, wie ich es sagen soll.«

»Okay. Ist es wegen heute Abend? Du musst nicht mitmachen, wenn es dir nicht gefällt oder du ...«

»Nein!«, wirft sie ein. »Nein, das ist es nicht.«

»Sondern?« Puh, also hilft sie mir weiterhin, die Jungs später in den Wahnsinn zu treiben. »Was ist, Jane?«

Sie schließt kurz die Augen, bis sie mir entgegenblickt.

Hilfe! Diesen Blick kenne ich.

»Also ich bin ja eigentlich von Dorian gebucht worden ...«

»Aber?«, hake ich nach und hebe die Augenbrauen.

Sie spielt mit ihren Fingerspitzen und verzieht ihren Mund, als hätte sie auf etwas Bitteres gebissen. »Aber ich finde Gideon auch wirklich heiß. Ich weiß, dass wir nur ihre Wünsche erfüllen sollen. Trotzdem ...«

Irgendwie fällt mir ein Stein vom Herzen, denn ich hatte angenommen, sie würde mir beichten, Gefühle für Dorian zu haben. Aber das können wir uns als Escortdamen nicht leisten.

»Eine kurze Frage, Jane: Wie lange machst du den Job schon?« Sie ist zwar fast so alt wie ich, was aber nicht heißen muss, dass sie schon länger für eine Agentur arbeitet.

»Circa ein dreiviertel Jahr«, antwortet sie. Das klingt nicht sehr lange.

»Also wenn du ihn fragst, wird er sicher nichts einzuwenden haben. Mehr als ein *Nein* kann er dir nicht zur Antwort geben. Aber wie ich ihn kenne, wird es ...« Jetzt fällt mir auf, dass Gideon nie wirklich Zeit mit Jane verbracht hat. Er hat sie nicht einmal in der ersten Nacht, wo wir unseren Fünfer hatten, gevögelt, sie geküsst oder angefasst ... Nur Lawrence.

»Könntest du das nicht tun? Ich möchte nicht mit der Tür ins Haus fallen und die restliche Reise von ihm schräg angeschaut werden.«

»Das würde vermutlich nur zu Lawrence passen«, lache ich amüsiert. »Ich kann ihn fragen, wenn du möchtest. Obwohl ich gerade eine viel schönere Idee habe.« Warum sie nicht heute Abend näher zusammenbringen? Das würde meinen Plan um einiges perfektionieren.

»Und welche?«, möchte sie wissen und ich sehe ihre Augen glitzern.

Ich verrate ihr meine Idee und sie scheint wirklich begeistert zu sein. Doch kaum dass wir eine Stunde auf meinem Bett verbracht haben, öffnet sich die Tür, und ich weiß, wer den Raum betritt, ohne zu fragen. Lawrence blickt von mir zu Jane.

»Was wird das? Ich hoffe, ich habe euch bei keinen lesbischen Spielchen, die illegal hinter meinem Rücken stattfinden, gestört?« Seine große Klappe wird er sich wohl nie abgewöhnen. Ich verziehe meinen Mund und blicke zur Decke.

»Falls es dir nicht entgangen ist, Lawrence, aber es kommt öfter vor, dass du störst. Außerdem sind wir bekleidet.« Jane kichert, während Lawrence die Arme verschränkt.

»Werd nicht frech!«

»Bin ich nicht. Ich mache dich nur auf das Offensichtliche aufmerksam«, reize ich ihn weiter. Hinter der geöffneten Tür höre ich andere Männerstimmen, und wenn ich vermuten dürfte, sind alle Brüder wieder im Anwesen.

»Wie abgemacht, Jane. À plus tard«, flüstere ich ihr leise entgegen, bevor ich mich erhebe. »Jetzt kann ich mir endlich meine verdiente Belohnung abholen.« Mit einem süffisanten Schmunzeln schaue ich zu Lawrence, der mir zunickt.

»Allerdings.« Jane steht vom Bett auf, lächelt mir zu und verlässt das Zimmer.

»Ich kann es kaum erwarten, deine geübten Hände auf mir zu spüren.« Vor ihm bleibe ich stehen.

»›In dir‹ würde es besser beschreiben.« Mein Blick huscht zu seinen Händen, dann zu seinem Gesicht.

»Klingt verlockend. Dann kannst du mir gerne beim Ausziehen behilflich sein.« Ich will meine Arme heben, damit er mich ausziehen kann, als er den Kopf schüttelt.

»Nicht hier, Schatz.«

»Wo dann?« Er löst seine verschränkten Arme und umfasst mein Handgelenk.

»Ich zeige es dir. Es wird dir gefallen«, verspricht er mir und läuft mit mir über den Gang. Ich habe nicht einmal die Zeit mir Schuhe anzuziehen, so schnell führt er mich über die Gänge. Im Foyer sehe ich Dorian zu uns aufblicken.

»Hey, Maron. Wie war dein Tag?«, erkundigt sich Dorian, als er sein Jackett von den Schultern streift. Hat Lawrence es ihm nicht erzählt?

»Ich habe gelernt.«

»Von Master Lawrence?«, höre ich Gideon, der um die Ecke biegt und seinem Bruder einen finsteren Blick zuwirft.

»Ja, so kann man es auch sagen«, antwortet Lawrence grimmig. »Bei dir wird ihr nur Schmuck angelegt.«

Was ist hier los?

»Was soll das, Lawrence? Ich dachte, du hättest dich in der Zwischenzeit beruhigt«, entgegnet ihm Dorian, der seine Aktentasche abstellt und sein Jackett über die Schulter wirft. Himmel, wie kann man bei der Hitze ein Jackett tragen? Und außerdem: Haben sie den Nachmittag nicht zusammen verbracht?

»Wenn ich mir Marons Handgelenk ansehe, bist du derjenige, der ihr Schmuck angelegt hat, während ich deine Arbeit korrigiert und deinen Arsch gerettet habe.« *Korrigiert?*

Hier ist eindeutig schlechte Stimmung. »Hattet ihr eine schöne Shoppingtour?« Jetzt fällt Gideons Blick auf mich. Er schiebt seine Sonnenbrille auf sein nach hinten gekämmtes dunkelbraunes Haar zurück.

»Was geht es dich an!«, antwortet Lawrence, bevor ich etwas sagen kann. »Los, komm. Die schlechte Laune meines Bruders ist kaum zu ertragen«, knurrt er und führt mich weiter über den Gang.

»Ach, bevor ich es vergesse, Law: Du wirst morgen mit nach Riad fliegen, wie es abgesprochen war!«, höre ich Gideons Stimme hinter uns, in der eine Drohung mitschwingt. So habe ich sie noch nie, seit ich sie kenne, miteinander reden hören.

»Vergiss es! Ich habe bereits andere Pläne.«

Irgendwie beschleicht mich das seltsame Gefühl, dass ich meine Massage wohl doch nicht mehr bekomme.

»Das glaube ich dir zu gern.« Plötzlich steht Gideon hinter mir und sein Blick fällt auf mich, dann auf Lawrence. »Aber du solltest nicht vergessen, dass wir nicht nur zum Vergnügen hier sind.« Seine grünen Augen sind zusammengekniffen, als er zu Lawrence blickt.

»Es ist besser, wenn ich wieder in mein Zimmer gehe«, beschließe ich und will mich aus Lawrence' Griff befreien.

»Du hast recht, wir verschieben es, Maron, weil ich noch etwas mit meinem Bruderherz klären muss, dem mal wieder in den Arsch getreten werden sollte.«

»Das trifft wohl auf den Falschen zu. Dir sollte der Arsch aufgerissen werden! Aber nein, es ist ja nicht dein Problem, du hast dir heute frei genommen! Wie immer siehst du deine beschissenen Fehler nicht ein!«, fährt ihn Gideon an.

Zischend hole ich Luft, nicke und mache einen Schritt zur Seite. »Sprecht euch aus, aber behaltet die Hände bei euch«, ermahne ich sie, dann drehe ich mich um und die zwei beginnen eine lautstarke Diskussion, die mich bis zu meinem Zimmer verfolgt. Zwischendrin höre ich noch Dorian, der versucht die beiden zu beruhigen, aber mehr auf Gideons Seite zu sein scheint. Ich hoffe, sie regeln ihre Streitigkeiten, weil ich Streit nicht ausstehen kann. Sie sind unnötig und zeitraubend.

Auf dem Balkon stütze ich mich mit den Ellenbogen auf und schaue zum Meer. Die Sonne geht bereits unter und droht in den Wellen zu ertrinken. Menschen, die am Strand spazieren gehen, kann ich sehen, aber es sind sehr wenige. Dann einen Hund, der mit lautstarkem Gebell einem Stock hinterherjagt, den ein Mann ins Meer wirft.

Was vor meiner Tür abgeht, weiß ich nicht. Aber ich bin froh, nicht in den Streit verwickelt zu sein. Was es auch ist, Lawrence muss irgendetwas vermasselt haben.

Aber wie heißt es so schön: Wenn zwei sich streiten, freut sich der dritte. In diesem Fall: die dritte. Und ich weiß schon, wie ich sie aus ihrem Dilemma befreien werde.

Schnell gehe ich zum Schrank und greife mir die passenden Dinge, die ich brauche: Reizunterwäsche, meine fingerlosen Handschuhe, Peitsche, Fesseln und ... ich entscheide mich für ein ganz besonderes Spielzeug: Die Reitgerte mit dem Lederherzchen am Ende nehme ich sicherheitshalber auch mit.

Meine Lieblinge verstaue ich in einer Tasche, setze ein Lächeln auf und will mein Zimmer verlassen. Hinter der Tür sind immer noch Stimmen zu hören. Daher beschließe ich über den Balkon Jane aufzufinden, die mit Sicherheit den Streit mitbekommen hat.

10. KAPITEL

So, verschickt«, sagt Jane, als ich ihr die Lederkorsage binde, aus die sie die Jungs sicher nicht so schnell herausschälen können.

»Perfekt. Ich bin schon gespannt, wer zuerst eintreffen wird. Die Korsage sitzt jetzt wunderbar.« Ich zupfe noch etwas an ihr herum, bis ich auf meinen hohen Stilettos zurücktrete und mein Werk von allen Seiten begutachte. »Der Look steht dir. Du hast einfach die passende Figur dafür«, lobe ich sie, damit sie lockerer wird.

»Sag das nicht. Du siehst in solchen Looks viel heißer aus.« Ich schüttele den Kopf, dann trete ich mit ihr vor den Spiegel. Sie trägt eine dunkelblaue Korsage, dazu den passenden Slip, halterlose Stümpfe und ebenso hohe Schuhe wie ich. Ihr Haar fällt offen über ihre Schulter, aber ist kürzer als meines.

»Dir steht es hervorragend. Du wirst sehen, du verliebst dich schneller in das Metier, als dir lieb ist, und wirst es kaum mehr ausziehen wollen.« Dabei sehe ich mir entgegen. Meine Haare habe ich zusammengebunden, dafür habe ich mir meine Augen sehr dunkel geschminkt, trage einen Leder-BH und passend dazu einen Slip aus Leder, meine fingerlosen Handschuhe und meinen Körper zieren Lederriemen und Ketten, die über meinen Bauch verlaufen und mit jedem Schritt herrlich klimpern wie Musik. Das ist mit Abstand mein Lieblingslook. Passend dazu trage ich ein Lederhalsband, weil es die meisten Kunden lieben. Neben mir blicke ich zum Tisch, auf dem ich die verschiedenen Bondagesachen und Sextoys ausgebreitet habe.

Ich glaube, selbst Gideon wird überrascht sein.

Plötzlich höre ich Schritte im Nebenraum und schnappe mir Jane, damit uns die Brüder nicht sofort sehen. Die Vorfreude kribbelt in meiner Magengegend, aber ich behalte meine gelassene Miene bei, um mir nicht anmerken zu lassen, wie sehr ich mich darauf freue, wenn ich mit ihnen abrechnen darf.

»Jane?«, fragt Dorian und betritt als Erster den Raum. Verflucht, wenn Lawrence und Gideon zusammen kommen, werden sie mit Sicherheit den Streit fortsetzen. Aber dann sehe ich hinter ihm Gideon, der mit einem Grinsen den Raum betritt und vermutlich ahnt, was passieren wird.

»Heute ist ihr Abend. Glaub mir, du wirst Jane nicht finden, solange Maron es nicht will.« Ich muss innerlich lachen, weil er recht hat. Jane kichert, sodass ich sie anstupse. Dann deute ich auf die Balkontür, an der Lawrence vorbeiläuft. Er zieht ein finsteres Gesicht, was ich nach dem Auftritt verstehen kann.

»Hey, schön, dass du gekommen bist.« Jane kommt aus ihrem Versteck und setzt sich auf eine der Couchen, während ich warte, bis Lawrence denn nun endlich eingetroffen ist.

»Was wird das?«, fragt er genervt. Ich gehe auf sie zu und schiebe mich an Gideon vorbei.

»Deine Show, Liebling, auf die du dich die gesamte Zeit gefreut hast.«

»Ah, klasse. Nach der Nummer mit Gideon habe ich keine Nerven mehr dafür.« Ich werfe Gideon einen strafenden Blick zu, dann küsse ich Lawrence, bevor er wieder verschwindet.

»Du bleibst schön hier«, raune ich ihm fordernd zu und schließe hinter ihm die Tür, während ich ihn zügellos küsse und gegen die Glasscheibe der Balkontür presse. Keine Sekunde später drehe ich den Schlüssel um und löse mich von seinen Lippen. Seine Anspannung ist zumindest etwas verflogen. »Den behalte ich. Alle Ausgänge sind versperrt, also wer raus möchte, muss sich wohl an mich wenden.« Ich schenke jedem ein kurzes Lächeln, dann verstaue ich den Schlüssel in meinem BH.

»Setzt euch doch.« Ich weise zu den bequemen Ledercouchen, die links und rechts von mir platziert stehen. Jane erhebt sich und holt das, was ich brauche und mit ihr abgesprochen habe.

»Du willst das wirklich durchziehen, obwohl …?« Gideon nickt zu Lawrence.

»Wieso nicht? Dafür verzichte ich gerne auf meine Massage. Und jetzt seid still und setzt euch endlich«, antworte ich in einem schnippischen Ton. Dorian zwinkert mir kurz zu, als sei er mit der Idee einverstanden, dann nehmen sie Platz.

»Glaub bloß nicht, nur weil wir sie flachlegen, ist alles vergessen«, droht Lawrence Gideon mit finsteren Gesichtszügen. Gideon nimmt galant auf der rechten Couch Platz, während er nur abfällig schnaubt.

»Darin bist du doch der Bessere von uns beiden. Sobald

du eine Frau siehst, ist die Welt um dich herum vergessen«, streiten sie sich weiterhin, sodass ich theatralisch seufze. Jane überreicht mir hinter meinem Rücken die Tücher, die wir im nächsten Augenblick um Gideons und Lawrence' Mund binden.

»Gleich viel besser«, bemerke ich, als ich Lawrence das Tuch umbinde und dann auf seinen Schoß klettere. Er wirft mir einen mörderischen Blick zu, der mir gefällt. Dorian hebt seinen Fußknöchel und beobachtet uns still. Ihm scheint das Schauspiel zu gefallen, denn seine Mundwinkel zucken kurz, als ich aus den Augenwinkeln zu ihm blicke.

»Dem schließe ich mich an«, stimmt er zu. »Aber mich werdet ihr nicht dazu kriegen.«

»Nein, das haben wir auch nicht vor. Dich erwartet etwas ganz Besonderes, Dorian«, antwortet Jane, die sich an Gideons Hemd zu schaffen macht, was er sogar über sich ergehen lässt, ohne einzugreifen.

»Jetzt zu uns«, flüstere ich Lawrence entgegen. »Wir sollten dich am besten ausziehen.« Langsam wandern meine Finger unter sein Hemd, knöpfen es auf und ich streife es von seinen Schultern. Dann beuge ich mich zu seinem Hals und küsse ihn, lecke mit der Zunge darüber und fahre mit den Fingerspitzen über seine Brustmuskeln. »Göttlich, Tiger«, raune ich und schmiege mich kurz mit meinen Brüsten an seine Brust. Dann küsse ich ihn abwärts, und er schiebt sich etwas auf der Couch zurück, damit ich seine Hose öffnen kann – was ich allerdings nicht vorhabe.

»Ich finde es außerordentlich erzogen von dir, dass du das Tuch nicht abnimmst. Ich wusste, dass du der Klügere bist«, flüstere ich, dann greife ich nach seinen Handgelenken, ziehe mich auf seinen Schoß und schließe im nächsten Moment die Handschellen um seine Gelenke.

Lawrence' Blick wird noch finsterer als zuvor – was mir gefällt. Schnell nehme ich das Tuch von ihm ab, damit ich seine Proteste hören kann, die ich gerne hören möchte. Ihn gefesselt zu sehen, gefällt mir sehr, weil ich weiß, wie er innerlich kochen muss.

»Auf Fesselspiele steht Gideon mehr.«

»Wirklich?« Ich blicke zu Jane und Gideon, der ebenfalls gefesselt ist. »Aber es ist zu unserer Sicherheit, damit du nicht eingreifen kannst. Nicht um dich festzuhalten, wenn ich auf dir reiten will.« Ich lecke über die Lippen, dann lege ich Dorian Handschellen um, nachdem ihn Jane von seinem Hemd befreit hat. Er reicht uns seine Handgelenke freiwillig.

»Für meinen Gehorsam möchte ich im Gegenzug weniger Schläge ertragen.«

»Vergiss es!« Mit einem Klacken schließe ich die Schellen. »Du bist ein Meister darin, welche auszuteilen, also wirst du sie auch einstecken müssen. Was denkst du, Jane?«

Sie nickt und gibt Dorian einen Kuss auf die Wange. »Ich denke zehn?«

»Wie die anderen«, ergänze ich mit einem bittersüßen Lächeln.

»Dir ist schon klar, dass wir morgen in einem Flieger sitzen müssen?«, erkundigt sich Gideon und reibt sich mit den Handschellen über sein Kinn, was verboten schön aussieht.

»Du schon, ich nicht«, ergänzt Lawrence. »Und weißt du was? Das gönne ich dir, wenn dich die Stewardessen auf dem Sitz schwitzen sehen.«

»RUHE!«, unterbreche ich sie in einem strengen Ton und stehe auf. »Kein Wort mehr, oder ich verpasse euch wieder einen Knebel!«

Ich stemme eine Hand in die Hüfte und blicke scharf von Gideon zu Lawrence. »So langsam gehen mir eure kindischen Streitereien wirklich auf die Nerven!« Dorian grinst schief. »Während wir in diesem Raum sind, spielt sich alles hier ab. Dabei werden weder Streite ausgefochten noch Vorwürfe gemacht oder sich in meine Entscheidungen eingemischt. Verstanden?«

»Klar, Maron!«, höre ich Lawrence' spöttische Stimme, der nicht vorhat, sich an meine Regeln zu halten.

»Noir für dich und kein Kätzchen, Liebling oder Schatz!« Aus den Augenwinkeln erkenne ich, dass Gideon bei meiner Belehrung den Mund schief verzieht.

»Verstanden. Und wann werde ich von meiner Kleidung befreit? Es wird bei deinem scharfen Outfit etwas eng in meiner Hose, Madame Noir.«

Er muss mich immer provozieren.

»Später, du musst dich noch etwas gedulden, denn glaub mir, es wird in einigen Minuten noch weniger Platz in deiner Hose sein.«

Mit einer Handbewegung von mir schaltet Jane die Musik ein, die Jalousien verdunkeln sich, und es leuchten nicht mehr als die gedimmten Wandleuchten des Wohnzimmers – oder eher des Saals – auf.

»Ihr wollt einen Lapdance hinlegen?« Dorian setzt sich wieder bequem mit gefesselten Gelenken auf dem Schoß hin und schenkt mir ein erwartungsvolles Gesicht. Ich zucke verhalten mit den Schultern. »Oh, das könnte interessant werden.«

Da jeder der drei auf einer eigenen Couch sitzt und sie uns von allen Seiten aus sehen können, winke ich Jane näher zu mir, die mit einem schönen Hüftschwung auf mich zukommt.

Mit meinen Fingerspitzen fahre ich über ihre Wange entlang, weiter ihren Hals und umkreise ihren Körper langsam, bevor ich beginne. Sie neigt ihren Kopf und blinzelt kurz.

Zum Takt der Musik bewege ich meine Hüfte und umfasse Janes Becken, um vor ihr in die Knie zu gehen und sehr nah an ihr wieder aufzustehen. Dabei lächle ich ihr entgegen und sie beginnt ebenfalls, zu der nicht gerade ruhigen Musik zu tanzen.

Ich drehe meinen Kopf und schaue flüchtig zu den Jungs, bevor ich langsam mein Haar öffne und meinen Kopf vor und wieder zurück schwinge, während meine Hände über Janes Rippen, ihren Bauch und ihre Hüfte wandern. Die Ketten um meinen Körper klimpern herrlich schön im Takt.

Mit einem Kopfnicken gehen wir auf Dorian zu, weil er sich heute am meisten benommen hat. Ich stelle einen Fuß zwischen seine Beine, schiebe ihn sehr nah in seinen Schritt, ohne ihn einzuengen. Dann hebe ich sein Kinn und küsse ihn, während Jane um die Couch herumgeht und nach Plan seine Augen verbindet. Ich weiß, dass er geglaubt hat, heute Abend verschont zu werden, aber ich finde, ich sollte seine dominante Seite etwas mehr hervorkitzeln und ihn nicht nur zusehen lassen.

»Das ist nicht mehr komisch«, beschwert er sich.

»Doch, das ist erst der Anfang, Dorian«, raune ich in sein Ohr und knabbere mit den Zähnen daran. Meine Hände suchen gleichzeitig seine Hose, um sie ihm zu öffnen.

»Wie sagt Gideon immer so schön: Lass dich einfach fallen.« Aus den Augenwinkeln schaue ich zu Gideon, der grinst.

»Ich dachte, wir hätten heute die schwarze Karte gezogen?«, bemerkt Lawrence und stützt sich mit den Ellenbogen auf den Knien ab.

»Glaube mir, die hast du. Spätestens, wenn du siehst, was wir mit deinem Bruder vorhaben.«

Ich lecke über Dorians Brust, bevor ich ihm langsam auf die Füße helfe und Jane ihm seine Hose und Shorts mitsamt den Schuhen auszieht.

»Sieh an, wie folgsam du sein kannst.« Dorian bemüht sich gar nicht erst, Widerstand zu leisten. Deswegen schätze ich ihn sehr. Nur wenn ich seine dominante Ader spüre, würde ich mich an ihm rächen wollen. Vor Dorian gehe ich in die Knie, lecke längs über den Schaft seines halb erigierten Schwanzes. Nur wenige Berührungen und er ist hart.

»Ahr, er schmeckt göttlich. Ich glaube, das genügt«, stelle ich fest und massiere seine Härte in meiner Hand.

»Wofür?«

»Lass dich überraschen. Es wird dir gefallen – ein Wechselbad der Gefühle werden.«

Mit einem Fingerschnippen holt mir Jane eine Schüssel, die abgedeckt ist. Neugierig blicken Gideon und Lawrence in meine Richtung.

Doch ich werde sie nicht sehen lassen, dass unter dem Tuch Eis versteckt ist. Ich greife nach zwei Eiswürfeln und schiebe sie unauffällig in meinen Mund. Jane stellt die Schüssel auf die Couch und streichelt über Dorians Körper, küsst ihn und bereitet ihn darauf vor. Ich warte einen winzigen Moment, bis das Eis leicht angeschmolzen ist, dann lecke ich an seiner Schwanzspitze, die unter der Kälte zuckt.

»Schön stehen bleiben! Sie möchte dich ja nicht beißen«, beruhigt Jane Dorian. Ich lache leise, dann nehme ich seinen Schwanz in meinen Mund und wandere Zentimeter für Zentimeter über sein pralles Glied. Dorian höre ich laut keuchen, was mir gefällt, bis ich seinen Arsch umfasse, Jane ihn küsst und ich mit meinen Lippen fest seinen Schwanz vor und zurück bewege, immer fester. Unweigerlich wirft er den Kopf nach hinten. Seine gefesselten Handgelenke tasten nach meinem Kopf und er greift in mein Haar.

»Du machst das sehr gut«, höre ich Jane, die ihre Lippen von ihm löst.

»Mann, das ist geil und zugleich verflucht kalt.«

Ich ignoriere ihn und mache weiter, bis ich Jane zu mir auf die Knie ziehe.

»Wollt ihr ...«, höre ich Gideon. Schnell lasse ich von

Dorians Schwanz ab.

»Ich habe dir nicht das Wort erteilt. Ihr werdet darum gebeten, zu sprechen!«, fahre ich ihn an. »Fünf Schläge mehr, die deinen schönen Arsch treffen werden.« Lawrence lacht, aber sagt nichts dazu. Dann lasse ich Jane meine Aufgabe übernehmen, gebe ihr Eiswürfel und erhebe mich.

Ich möchte wissen, wie sie einen Blowjob macht, weil mir Dorians Worte das letzte Mal nicht gefallen haben. Sie gewöhnt ihre Zähne an die Kälte, dann beginnt sie und ich finde es gar nicht mal übel. Mit den Nägeln umfahre ich Dorians Brust, reibe meinen Körper an ihm und küsse seinen Nacken. Seine Unterarme sind von Gänsehaut überzogen, was ein gutes Zeichen ist.

»Wie gefällt es dir?«, flüstere ich dicht neben seinem Ohr, sodass er zusammenschreckt, weil er mich vermutlich nicht erwartet hätte. Jane bewegt ihre Lippen immer fester um seinen Schwanz, sodass er keucht.

Er dreht seinen Kopf in meine Richtung, hebt die Handgelenke und bekommt unglücklicherweise – oder weil er mogelt – mein Halsband zu fassen und zieht mich nah an sein Gesicht.

»Nicht so gut wie du«, antwortet er leise. »Ich spüre den Unterschied.« Er stöhnt und ich sehe ihn leicht schwitzen. Der Anblick, wie er blind vor mir steht und Jane sich an einem Deepthroat probiert, macht mich ungemein scharf. Wie die anderen Brüder auch, wenn ich es richtig sehe.

»Merci, mon cheri.« Ich umfasse sein Kinn, dann küsse ich ihn intensiv, unsere Zungen umkreisen sich stürmisch und ich ziehe mich näher an ihn. Er riecht nach dunkler

Zeder, rauchig und zugleich herb. Mit meiner Zunge lecke ich über seine Lippen, knabbere daran, während er mich am Halsband fester zu sich zieht.

»Wir sollten eine Pause einlegen«, schlage ich vor, bevor er kommt.

»Nein, Jane du bringst es zu Ende«, fordert er von ihr und sieht mit verbundenen Augen zu ihr herab, während er mich freigibt.

»Du hast ihr keine Befehle zu erteilen«, spotte ich. Etwas unsanft verpasse ich ihm mit meinem Knie einen Stoß in seine Kniekehle, sodass er zusammensackt, ehe er begreift, was ich getan habe.

»Dafür darfst du deine Geliebte von hinten ficken. Na, wie klingt das für dich?«

»Schon viel besser.« Dorians Hände tasten nach Jane, die ihren Slip auszieht und auf dem Teppich auf alle viere geht. »Dann lass dich nicht aufhalten. Sie wartet geradezu mit ihrer feuchten Pussy auf dich, um hart von dir gevögelt zu werden.«

Ich kann mir ein verdorbenes Lächeln nicht verkneifen, als er nach ihrem Po tastet, näher heranrückt und ich mit schnellen Schritten in den Nachbarraum gehe. Lawrence' und Gideons Blicke verfolgen mich. Aber ich sage nichts, ansonsten weiß Dorian, wo ich mich befinde und dass ich gerade dabei bin, mir mein erstes Spielzeug herauszusuchen.

Mit meiner Gerte komme ich wieder zurück und höre Lawrence laut die Luft einziehen. Kurz gehe ich zu ihm, stelle einen Fuß zwischen seine Beine und blicke auf ihn herab.

»Noch ein Laut und du wirst der Erste sein, der Schläge erhält.« Ich klopfe auf seine Wange und er entgegnet meinem Blick voller Trotz. Hinter mir höre ich Jane lauter atmen und Dorian stöhnen. Als ich hinter beiden stehe, drehe ich meine Gerte mit einem zynischen Lächeln zwischen den Fingern schaue kurz zu Gideon, dann zu Lawrence, bevor ich sie auf Dorians linke Pobacke niedersausen lasse. Er schreit fast auf, als unvermittelt der Schmerz seinen Körper durchzuckt.

»Herrlich, nicht wahr?«, frage ich ihn und laufe hinter ihm wenige Schritte in einer stolzen Haltung auf und ab, dabei drehe ich weiter das biegsame Spielzeug zwischen den Fingern.

»Bist du irre?«, protestiert er und sucht mich blind in dem Raum, weil meine Stimme immer aus einer anderen Richtung kommt, die er nicht zuordnen kann.

»Das macht dann siebzehn«, antworte ich ihm bloß und ein zweiter Schlag trifft seine andere Pobacke. »Fick sie weiter, verflucht, und mach keine Pausen! Das ist für die Male, als du zugeschlagen hast, ohne mich vorzuwarnen. Fühlt sich nicht so gut an, oder?«

Die nächsten Schläge erträgt er, obwohl sie fester werden. »Wenn es dich beruhigt, morgen werden deine Oberschenkel und dein knackiger Arsch hübsche Sterne zieren.«

»Das nächste Mal werde ich einen Rohrstock nehmen, das schwöre ich dir!«

Mir kribbelt es in den Fingern, als ich seine Worte höre und weitere fünf Schläge folgen. Jane keucht jedes Mal, wenn Dorian tiefer zustößt, wenn meine Ledergerte seine Haut trifft, die einen wunderschönen rötlichen Farbton annimmt. Gideon und Lawrence sehe ich den Mund verziehen, als sie ihren Bruder knurren hören. »Schrei das bittersüße Verlangen heraus, Dorian«, raune ich ihm dicht neben seinem Ohr zu, als ich mich zu ihm herabbeuge. »Die Hitze, die auf deiner Haut brennt, vermischt mit der Gier Jane zu ficken, ist das unglaublichste Gefühl überhaupt. Es gibt nichts vergleichbar Schöneres, als Schmerz mit Lust zu verbinden. Du müsstest das am besten wissen. Also genieße es, Dorian.«

Mit seinen gefesselten Handgelenken fällt es ihm schwer, Jane festzuhalten, die ein Hohlkreuz macht und stöhnt, bis er weitere Male zustößt und kurz vor seinem Orgasmus steht. Ich sehe es auf seinem Gesicht. Genau in dem Moment folgen zwei Schläge etwas unterhalb seiner Pobacken, um die Hiebe gleichmäßig zu verteilen, und Dorian kommt mit einem lauten befreienden Stöhnen, bevor ich siebzehn Schläge verteilt habe. Nach dem dreizehnten senke ich die Gerte und grinse bösartig.

Zufrieden mit meinem Werk greife ich nach seiner Schulter. »Sag nicht, es war nicht erlösend, an seine Grenze zu gehen?« Mit einem zuckersüßen Lächeln küsse ich ihn, während sein Schwanz noch in Jane ist. Er erwidert den Kuss mit einem schweren Atmen. Auf seiner Stirn ist Schweiß zu sehen, und seine Muskeln sind angespannt, aber lockern sich allmählich.

»Doch, war es, aber ich muss das kein zweites Mal erleben.« Er beißt in meine Unterlippe, sodass ich zurückschrecke. »Los, schnappt sie euch und bändigt sie endlich! Oder soll sie euch ebenfalls eure Ärsche auspeitschen!«, fordert Dorian und ich erhebe mich schnell.

»Ich warne euch!«, richte ich an Gideon und Lawrence, die sich aufrichten. »Unsere Show ist noch nicht zu Ende.«

Lawrence und Gideon tauschen kurze Blicke aus, aber bleiben sitzen, wie ich es von ihnen verlange, als ich Jane auf die Beine helfe.

»Du darfst dich wieder setzen, Dorian, und dich entspannen, soweit das dein Zustand zulässt.« Vorsichtig nehme ich ihm die Augenbinde ab und helfe ihm auf. Dann richte ich mich an Jane. »Wasch dich, dann darfst du Gideon übernehmen.« Sie lächelt, weil ich weiß, dass sie nicht gekommen ist. Wie auch, wenn Dorian gefesselt ist und seine Hände nicht benutzen kann.

Ich gehe in der Zwischenzeit zu Lawrence, der der Gerte skeptisch entgegenblickt, als wäre er als Nächstes dran.

»Steh auf.«

»Oh, du hast Zeit für mich?« Er hebt spöttisch eine Augenbraue, schaut an mir auf und ab und grinst. Aber er erhebt sich, ohne mich weiter zu provozieren.

»Tut mir leid, Tiger, dass ich dich etwas vernachlässigt habe.« Ich ziehe ihm seine Hose aus und helfe ihm aus den Schuhen. Als er nackt vor mir steht, gehe ich auf die Knie, streichle seine Beininnenseiten nur zart und wandere mit meinen Fingern an seinen Hoden entlang, ohne sie zu berühren. Kurz blicke ich verführerisch zu ihm auf, dann lecke ich über seine Eichel, nur ganz kurz. Ich streife sie bloß, damit sein großer Schwanz hart wird. Dabei spüre ich das Kribbeln in meinem Becken und das leichte Ziehen. Genüsslich hole ich tief Luft, dann fällt mir etwas Besseres ein.

»Kannst du mir bitte behilflich sein und mich ausziehen, Schatz?« Ich stehe auf und bleibe dicht vor ihm stehen. »Meine BH-Träger schneiden sich in meine Haut ein und mein Slip klemmt ständig zwischen meinen Beinen.«

»Liebend gern, auch wenn es mit den Fesseln schwierig wird.«

»Dir wird es sicher gelingen.«

Ich drehe mich zu ihm um, damit er meinen BH öffnen kann, in dem Moment kommt Jane zurück.

»Und du wirst deine Lingam-Massage von Jane erhalten«, erkläre ich Gideon. Dabei öffnet er seinen Mund, um mir etwas zu sagen, aber ich schüttle den Kopf. »Sie weiß, wie sie es machen muss.«

»Ich halte das für keine gute Idee«, antwortet er trotzdem, ohne mich um Erlaubnis zu fragen. Jane macht sich an seiner Hose zu schaffen und zieht sie ihm aus.

»Hab dich nicht so«, höre ich Lawrence hinter mir, der meinen BH geöffnet hat und nun meine Brüste massiert, sodass ich meinen Kopf an seinen Oberkörper schmiege. Mit seinen Händen streift er meinen Lederslip aus und geht dabei auf die Knie. Ich steige aus dem Slip und plötzlich spüre ich seine Finger zwischen meinen Beinen. Seine Zunge leckt meinen Po entlang und zwei Finger dringen in mich ein.

»Gott, die Bestrafung von Dorian muss dich ja fast in Ekstase gebracht haben«, höre ich ihn und keuche, als er seine Finger kreisend in mir bewegt.

Jane fährt bei Gideon fort, leckt über seinen Schwanz und umfasst seine Oberschenkel. Sie soll keine ausgiebige Lingam-Massage durchführen, nur eine, die seine Prostata erregt und ihm einen unvergesslichen Höhepunkt verschafft. Zu gern hätte ich es selber gemacht, aber sie wollte es übernehmen und weil ich in ihrem Blick gesehen habe, wie heiß sie Gideon findet.

Also warum nicht? Vielleicht ist es für Gideon eine schöne Erfahrung und Jane macht es besser, als er denkt.

»Du bestrafst mich nicht, Kätzchen. Gefällt es dir?«, fragt Lawrence und erst jetzt kann ich meine Gedanken beiseiteschieben.

»Ja, mach weiter. Das habe ich mir nach der Nummer in der Limousine verdient.«

»Limousine?«, fragt Dorian und legt seinen Kopf auf der Lehne zurück.

»Ja, ich habe sie gevögelt und dann blasen lassen, bis Vater an die Scheibe geklopft hat.« Lawrence stoppt kurz.

»Du sollst nicht reden, sondern weitermachen!«

Dorian und Gideon höre ich kurz lachen. Jane hingegen wirkt konzentriert, reibt sich ihre Finger mit Massageöl ein, um seinen Schaft zu massieren, weiter seine Hoden zu streicheln und ihre Hände dahinter verschwinden zu lassen, was ich nicht sehen kann.

Mit einer plötzlichen Bewegung drückt mich Lawrence vornüber, dann leckt er über meinen Kitzler, massiert ihn, sodass ich die Beine weiter auseinander schiebe und ohne mich vorzuwarnen, in mich eindringt.

Kurz schließe ich die Augen. Mit den Händen stütze ich mich auf dem Teppich ab, um ihm mit meinem Becken Widerstand leisten zu können, weil er seine Hände nicht nutzen kann. Er bewegt sich intensiv in mir, aber noch zu langsam. Mein Kitzler pocht und meine Brustwarzen kribbeln vor Lust, trotzdem behalte ich Jane im Auge, die an Gideons Härte saugt und leckt und ihre Finger rhythmisch zwischen seinen Beinen bewegt. Gideon seufzt und schließt kurz die Augen. *Sie macht es richtig, wie ich es ihr gesagt habe.*

Doch irgendwie kann ich mich nicht unter Lawrence' Stößen fallen lassen, als sich Gideons und mein Blick treffen. *Verflucht! Warum sieht er zu mir und entspannt sich nicht, während Jane seinen männlichen G-Punkt massiert?*

Lawrence wird schneller, bis er tiefer in mich dringt, ich aber die Zähne zusammenbeiße und nur laut atme. Wieder schaue ich zu Gideon, der mich weiter im Blick behält, bis sein lautes Atmen in ein tiefes Stöhnen übergeht, Jane ihren Kopf schneller vor und zurück bewegt und er kommt. Dabei schaut er ein letztes Mal in meine Richtung, dann krallt er sich in ihr Haar und wirft den Kopf zurück. Sein Stöhnen ist lauter, als ich es je von ihm gehört habe, intensiver und länger. Also hat sie es perfekt gemacht – nur freut es mich nicht. Ein seltsames Gefühl beschleicht mich.

Ich schließe kurz die Augen, um das auszublenden. Als ich sie wieder öffne und spüre, dass Lawrence nicht mehr lange braucht, schaue ich in Dorians Richtung, der mich scharf mustert. *Verdammt! Hat er mich beobachtet?*

»Tiefer, Schatz!«, befehle ich Lawrence. In leicht nach

vorgebückter Haltung ist es schwierig, ohne seine Hilfe einen Widerstand aufbauen zu können, aber er presst seine Härte mit weiteren Stößen in mich, bevor er kommt und ich aufatme.

Mit einem Stöhnen ergießt er sich in mir und ich spüre seinen Schwanz in mir pumpen. Als er sich zurückzieht, hilft er mir auf. »Jetzt bist du wieder zu kurz gekommen, Liebling.«

»Nenn mich nicht so!«, fahre ich ihn giftig an und presse die Lippen aufeinander. Warum tu ich das? »Bei Gelegenheit darfst du dich gerne revanchieren«, biete ich ihm an, aber kann nicht in seine Augen blicken. Lawrence umfasst mein Kinn und hebt es mit seinen gefesselten Handgelenken an. Sein Blick durchdringt meinen, als würde er in meine Seele blicken wollen.

»Bei Gelegenheit? Wo ist die Maron hin, die sich nimmt, was sie will? Ich biete es dir förmlich an und du schlägst es aus?«

Hinter mir höre ich Jane stöhnen und werfe einen Blick über meine Schulter. »Gideon macht es ebenfalls. Wenn du mich von den Fesseln löst, dann ...« Ich sehe Jane auf der Couch liegen, ihre Beine gespreizt, und Gideon, der vor ihr kniet und sie leckt. Ihr ganzer Körper zittert und sie wirft ihren Kopf zurück, stöhnt und umfasst sein Gesicht.

»Wohin wolltest du mich bringen, um mich zu massieren?«, will ich wissen und schaue zu Lawrence mit einem interessierten Blick auf.

»Wenn du es noch willst, dann bringe ich dich dorthin«, bietet er mir an und streichelt mit den Fingern meinen

Hals entlang, weiter über meine Schulter.

»Einverstanden.« Ich lächle und schließe seine Handschellen auf. »Hier!« Ich werfe den Schlüssel Dorian zu, der sie nicht auffangen kann, sodass ich lache. Nicht lange und Lawrence hebt mich hoch, wirft mich über die Schulter, sodass ich kurz schreie, und geht mit mir zur Tür.

»Warte, der Schlüssel war in meinem BH.«

»Klasse!«, antwortet er, weil mein BH irgendwo im Raum hinter uns liegt.

Plötzlich steht Dorian neben mir mit dem Schlüssel in der Hand und schließt die Tür auf. Er behält mich lange im Blick, aber ich lächle ihm nur entgegen. »Au revoir! Endlich erhalte ich meine Massage.«

Ich werfe keinen Blick mehr zurück, sondern lasse mich von Lawrence nackt über die Gänge tragen.

11. KAPITEL

Nach einer kurzen Dusche, während Lawrence auf mich gewartet hat, schließt er vor uns ein Zimmer auf, das komplett in der Finsternis liegt. Bis auf die große Fensterfront müssen sich meine Augen erst an die Dunkelheit gewöhnen.

Doch ohne den Raum richtig gesehen zu haben, greift Lawrence nach meiner Taille und presst mich gegen die nächste Wand.

»Was war das gerade eben?«, will er wissen und ich schüttele den Kopf.

»Was meinst du?«, frage ich, weil ich nicht weiß, was das soll. Die gesamten letzten Minuten hat er nicht mit mir geredet. Sein Griff wird fester, sodass es leicht schmerzt. Ich spüre die Wand schmerzhaft gegen meine Wirbelsäule drücken.

»Du weißt, was ich meine! Du hast deine Schläge nicht verteilt und willst plötzlich die Massage, obwohl du sie vorhin ausgeschlagen hast. Halte mich nicht für dumm, Maron. Ich habe gesehen, dass du unter dem Pavillon neben Gideon geweint hast, und ich sehe, dass er sich anders verhält als sonst, seit du bei uns bist, er dich nachts bei sich schlafen lässt, was er mit keiner Frau, die wir gebucht haben, zuvor getan hat. Also, was soll der Scheiß!«

Ich ziehe die Augenbrauen zusammen und schlucke hart. Ich kann nicht zu Lawrence aufsehen, ansonsten forscht er in meinen Augen, was ich in dem Moment nicht ertrage. Aber was soll ich antworten?

»Es ist wirklich nichts, Lawrence. Wenn du möchtest, kann ich deinen Arsch auch jetzt noch spanken?«, biete ich ihm an und schaue erst auf, als ich weiß, dass ich seinem Blick standhalten werde.

»Darum geht es nicht.« Er beugt sich zu mir herab, sodass sich unsere Stirnen fast berühren.

»Was willst du von mir hören? Es war Gideons Anweisung mich jede Nacht in seinem Bett schlafen zu lassen. Er wollte mein Vertrauen gewinnen. Ich weiß selber, dass es eine dämliche Idee ist, ihm von mir zu erzählen. Aber gib nicht mir die Schuld. Können wir nicht gleich mit der Massage beginnen und ich schlafe heute Nacht bei dir, Schatz?«, sage ich und will ihn so von dem Thema ablenken.

Ich wirke ganz und gar nicht überzeugend, aber ich meine ernst, was ich gesagt habe, denn sie sind meine Kunden. Es soll nicht umsonst eine Distanz gewahrt werden, wie ich es immer getan habe. Und auch jetzt tun sollte.

»Hm ... Ich gebe dir keine Schuld, ich will es nur begreifen. Es wird wirklich das Beste sein, wenn du heute Nacht bei mir schläfst. Als meine Freundin ist das sogar deine Pflicht, statt in fremden Betten zu schlafen und sich flachlegen zu lassen.« Jetzt erkenne ich Lawrence' Grinsen wieder. »Aber«, seine Stimme wird wieder bedrohlich tief, »sollte mehr zwischen euch laufen, will ich es wissen.«

»Was soll der Blödsinn? Ich kenne meine Aufgabe, Lawrence. Ich weiß, was mein Job ist, und werde keine Grenzen überschreiten.« *Wozu auch?* In wenigen Tagen ist die Reise beendet und mein Terminplan mit weiteren Kunden belegt.

»Dann kann ich dir als Kunde sagen, dass der Sex vorhin mehr als schlecht war.«

»Danke!«, fauche ich ihm entgegen. Weil ich weiß, dass er recht hat. Aber das höre ich nicht gerne.

Lawrence greift nach meinem Kinn und küsst mich lange. Seine Küsse sind voller Begierde, fordernd und zugleich sinnlich, sodass ich mich am liebsten nie mehr von seiner Zunge trennen möchte. Vielleicht würde eine Abwechslung wirklich nicht schaden. Und Lawrence ist der letzte Mann, den ich von der Bettkante schubsen würde.

»Aber die Nacht ist noch lang, Kätzchen.« Er grinst verboten, dann gibt er mich frei. »Komm, wir sollten etwas gegen deine eingestaubte Pussy tun.«

Er führt mich zu einer Liege, dabei stoße ich ihn an. »Werd nicht beleidigend. Vorhin noch hat es deinem Schwanz sehr gut in meiner Pussy gefallen.«

Mit einer Hand zieht er mich an seine Seite und küsst mein Haar. »Du bist einfach goldig. Leg dich hin, entspanne dich, und wie ich schon mehr als einmal zu dir gesagt habe: Hör auf zu denken.«

Mein Lächeln kann ich mir kaum verkneifen, bevor ich ihm einen Kuss gebe und mich mit dem Bauch auf die Liege lege.

»Ich bin wirklich gespannt, was du vorhast.«

»Sch. Ich möchte kein Wort mehr hören.« Mit einer Hand gibt er mir einen Klaps auf den Po, dann legt sich ein

Gurt knapp über meinen Hintern.

»Was soll das werden?«, frage ich, aber kann mich nicht mehr bewegen.

»Ich sagte: kein Wort mehr. Ich habe nicht vor dir weh zu tun, aber ich will sichergehen, dass du nicht von der Liege fällst, wenn du dich unter meinen Händen windest.«

Mein spöttisches Lachen bleibt mir in der Kehle stecken, als er nach meinem rechten Handgelenk greift und es an der Liege, die links und rechts mit Manschetten ausgestattet ist, festbindet. »Hast du nicht vorhin gesagt, Gideon würde nur auf Bondage stehen?«

»Tut er auch. Dorian liebt Schläge wie ich ebenfalls. Dafür schaue ich gerne anderen beim Sex zu. Jeder hat seine Vorlieben, die wechseln.«

»Wechseln?« Gerade als er nach dem zweiten Handgelenk von mir greift, ziehe ich es zurück. »Nein. Du weißt, dass ich ungern allein mit nur einem Mann festgebunden bin.«

»Vertraue mir.« Ich schaue zu ihm auf. »Ich will dir nichts tun, dafür ist mir dein süßer Arsch zu schade.«

»Was willst du dann?«, hake ich nach. Ich will wissen, was er vorhat.

»Ich will …« Mit beiden Händen umfasst er mein Gesicht, sodass ich in seine dunklen Augen blicken muss. »… dass du dich entspannst, dich meinen Händen hingibst und du erlebst, wie schön es sein kann, auch einmal gefesselt zu sein. Denn bei den letzten Malen hast du dagegen angekämpft und es nicht genossen. Du sollst einfach den Unterschied spüren.«

»Ah.« Ich versuche ihm zu folgen. »Klingt unlogisch.« Er knurrt leise.

»Mensch Maron, du arbeitest ebenfalls mit Fesseln, wurde dir nicht erklärt, dass sie nützlich sind, weil sie einem Schutz geben können? Man darin, statt gefangen zu sein, auch Halt finden kann?« Oh, jetzt fängt er an zu philosophieren. Von ihm diese Worte zu hören, ist ... seltsam. Aber niedlich.

»Also möchtest du keine dominante Frau, sondern dass ich heute deine devote Lustsklavin werde und meine submissive Seite zum Vorschein bringe?«, reize ich ihn erneut und lächle ihm entgegen, weil er die Vorstellung vergessen kann.

Er blickt genervt zur Decke. »Als ob du das könntest.« *Eben.*

»Versuchen kann ich es«, antworte ich ehrlich und reiche ihm mein freies Handgelenk, damit er es festbinden kann. Irgendetwas in seinem Gesicht verrät mir, dass es vielleicht doch keine schlechte Idee sein kann, mich ihm willenlos hinzugeben.

»Wir werden sehen.« Er kontrolliert zweimal die weichen Manschetten und verschwindet aus meinem Blickfeld.

»Fangen wir sanft an«, höre ich ihn neben mir. Warmes Massageöl verteilt sich auf meiner Haut, das nach Mandeln duftet. Seine Berührungen tun wirklich gut, sodass ich meine Wange auf die Liege ablege und ich mich unter seinen mal sanften, dann kräftigeren Handgriffen fallen lasse.

Seine großen Hände, die meinen Rücken, Nacken und meine Schultern massieren, bewegen sich wirklich fast professionell auf meinem Körper. Langsam schließe ich die Augen, um das Kitzeln, das mit jeder seiner Berührungen mein Rückgrat herunterjagt, intensiver spüren zu können. Selbst in meinem Nacken kitzelt es, sodass sich meine Nackenhärchen aufrichten.

Keiner redet und ich verliebe mich in die Stille, die zwischen uns herrscht. Manchmal ist es schöner, die Stille und Ruhe gemeinsam zu genießen, als ständig zu reden. Vor mir blinzele ich zur Fensterfront, die halb von Vorhängen versperrt ist.

»Soll ich sie öffnen?«, fragt er und ich nicke bloß. Ich möchte das Meer sehen und die dunklen Wolken, die über den Nachthimmel wandern.

»Danke.«

»Schon wieder so brav«, stellt er fest und steht vor mir, sein schön geschnittenes Gesicht auf mich gerichtet.

»Ich soll doch devot sein. Deine Berührungen sind einfach unglaublich, dass ich nicht anders kann, als sie zu genießen.«

»Das freut mich.« Er küsst mich zärtlich, bevor er wieder vor meinen Augen verschwindet. In meinen Gedanken male ich mir aus, wie Lawrence, der große tätowierte Mann, der selten seine machohafte Art ablegen kann, ausgerechnet mich massiert, die vor ihm auf einer Liege festgebunden ist. Der Gedanke gefällt mir sehr, sodass ich wieder die Augen schließe, bis ich sie öffne, als seine Finger zwischen meine Pobacken wandern. *Auf den Moment habe ich nur gewartet.*

Geübt gleitet er zwischen meine Beine, die er etwas

auseinanderschiebt. Den unteren Teil der Liege lässt er ein Stück herunter, damit er besser an meine Pussy gelangt, die so feucht ist, weil ich es kaum erwarten kann, bis sich seine Finger tiefer in mir vortasten. Küsse kann ich auf meinen Pobacken spüren, bevor er zärtlich an ihnen knabbert und seine Bisse intensiver werden, als er meine geschwollenen Schamlippen auseinanderdrängt und mit seinen Fingern meinen Kitzler umkreist. Er muss hinter mir in die Knie gegangen sein, denn ich spüre seine Zunge, die jeden Winkel zwischen meinen Schamlippen erkundet, bis sie in mich eindringt und anschließend wieder hart über meinen Kitzler leckt.

Mit einem Seufzen lösen sich alle Gedanken von dem Gespräch zuvor auf und ich gebe mich nur diesem Moment, diesem Mann hin. Die Fesseln geben mir die Sicherheit, und ich spüre die heißen Wellen, die durch meinen Körper wandern, als er mich weiter leckt, seine Finger überall in und auf meiner Pussy sind. Dann spüre ich etwas angenehm Kühles – wieder Massageöl – und etwas, das in meinen Anus eindringt. Das Gefühl ist unglaublich. Er schiebt etwas nicht gerade Schmales tiefer in mich, sodass ich Gänsehaut bekomme.

»Gott, was ist das?«

»Gefällt es dir?«

»Ja. Auf die sanfte Tour ist es gar nicht mal so langweilig, wie ich dachte.« Ich muss es einfach sagen, obwohl ich weiß, dass Lawrence sich sicher ungern als sanften Liebhaber einstufen lässt.

»Warte es ab.«

»Was ist es nun?«

»Nicht denken, habe ich gesagt!« Das Etwas, was sicher nur ein Plug sein kann, schiebt sich tiefer in mich und dehnt meinen Muskel immer weiter, je tiefer es in mich eindringt. Ich versuche nicht darüber nachzudenken, weil das Pochen meines Kitzlers, den er weiter mit der Zunge verwöhnt, göttlich ist, während ich automatisch meinen Rücken durchdrücke und ihm meinen Arsch entgegenschiebe. Himmlisch, mein Puls wird immer schneller und mein Versuch, gleichmäßig zu atmen, scheitert und geht in ein Keuchen über.

Lawrence schiebt meine Beine noch ein Stück auseinander, bis er meinen Kitzler fester reibt, aber nicht schnell genug, was mich in jeder kurzen Pause zusammenzucken lässt. Meine Beinmuskeln zittern, ohne es kontrollieren zu können, und während sich der Plug tiefer in mir vorarbeitet, komme ich bei dem nächsten Darüberstreichen seiner Zunge über meinen Kitzler. Der Orgasmus rauscht durch meinen Körper so leicht und gleichzeitig so tief, dass ich stöhne und die Augen geschlossen halte und das schnelle Klopfen meines Herzens höre, meinen eigenen Atemzügen lauschen kann und in die Tiefe mitgerissen werde. Er stoppt seine Massage nicht, sondern behält die Bewegung bei, sodass ich mit jeder Berührung zusammenzucke und meine Finger in die Fesseln kralle.

»Gott«, stöhne ich und biege meinen Rücken durch. Das Stöhnen wird lauter, als ich ein zweites Mal komme und die Hitze sich in mir anstaut. Dann spüre ich seine Finger nicht mehr, sondern etwas anderes, das zwischen meinen Schamlippen entlangreibt. Es fühlt sich genauso gut an.

»Ist das eine Manschette?«

»Dir entgeht auch nichts.«

»Nein«, bringe ich schmunzelnd hervor. Die Vorstellung, wie er mich gleich mit einer Penismanschette ficken wird, ist außerordentlich heiß. Doch zuvor reibt er mit seiner Härte über meinen Kitzler, bevor er in mich eindringt und ich die Noppen an meinen Scheidenwänden spüren kann. Seine Bewegungen werden schneller und intensiver, sodass ich keuche und mich kaum unter dem Gurt bewegen kann.

»Wie du hilflos vor mir liegst, festgebunden auf der Liege, hat seinen besonderen Anreiz.«

»Das machst du sicher öfter, um die Frauen zum ...« Ich stöhne, als er wieder zustößt und gleichzeitig mit dem Plug meinen Anus penetriert. »... Gehorsam zu bringen«, beende ich meinen Satz.

»Um ehrlich zu sein, bist du die Erste, bei der ich es anwenden muss.«

Wieder stößt er zu, umfasst mein Becken und dringt tiefer ein, sodass er über eine empfindliche Stelle in mir reibt. »Muss?«

»Ja«, söhnt er. »Bei dir brauche ich mir keine Gedanken zu machen, dass du es still erträgst.« Ein dunkles Lachen ist zu hören. Lawrence stößt seinen Schwanz schneller in mich, härter, gieriger, sodass ich mir auf die Zähne beiße und glaube, unter dem Druck zu explodieren.

Kurz bevor mich die heiße Welle durchströmt, entfernt

er den Plug. Dann ist er verschwunden, ich höre kurz Wasser rauschen, bis er im nächsten Moment hinter mir steht und sein Schwanz Stück für Stück ohne Manschette, wenn ich es richtig spüre, in meinen gedehnten Anus eindringt, sodass ich die Finger in den Fesseln krümme. Im Gegensatz zu Lawrence' Vordehnen kommt es mir trotz des Öls so vor, als würde es nicht funktionieren. Aber Lawrence führt seinen großen Phallus langsam ein, sodass mein Stöhnen in ein lustvolles Wimmern übergeht.

»Du kannst jederzeit dein Codewort rufen«, bietet er mir an, während er meine Pobacken mit einer Hand massiert.

»Nein!«, rufe ich, während ich sein Becken auf meinen Pobacken spüren kann und alles in mir prickelt. Sein Schwanz muss komplett in mir sein. Die Fülle lässt mein Herz schneller schlagen und mich ihm weiter willenlos hingeben. Weil ich es will, was er mit mir macht. Es ist anders als von Gideon anal gevögelt zu werden, irgendwie spannungsgeladener, dafür fremd.

»Du bist wirklich unglaublich, Kätzchen. Vermutlich würdest du niemals das Codewort laut aussprechen, mich stattdessen tausendmal in deinen Gedanken verfluchen.« Damit hat er gar nicht mal so unrecht.

»Wieso dich verfluchen? Wie kann ich meinen Freund verfluchen, wenn unser Sexualleben ausgefallener ist als das anderer Pärchen?«, keuche ich gegen den Lederbezug der Liege.

Ein spöttisches Stöhnen ist zu hören. »Bis auf dein loses Mundwerk gebe ich dir recht.« Jetzt beginnt er mich nicht mehr langsam zu ficken, sondern schneller. »Das ist so wahnsinnig eng.«

»Also wirst du nicht lange brauchen.« Er umfasst meine Taille, um Halt zu finden, dann dringt er wieder tiefer in mich ein. Sein Rhythmus wird schneller, während ich glaube, ohne jede weitere Stimulation zu kommen. Eine Hand wandert zu meiner Schulter, die er fest umfasst, um mich näher an sich zu pressen, während er mich hungrig vögelt und sich alles vor meinen Augen vernebelt. Ich höre ihn stöhnen, bis er seinen Orgasmus erreicht hat, seinen Schwanz aus mir zieht und sich auf meinem Po ergießt.

»Könnte man mir Bescheid geben, wenn man meinen Arsch ...« Ein Schlag trifft meine Pobacke, sodass ich zischend Luft hole.

»Sei ruhig. Du versaust gerade alles.« Ich verdrehe die Augen. Wer hier was versaut, stellt sich die Frage. Aber andererseits brauche ich sein Sperma nur abzuwischen.

»Gefällt dir dein Resultat?«

»Allerdings.« Kurz höre ich Schritte, dann wird ein Tuch über meine Haut gewischt. »Aber da ich den Anblick nicht ewig genießen kann«, er tupft meine Haut ab, »sollten wir es bei Gelegenheit wiederholen.«

Ich lächle, als er plötzlich vor mir steht und meine Stirn küsst. Langsam löst er die Schnallen um meine Handgelenke, dann den Gurt um meine Hüfte. Als er mich hochzieht, wird mir schwindelig und meine Beinmuskeln zucken, sodass ich einknicke.

»Woah, nicht so schnell.« Er fängt mich rechtzeitig auf. »Dein Körper reagiert wirklich sehr intensiv auf Reizüberflutungen.«

»Bei deiner Pflege und deinem Prachtstück ...« Ich hebe eine Augenbraue und schaue zu seinem Penis, der langsam herabsinkt. »… ist das kein Wunder.«

»Ich liebe deine erfrischenden Komplimente, so wie sie mir keine Frau zuvor gemacht hat.«

»Das glaube ich dir, weil du sie nicht so lange kennen lernen durftest, ehe sie die Flucht ergriffen hat.«

Er schüttelt bloß unmissverständlich den Kopf wegen meiner frechen Antwort. »Geht es wieder?« Sein Blick wandert zu meinen Knien.

»Gleich ... Am besten, ich setze mich kurz. Deine Massage hat wirklich jeden Muskel gelockert.«

Ich schmunzele ihm entgegen, als ich mich auf die Liege setze und ihn zu mir herabziehe, weil ich ihn küssen will. Keine Ahnung, warum, aber ich küsse ihn sinnlich und fahre mit meinen Fingern über sein Haar, seinen Dreitagebart weiter über seine muskulöse Schulter.

»Am besten, du trinkst und isst etwas, bevor wir schlafen gehen.«

»›Wir‹ klingt so romantisch«, bemerke ich, weil es mich an die verliebten Pärchen erinnert, denen man im Park begegnet. Sie sagen auch immer »wir« gehen spazieren, »wir« gehen ein Eis essen, »wir« spielen jetzt Badminton ...

»Mit der Romantik hapert es zwischen uns noch, dafür können wir das als Rentner nachholen, was meinst du?«, sagt er trocken und ich beginne hinter vorgehaltener Hand zu lachen.

In der Küche reicht er mir eine Cola, wie ich sie meistens in Eduards Limousine trinke, wenn er mich von den Kunden abholt. Mir gegenüber nimmt er Platz und stellt eine Schokoladencreme-Torte zwischen uns auf den runden Glastisch, der sich vor den Fenstern befindet.

»Muss wohl Eram für uns gemacht haben. Willst du?« Er deutet auf die Schokoladentorte. Ich nicke, weil ich Appetit auf die Kalorienbombe habe und um meine Reserven aufzufüllen.

Lawrence greift nach einem Löffel und hält ihn mir im nächsten Moment mit einem Stück Torte darauf entgegen. Misstrauisch hebe ich eine Augenbraue, aber lasse mich von ihm füttern.

»Und?«, fragt er, als die Schokoladencreme auf meiner Zunge zergeht und ich kurz die Augen schließe.

»Ein Traum. Sie hat wirklich Talent.«

»Allerdings. Sie ist die beste Köchin, die wir auftreiben konnten.«

»Wie oft seid ihr in dem Anwesen?«, möchte ich wissen und beobachte ihn, wie er sich einen Löffel in den Mund schiebt.

»Selten«, bringt er mit vollem Mund hervor. »Nur zwei Mal im Jahr.«

»So lange steht das Anwesen leer?«

Er zuckt belanglos die Schultern, als sei es eine Nebensächlichkeit, ein Gebäude das restliche Jahr über leer stehen zu lassen. »Darum kümmert sich Vater. Aber wenn wir hier sind, stellen wir für die Zeit Eram ein. Sie arbeitet, glaube ich, schon vier Jahre für uns. Mann, ist das schon wieder lange her.«

»Dann hat sie sicher schon viel erlebt mit euch.«

»Das kannst du annehmen. Dass sie für uns arbeitet, ist wirklich ein Wunder. Entweder sie hat Allah abgeschworen oder sie hat sich an uns gewöhnt.« Er grinst verschmitzt und sieht von der Torte zu mir auf, während ich einen Schluck aus der Colaflasche nehme.

Über seine Worte muss ich lachen, bis er mir einen weiteren Löffel reicht und ich brav meinen Mund öffne. Er fängt meinen Blick auf, als ich den Löffel ablutsche und ich mich von seinen grauen Augen nicht mehr lösen kann. Ich kann mich schwer entscheiden, welche Art ich an ihm mehr schätze: seine weiche, fürsorgliche Seite oder seine dominierende und machohafte Art, die mich manchmal in den Wahnsinn treibt, weil bei uns beiden keiner nachgibt, sobald wir aneinandergeraten. Vielleicht schätze ich an ihm die Mischung aus beiden, weil er in Anwesenheit seiner Brüder selten einfühlsam zu mir ist, nur wenn wir Zeit allein verbringen.

»Ihr seid noch wach?«, höre ich hinter uns und zucke kurz zusammen. Es ist Gideon, der neben uns am Tisch nur in schwarzen Shorts bekleidet stehen bleibt.

»Ich kann morgen ausschlafen«, antwortet Lawrence trocken, dann schiebt er sich einen Löffel von der Torte mit einem provokativen Grinsen in den Mund.

»Das denke ich nicht.« Gideon verschränkt seine Arme vor der Brust und schaut mir mit einem kühlen Blick entgegen, den ich nicht deuten kann.

»Soll ich gehen?«, frage ich und will den Stuhl zurückziehen. Außer einem Tuch, das mir Lawrence gegeben hat, trage ich nichts weiter und würde in diesem Moment lieber einen bequemen Pyjama tragen wollen.

»Nein, du störst nicht.«

»Aber du«, fährt Lawrence seinen Bruder an. »Du solltest schlafen gehen, damit du ausgeschlafen bist. Dein Flieger geht, soweit ich weiß, schon kurz vor acht.«

Gideon stützt schnell die Arme auf dem Glastisch ab und beugt sich Lawrence gefährlich nah entgegen. »Du hast mir nicht zu sagen, was ich tun soll!« Lawrence ignoriert ihn und nimmt sich einen Löffel von der Torte. »Willst du noch einen Löffel, Schatz?«

Ich kann nicht verstehen, warum Lawrence nicht nachgibt. Schließlich muss das Geschäft oder der Auftrag wichtig sein, dass sie nach Riad fliegen. Stattdessen weist er seinen Bruder immer und immer wieder zurück, ohne es zu klären. Es ist vermutlich sein Dickkopf, der seine Meinung nicht ändern lässt – fast erinnert er mich an mich selber.

»Ich glaube, ich habe genug. Wir sollten wirklich schlafen gehen«, antworte ich, weil ich die schlechte Stimmung der beiden nicht mehr ertragen kann. Sie ruinieren alles mit ihrem Platzhirsch-Getue.

»Fang jetzt nicht an wie Gideon.«

»Tu ich nicht, aber ich bin wirklich müde«, täusche ich vor und gähne gekonnt hinter meiner Hand.

Gideon blickt in meine Richtung, dann beugt er sich zu mir herab. »Bring ihn zur Vernunft, Maron«, flüstert er mir ins Ohr, sodass sich Gänsehaut über meinen Körper zieht, als sein warmer Atem meine Haut kitzelt. Dann erhebt er sich, schenkt seinem Bruder einen mörderischen Blick und geht zum Kühlschrank.

»Bonne nuit!«, ruft er uns zu und verlässt mit einer Wasserflasche in der Hand die Küche.

»Was hat er dir gesagt?«, will Lawrence wissen. Soll ich lügen? Aber um Lawrence umzustimmen, kann ich ihm nicht die Wahrheit sagen.

»Dass er es kaum erwarten kann, mich zu sehen, wenn er aus Riad zurückkommt.« Lawrence verzieht sein Gesicht zu einer genervten Grimasse. »Er hätte es sich auch verdient. Findest du nicht?«

»Bloß weil er für einen Tag nach Riad fliegt? Lachhaft. Lass dich nicht von ihm mit seinen Versprechungen um den Finger wickeln.« Sehr gut, jetzt habe ich ihn dort, wo ich ihn haben möchte.

Ich zucke mit den Schultern, nehme ihm den Löffel aus der Hand und reiche ihm diesen zwei Sekunden später mit Schokocreme entgegen. »Ich liebe Männer, die wissen, was sie wollen, Lawrence – vor allem beruflich.« Damit, weiß ich, kratze ich an seinem Ego. »Aber wir können morgen auch zusammen faul in der Sonne liegen, im Pool schwimmen und am Strand spazieren gehen.« Warum ahne ich bereits, dass er so gewöhnliche Dinge, wie sie viele Pärchen tun, nicht ausstehen kann?

Er umgreift schnell meine Hand mit dem Löffel. »Ich fliege nach Riad, wenn ich dich nach der Rückkehr zuerst vögeln kann.« Ich lächle zart und schaue aus dem Fenster zur beleuchteten Ausfahrt.

»Das habe nicht ich zu entscheiden, Tiger.«

12. KAPITEL

Von einer Berührung zwischen meinen Beinen werde ich geweckt und blinzle. Eine Hand streichelt über meinen Venushügel.

»Lass mich schlafen«, stöhne ich und drehe mich um.

»Gleich.« Es ist Lawrence' Stimme, die etwas über mir zu hören ist. »Ich wollte mich nur verabschieden.«

»Indem du meine Pussy streichelst?« Mit geschlossenen Augen schmunzele ich, bis ich einen Kuss auf meinem Haar spüre. Langsam öffne ich die Augen und blicke zu ihm auf. In einem weißen Anzug, schwarzem Hemd und seinem ordentlich zusammengebundenen Haar wirkt er am frühen Morgen unglaublich verlockend. Ihn umgibt eine herbe männliche Duftnote, die mich tiefer einatmen lässt.

»Wenn ich nicht noch müde wäre, würde ich sofort über dich herfallen, Darling. Der Anzug steht dir perfekt.« Mit der Hand stütze ich meinen Kopf auf, als er neben dem Bett in die Knie geht.

»Heb dir das für morgen auf, Kätzchen. So lange mache, worauf du Lust hast. Jane wird ebenfalls mit Dorian hierbleiben, falls dir nach nervigen Frauengesprächen ist.«

Ich nicke und fahre mit der Hand über meine Stirn, um Haarsträhnen aus meinem Gesicht zu streichen.

»Du denkst auch an alles.«

»Das tue ich immer.« Er küsst mich, dann erhebt er sich und verlässt den Raum. Als ich auf dem Wecker halb sechs

Uhr morgens ablese und es draußen schon hell ist, stöhne ich und lasse mich in die Kissen sinken.

Für einen Moment dämmere ich weg, als ich Lippen über meine streifen spüre. »Danke, Kleines, dass du ihn zur Vernunft gebracht hast«, höre ich Gideon über mir und öffne die Augen. »Für gewöhnlich lässt er sich nie umstimmen. Aber ich wusste, dass es nur dir gelingen wird.« Seine intensiv grünen Augen halten meinen Blick gefangen, sodass ich schlucke.

»Gerne«, bringe ich nur hervor. Ich schaue an ihm vorbei, um zu sehen, ob Lawrence im Zimmer ist. »Hier, als Belohnung.« Zwischen Zeige- und Mittelfinger hält er mir eine schwarze Kreditkarte entgegen. »Geh shoppen. Mach, worauf du Lust hast, aber denke dabei an mich.« *Solch ein Spinner!* Das Grinsen, das über seine Lippen huscht, ist einfach göttlich, weil er vermutlich meine Gedanken auf meinem Gesicht ablesen kann. Er schiebt die Karte auf den Nachttisch.

»Das werde ich. Vielleicht finde ich etwas Hübsches für dich.«

Er schaut kurz zur Seite und lächelt, bevor er wieder zu mir sieht. »Da bin ich mir sicher. À plus tard, ma pièce d'or.«

Wieder ein hauchzarter Kuss auf meinen Lippen, sodass ich seinen Duft einatmen kann. Am liebsten würde ich meine Handgelenke um ihn schlingen und ihn zu mir ins Bett ziehen. Für einen winzigen Moment schließe ich die Augen, um seine Nähe zu spüren. Als ich sie öffne, geht er in seinem schwarzen Anzug zur Tür, wirft mir einen letzten Blick zu, bevor er die Sonnenbrille aufsetzt und das Zimmer verlässt.

Ich drehe mich zur Seite und greife nach seiner schwarzen Kreditkarte, die ich zwischen den Fingern drehe. Ich könnte sonst was mit der Karte kaufen: ein Auto, einen Flug zurück nach Marseille, teuren Schmuck oder Juwelen. Er muss mir sehr vertrauen, wenn er mir seine Karte überlässt. Oder es interessiert ihn nicht, was ich damit anstelle. Wie ich ihn kenne, wird er seine Abrechnungen akribisch durchgehen, um zu sehen, was für Einkäufe ich getätigt habe.

Gideon möchte sicher verhindern, dass ich wieder Hemmungen habe, das Geld auszugeben. Wenn ich es bar in der Hand halte, ist es schwieriger für mich, es auszugeben, als wenn ich Dinge mit der Karte zahlen müsste. Seine Hintergedanken sind fast schon schmeichelnd.

Nach einer Dusche sitze ich am Frühstückstisch und lasse mich von Eram mit ihrem leckeren Frühstück verwöhnen. Lawrence hat recht, sie ist wirklich eine hervorragende Köchin, weil sie den Frischkäse frisch zubereitet, das Müsli mischt, selbst die Brötchen backt. Das bin ich gar nicht gewohnt.

Auf Englisch versuche ich mich mit ihr zu unterhalten, bis ich herausfinde, dass sie französisch sehr gut versteht, aber es schlecht sprechen kann. Mit ihren dunklen Augen und ihrem rundlichen Gesicht bin ich froh, sie bei mir zu haben, als ich frühstücke. Meistens esse ich allein oder selten mit Luis in der Mensa.

Heute würde ich auch Zeit haben, Luis, Leon und

Chlariss anzurufen. Es ist schon wieder drei Tage her, dass ich mich bei meiner Schwester gemeldet habe.

»Danke für das großartige Frühstück«, bedanke ich mich mit einem Lächeln bei Eram, die bereits mein Geschirr abräumt. Sie nickt eifrig mit einem breiten Lächeln, schaut mir tief in meine Augen und berührt meine Schulter flüchtig.

»Nicht danken, mache ich gern.« Sie ist wirklich großartig.

Mit einem Lächeln auf den Lippen und einem Kaffee in der Hand verlasse ich die Küche und versuche es mir auf dem Balkon gemütlich zu machen, um zu lernen. Plötzlich klingelt mein Smartphone auf dem Nachttisch, sodass ich schnell in mein Zimmer haste. Ich hebe es hoch und sehe eine Nachricht von Gideon.

Was ich vergessen habe: Du kannst deine neuen Mitschriften von der Vorlesung in meinem Büro ausdrucken.
Gideon

Er denkt an alles. Im E-Mail-Fach sehe ich, dass mir Luis die Mitschrift von Montag geschickt hat.

Danke, das ist sehr freundlich. Vertragt ihr euch?
Maron

Ich stehe auf und laufe, den Laptop unterm Arm geklemmt, über die Gänge zu seinem Büro, das nicht verschlossen ist. Ich fahre mein Notebook und seinen Drucker hoch und lasse die Vorlesung ausdrucken, als mein Handy wieder klingelt.

Sicher. Nachdem er mir erzählt hat, dass er dich als Erster in Anspruch nimmt, wenn wir zurück sind, hat er bessere Laune. Zumindest weiß ich ab sofort, an wen ich mich wenden muss, wenn Law mal wieder seinen Dickkopf durchsetzen will.

G.

Klar, ich als seine Freundin weiß, wie man ihn bändigen muss.

M.

Ich drücke auf *Senden*, obwohl ich so viel mehr schreiben möchte – aber ich brauche einen freien Kopf, um zu lernen und mich nicht von ihm ablenken zu lassen. Ob Gideon sich an dem Abend weiter mit Jane abgegeben hat?

Kann mir das nicht gleichgültig sein? Ich klappe meinen Mac zu und gehe zurück auf den Balkon, auf den ich mich im Bikini mit Kopfhörer in den Ohren auf eine gepolsterte Liege lege und mit dem Lernen anfange. Rechnen kann ich später, wenn die Hitze nicht mehr zu ertragen ist.

Luis hat sich wirklich mit Kommentaren und lustigen Skizzen Mühe gegeben, mir den Stoff besser zu erklären. Ich schmunzle über einen Kommentar und markiere mir die passende Passage mit einem Marker, als sich mir ein Schatten nähert.

»Hey, Maron«, höre ich Dorian über die Musik hinweg, der neben mir auf einer Liege Platz nimmt.

»Hey.« Ich schaue zu ihm auf und nehme die Kopfhörer

aus den Ohren.

In einem T-Shirt und einer dunklen Jeans stützt er die Ellenbogen auf seine Knie auf und beugt sich mir entgegen.

»Was kann ich für dich tun?«, frage ich mit einem Lächeln und schiebe meine Sonnenbrille auf das Haar zurück.

»Für mich heute nichts. Es sei denn, du hättest Lust, Jane und mich später in die Mall zu begleiten. Wie ich erfahren habe, hat dir Gideon seine Karte gegeben.« Warum weiß jeder der Brüder alles von dem anderen?

»Unter Umständen stimmt es, aber ich würde – oder besser – ich *muss* noch lernen.«

»Keine Eile. Vielleicht kann ich dir behilflich sein?« Er neigt seinen Kopf zur Seite, um meine Unordnung auf der Liege zu mustern. Warum möchte er mir helfen?

»Willst du dich nicht um Jane kümmern?«

»Sie ist nicht meine Freundin, Maron. Sie kann auch allein Zeit verbringen. Oder willst du mich loswerden?«

Ich presse die Lippen aufeinander, bevor ich ihm antworte. »Nein, das nicht, aber ich bezweifle, dass du mir helfen kannst.«

»Lass mich mal sehen.« Er greift sich, ohne mich zu fragen, meine Skripte und studiert sie. Diese Art kommt mir sehr bekannt vor. »Ich gebe zu, ein mathematisches Genie wie Gideon bin ich nicht, aber das begreift sogar ein Sechsjähriger.« *Toll!* Will er mich bloßstellen? Meine Gesichtszüge verfinstern sich.

»Wer hat gesagt, dass ich das nicht begreife?«, fauche ich ihm entgegen.

»Das sagen mir die lustigen Kommentare von Luis,

wenn ich raten dürfte, der entweder seinen Gefallen daran hat, dir alles ausführlich zu erläutern, oder dich für unterbelichtet hält.«

Sofort saust mein Fuß auf sein Schienbein zu. »Benimm dich mal!«

Dann schnappe ich mir die Ausdrucke aus seiner Hand, damit er sie nicht weiter lesen kann. Er ist wirklich unverschämt frech und lacht mich tatsächlich aus. Dabei sehe ich seine strahlend weißen Zähne. Für einen winzigen Moment erinnert er mich sehr an Gideon, der genauso lacht.

Warum müssen alle auf mein Unverständnis für Zahlen und Formeln herumhacken? Außerdem habe ich Luis' Mitschriften ohne Probleme mitverfolgen können, rechtfertige ich mich vor mir selber.

»Ich wollte dich nicht beleidigen.« Er greift nach meinem Arm und zieht mich zu sich. Dicht vor meinen Lippen sagt er: »Ich weiß, dass du clever bist und gerissen. Das können dumme Menschen nicht von sich behaupten.« Ich schmunzele dem Fliesenboden entgegen. »Und ein mitfühlender Mensch scheinst du auch zu sein.« Mein Schmunzeln erstarrt.

»Was meinst du damit?« Ich ahne bereits, worauf er hinauswill, aber möchte es von ihm hören, während ich die wenigen Sekunden nutze, um mir eine passende Antwort parat zu legen. »Ich weiß, dass dir Gideon sehr nah steht, weil du dich ihm anvertraut hast. Das konnte gestern Nacht so ziemlich jeder sehen.« Er grinst kurz. »Außer vielleicht Jane.«

»Und worauf ...«, will ich fragen, als er einen Finger auf

meine Lippen legt und den Kopf schüttelt.

»Du brauchst dich nicht mit Lügen oder falschen Rechtfertigungen bei mir zu erklären. Es ist deine Angelegenheit. Aber wenn du meine bescheidene Meinung hören möchtest: Es ist gut, sich jemandem anzuvertrauen, Maron. Ich unterstelle dir nicht, dass du Gefühle für ihn hast, weil du professionell arbeitest, aber dir schadet es nicht, sich Menschen anzuvertrauen. Wenn sie dann anderen Menschen ihr Vertrauen schenken, solltest du lernen, damit umzugehen. Mehr hat Gideon gestern nicht gemacht.«

»Das verstehe ich nicht ganz.«

»Nun, du wolltest die Massage bei ihm machen, nicht wahr?« Ich nicke nur. »Dafür hast du Jane geschickt, die es vermutlich nach deinen Anweisungen gemacht hat, weil ich bisher von ihr keine Lingam-Massage erhalten habe.« Er lächelt kurz. »Zumindest hat er sich ihr anvertraut, obwohl sie nicht sein Typ ist.«

»Also möchtest du mir sagen, wenn ich anderen Menschen mehr vertrauen schenke, hätte ich ein einfacheres Leben?«

»In etwa das möchte ich sagen.« Er streichelt über meinen Oberarm und hält zugleich meinen Blick fest. »Auch wenn du zusehen wirst, wie leicht sie anderen Menschen und nicht nur dir vertrauen.« Seine Worte wirken etwas unschlüssig auf mich.

»Du hast keine Ahnung, was ich bisher erlebt habe. Bislang bin ich wirklich gut klargekommen, so wie es war. Ich habe nur Gideons Fragen beantwortet, weil er mich ...«

Wieder legt sich ein Finger auf meine Lippen. »Du

sollst aufhören, dich zu rechtfertigen. Es sei denn, du schämst dich dafür? Warum du es getan hast, ist deine Entscheidung, Maron. Jeder hat immer zwei Möglichkeiten. Aber ich finde es gut, dass du es getan hast. Unser Zusammenleben in der Villa sollte so auch die restlichen Tage sein. Wer Geheimnisse hat, Lügen verbreitet oder andere schlechtredet, ist bei uns nicht gern gesehen.«

Ich kann seine Absichten und Gründe verstehen, aber ich will nicht mein Leben vor ihren Füßen ausbreiten.

»Unsere Zeit hier«, ich deute auf das Anwesen, »ist begrenzt, Dorian. Wir werden nicht für immer zusammenwohnen wie in einer WG. Also hör auf davon zu reden. Ich bin nur als Escortdame von euch gebucht worden. Unsere Beziehung besteht nur auf Zeit – mehr nicht.«

»Falsch, Maron! Solange du dich hier aufhältst, bist du genauso ein Mitbewohner dieses Anwesens wie Lawrence oder Gideon. Wenn ich von meinen Brüdern wissen will, wie ihr Tag war, will ich das auch von dir erfahren. Wenn ich Jane frage, ob sie schlecht geschlafen hat, will ich das auch von dir wissen. Oder wenn Gideon nachts durch Bars streift, weil ein Geschäft mies verlaufen ist und ihm Vater die Schuld daran gibt, will ich solche Dinge, wenn du sie tust, auch von dir wissen. Wir sind viel mehr als eine lockere Wohngemeinschaft, die nur auf Sex und eigene Interessen aus ist, Maron. Aber das scheinst du nicht ganz zu verstehen, nicht wahr? Vielleicht liegt es daran, dass du es wirklich nicht gewohnt bist, weil es dein Job so vorsieht, aber hier, in dem Anwesen, möchte ich dich nicht wie eine gebuchte Dame behandeln. Hier sollst du unsere Geliebte,

Freundin und Vertraute sein.« *Verlangen sie das von jeder Frau?* – frage ich mich unweigerlich in dem Moment.

Tief atme ich durch, während ich seine Worte verarbeite.

»Es klingt so einfach«, wispere ich und blicke zum Meer.

»Das ist es, wenn du es kennen gelernt hast. Gideon hat mit dir den ersten Schritt getan, aber laufen musst du allein.«

Seine lockeren Worte sind ernst und witzig zugleich. Doch wie auch Gideon vor wenigen Tagen kann ich ihm nur eine Antwort geben:

»Ich werde es versuchen.«

»Das reicht mir nicht!« Mein Blick wandert zu seinem Gesicht, das ernste Züge angenommen hat.

»Was willst du dann von mir hören? Ich werde jeden Tag an mir arbeiten oder es überwinden? Die Antwort wirst du nicht bekommen.«

»Denk in Ruhe über meine Worte nach.« Er gibt mir einen Kuss auf die Wange, dann erhebt er sich und schaut zu mir herab. »Wenn wir zur Mall ...«, er hebt sein Handgelenk und blickt kurz auf seine teure Designeruhr, »sagen wir um drei Uhr aufbrechen, möchte ich eine Antwort von dir hören – eine ehrliche. Bis dahin lasse ich dich allein.« Er wendet sich um und biegt nach wenigen Schritten auf dem ausgedehnten Balkon, neben einem großen Oleanderkübel um die Hausecke.

Was soll das Ganze? Ich finde es wirklich freundlich von ihnen, mich wie ein Familienmitglied aufnehmen zu wollen, und schätze ihre Ansichten und Regeln sehr, aber sie können von mir nicht erwarten, dass ich mich in nur wenigen Tagen um hundertachtzig Grad drehe. Das macht kein Mensch! – es sei denn, es ist geheuchelt.

Nach einer kleinen Ewigkeit, die ich zum Meer starre, beschließe ich, erst einmal im Krankenhaus anzurufen. Meine Schwester ist meine Familie. Sie ist die Einzige, die ich noch habe und um die ich mich kümmern sollte.

Wieder erreiche ich zuerst eine Krankenschwester, die mich freundlich begrüßt, dann gibt sie mir Chlariss.

»Salut Maron, wie geht es dir?«, fragt mich Chlariss und ihre Stimme klingt etwas erschöpft und schwach, so als hätte sie geweint.

»Hey, Chlariss. Mir geht es prima. Aber wie geht es dir? Du hörst dich müde an.«

»Fühle ich mich auch. Witzig, was? Es ist noch nicht einmal elf und ich könnte wieder schlafen.« Ich stöhne leise, so dass sie es nicht hört, weil mir ihre Worte nicht gefallen.

»Konntest du in den letzten Tagen mit einem Pfleger den Park aufsuchen?«

»Ja, Sonntagvormittag habe ich eine Runde mit einem wirklich hübschen Typen gedreht, aber ich musste unseren Spaziergang eine Viertelstunde früher abbrechen, gerade als ich mit Pascal ins Gespräch gekommen bin.«

»Aber das ist doch schon ein Anfang«, will ich sie aufmuntern.

Sie lacht leise. »Stimmt. Besser, als mich in dem Bett wund zu liegen. Doch gestern haben es mir die Ärzte verboten, mich zu lange zu bewegen. Einer meiner Werte hat mal wieder nicht gestimmt. Leider, denn es tat gut, draußen zu sein. Ich habe die Menschen beobachten und frische Luft einatmen können, statt der stickigen Luft im Krankenhaus, die nach Tod und Verwesung riecht.«

»Das ist schön. Wenn ich dich das nächste Mal besuche, werden wir zusammen eine Runde durch den Park laufen. War Luis bei dir?«

»Ja, Sonntagnachmittag ist er vorbeigekommen. Er hat mir wieder Callas mitgebracht, weiße.«

»Wie du sie liebst.«

»Ja, du hast ihn wirklich erzogen.« Sie kichert leise. »Wann kommst du vorbei? Ich möchte unbedingt neue Geschichten aus deinem Studentenleben hören. Das würde mich ablenken.« Ich höre sie seufzen, dann eine leise Stimme von vermutlich einer Schwester flüstern.

»Ähm ... Ich kann leider vor übernächstem Wochenende nicht vorbeikommen. Vielleicht schaffe ich es etwas früher, das kann ich dir nicht versprechen.«

»Wegen deiner Prüfungen?« Oh nein, es sollte nicht so klingen, als könnte ich wegen der Prüfungen meine Schwester nicht besuchen, denn wenn ich in Marseille wäre, würden mich die Prüfungen nicht daran hindern, sie zu sehen.

»Dir hat Luis davon erzählt?«, will ich ihr ausweichen.

»Klar, er muss ebenfalls lernen. Aber es ist fast Juli, da stehen immer die Klausuren an, bevor du Semesterferien hast. Also? Denn ich würde dich gern früher sehen.«

Ich atme durch und blicke auf das Meer. Verflucht,

kann sie das Meer rauschen hören? Leise gehe ich durch die geöffnete Balkontür und setze mich auf das Bett.

»Ich dich auch, wenn es ginge, Chlariss ...« Mir fehlen die Worte, sodass ich nervös durch mein Haar fahre. »Erzähl mir von dem Krankenpfleger. Pascal heißt er, richtig? Wie sieht er aus?«

Zum Glück geht sie auf meine Frage ein und sie erzählt mir von dem Mann, der erst seit kurzem im Krankenhaus arbeitet und einen netten Eindruck auf sie gemacht hat.

Den werde ich das nächste Mal begutachten, bevor sie sich Hals über Kopf in ihn verliebt. Aber es täte ihr gut, jemanden kennen zu lernen, weil sie keine Partys besuchen kann, keine Freunde, außer einige Gesprächspartner im Krankenhaus, kennen lernen kann und auch nicht studieren kann, wie sie es sich öfter wünscht.

Jedes Mal, wenn ich ihr von meinem Studium erzähle, lese ich auf ihrem Gesicht ab, wie gerne sie mit mir tauschen möchte. So gern würde ich es tun, wenn es ginge ... Aber mehr als ihr helfen und mein Geld in ihre Behandlung stecken, kann ich leider nicht. Manchmal frage ich mich, warum ein Gott – wenn es ihn denn gibt und obwohl ich nicht an ein Schicksal glaube – gerade ihr die Krankheit auf den Hals hetzen musste. Wir sind Zwillinge, warum hat es nicht mich getroffen ...? Diese Frage habe ich mir unzählige Male gestellt – und sie macht mich verrückt ...

»Ich denke, Luis wird in wenigen Tagen vorbeikommen und ich rufe dich bald wieder an. Schließlich möchte ich mehr von deinem süßen Typen hören.« Ich lache leise und sie stimmt mit ein.

»Das wirst du, jedes Detail, Maron. Mach's gut.«

»À plus tard. Pass auf dich auf. Und sollte es dir schlechter gehen, lass mich anrufen.«

»Tu ich, ma mere.« Ich verziehe meine Lippen zu einem Lächeln, dann lege ich auf. Für wenige Sekunden denke ich über ihre Worte nach, ihre Fragen und was sie von mir halten könnte, weil ich sie nicht wie sonst besuche.

Ich komme mir so schrecklich vor, weil ich in Dubai bin, während ich bei ihr sein sollte. Aber ich brauche das Geld, so dumm es klingen mag.

Kurz huscht mein Blick zu der Kreditkarte von Gideon, die immer noch auf dem Nachttisch liegt. Die Welt der Chevalier Brüder scheint so einfach, so unkompliziert und sorgenfrei zu sein ... während ich mein Leben mit Lügen vertusche, meine Sorgen und Probleme vor anderen verberge und ich niemanden an mich herankommen lasse.

Chlariss weiß nichts von meinem Nebenjob, weil sie es mir verbieten würde. Sie würde es nicht gutheißen, für Geld, das ich in ihre Behandlung stecke, mit fremden Männern zu schlafen und für Anlässe gebucht zu werden. In den letzten zwei Jahren – seit sie im Krankenhaus ist – konnte ich es vor ihr geheim halten. Es war auch nicht schwierig, weil sie die Station nicht verlassen durfte. Kein einziges Mal. Deswegen werde ich ihr auch jetzt nicht davon erzählen ...

Mit einem Seufzen erhebe ich mich, gehe auf den Balkon und versuche weiterzulernen, obwohl ich immer wieder an meine Schwester denken muss.

13. KAPITEL

Wie geht es deinem Po?«, frage ich Dorian, als wir aus der Limousine aussteigen und mir die roten Buchstaben »The Dubai Mall« entgegenleuchten.

»Das interessiert dich nicht wirklich, Maron.« Er dreht seinen Kopf zu mir, dann bietet er mir und Jane je einen Arm an.

»Doch, tut es. Schließlich liegt mir das Wohlergehen meiner Kunden sehr am Herzen.« Warum klingen meine Worte mehr sarkastisch als ehrlich?

Dorian schüttelt den Kopf und führt uns in den riesigen Einkaufstempel, der bereits gut besucht ist und in dem sich die Touristen und einheimischen Besucher nur so tummeln. Ich mag keine Menschenmassen, aber mich im Anwesen langweilen, möchte ich auch nicht.

»Wenn ich dir am Herzen liege, dann hättest du gestern nicht meinen Hintern mit deiner Gerte bearbeitet. Den Anblick auf meinen Hintern, auf dem rote Herzen glühen, werde ich dir nicht bieten.«

»Zu schade. Aber du weißt, dass es sein musste, Dorian. Du lässt auch keine Möglichkeit aus, dasselbe mit mir zu tun.«

»Da gebe ich Maron recht. Du bist meistens der Schlimmere von euch dreien, wenn es darum geht, einen Frauenpo zu versohlen.«

Dorians Blick wandert von mir zu Jane. Ihm scheint die

weibliche Überzahl nicht zu gefallen, mir allerdings schon.

»Ich merk schon, der Nachmittag verspricht mit euch Ladys nicht langweilig zu werden.«

Ein tiefes Stöhnen ist zu hören, als er uns über die Galerien führt und wir Boutiquen aufsuchen. Jane kann sich sofort für die verschiedenen Modekollektionen begeistern und klebt förmlich mit der Nase an den Schaufensterscheiben, sodass wir kaum vorankommen, bis sie wieder stehen bleibt und in das nächste Geschäft will. Ich weiß, Gideon würde es nichts ausmachen, ausgiebig shoppen zu gehen, bis die Kreditkarte glüht, aber übertreiben möchte ich es nicht.

Dorian bringt wirklich die Geduld auf, um mit Jane in jedes einzelne Geschäft, vor dem sie stehen bleibt, zu gehen. Er ist ein wahrer Kavalier, das muss ich ihm lassen. Von den drei Brüdern strahlt er am meisten Gelassenheit, Geduld und Sanftmütigkeit aus – *wenn ich nicht seine dunkle Seite kennengelernt hätte.*

»Ich warte hier«, sage ich, als Jane in die zehnte Boutique möchte. Dorian nickt kurz, bevor Jane ihn in den Laden mitschleppt. Ich stütze meine Arme auf dem Geländer auf und beobachte die vielen Besucher. Der Einkaufstempel ist unglaublich schön, ganz nach der arabischen Kultur gestaltet, und wenn ich es richtig auf einem Wegweiser gelesen habe, soll es auch ein großes Aquarium geben, in dem Fische, Haie und Rochen umherschwimmen. Das möchte ich unbedingt sehen, aber allein, ohne ihnen Bescheid zu geben ... Oh!

Mir gegenüber werde ich von den goldenen Buchstaben

einer Lingerie abgelenkt. Ich schaue zu den Ausstellungspuppen, und was ich sehe, gefällt mir außerordentlich gut.

Kurz werfe ich einen Blick zurück zu Jane und Dorian, die gerade von einer Verkäuferin beraten werden, dann gehe ich zielstrebig auf die ausgestellten Dessous zu. Ohne lange zu überlegen, betrete ich das Geschäft. Wer weiß, vielleicht finde ich etwas Ausgefallenes.

Ich gehe langsam die Regale durch, begleitet natürlich von einer kompetenten Verkäuferin, und schiebe meine Sonnenbrille zurück, als ich einen wirklich umwerfenden Body aus schwarzer Spitze von La Perla finde, der viel Haut zeigt und zugleich verboten verrucht aussieht. Normalerweise sind Bodys immer etwas umständlich aus- und anzuziehen, aber der hat es mir besonders angetan.

»Probieren Sie ihn ruhig an«, bietet mir die Verkäuferin an und scannt mit ihren Blicken meine Konfektionsgröße, ohne mich fragen zu müssen. Zwei Sekunden später hält sie mir das Dessous entgegen. Ich zögere nicht lange und nehme es ihr ab.

In der Kabine drehe ich mich vor dem Spiegel und Gott, der ist wirklich ein Traum und umwerfend – genauso umwerfend wie der Preis, als ich ihn auf dem Etikett lese. Mit den Fingerspitzen fahre ich zu meinem Hals. Mit einem Stoffband wird der Body um den Hals geschlossen und verläuft mit zwei breiten Spitzenbändern, die meine Brüste nur hauchzart verdecken, zum Slip.

»Ich nehme ihn«, antworte ich, als die Verkäuferin mich in der verführerischen Unterwäsche beobachtet. Falls Gideon es nicht gefällt, könnte ich ihn immer noch umtauschen oder ihm das Geld zurückgeben.

Dazu passend kaufe ich noch halterlose Spitzenstrümpfe und Bänder, bis mein Blick auf Spitzenhandschuhen hängen bleibt, die mit schwarzen Satinbändern durchwirkt sind. Himmel, aus dem Laden komme ich einfach nicht heraus. Immer wieder rede ich mir ein, es Gideon zurückzuzahlen. Es ist besser so und beruhigt meine Gewissensbisse, ihm etwas schuldig zu sein.

Mit einer exquisiten Boutiquetüte und einem schlechten Gewissen verlasse ich die Boutique und will zu Dorian und Jane gehen, die nicht mehr im Geschäft gegenüber sind. *Klasse! Mein Fehler.* Ich hätte ihnen Bescheid geben sollen.

Auf einer Bank stelle ich die Tüte ab und krame nach meinem Smartphone, um Dorian zu schreiben, als plötzlich zwei Hände um meine Mitte greifen.

»Ich wollte euch schon schreiben«, sage ich und drehe mich um.

»Schön dich zu sehen, Madame Noir.« Meine Gesichtszüge gefrieren für einen winzigen Moment ein, als mir Robert Dubois gegenübersteht – ein langjähriger Kunde meiner Agentur –, der in Dubai ist?

»Bonjour, Monsieur Dubois«, begrüße ich ihn freundlich und meine Gesichtszüge hellen sich auf. Ich schaue in seine dunklen Augen und mustere kurz sein blondes, etwas längeres Haar, das vornehm wie immer nach hinten gekämmt ist. Er ist Ende dreißig und seit mehr als einem Jahr ein Kunde von mir, den ich gerne treffe. Allerdings nicht in Dubai.

»Schön dich hier anzutreffen, obwohl mir gesagt wurde,

dass du krank bist.« Seine dunklen Augen fangen meinen Blick auf und er lockert seine Hände um meine Mitte. Hinter ihm sehe ich keine Personen, die auf ihn warten oder ihn kennen.

Ich schlucke unauffällig, während ich in meinem Kopf die Termine durchgehe. Robert hatte mich für Samstag gebucht und Leon musste ihm absagen. Natürlich muss ich ihm in Dubai in die Hände fallen. Ist das ein Zufall? Wer begegnet schon Bekannten oder in diesem Fall Kunden im Urlaub?

»Ich habe mir ehrlich Sorgen um dich gemacht, weil du bisher, seit wir uns kennen, nur einen Termin absagen musstest. Aber dir scheint es gut zu gehen«, stellt er fest und in seinem Blick erkenne ich die Neugierde, den wahren Grund zu erfahren, weshalb sein Termin abgesagt wurde. Seine eher markanten Gesichtszüge verhärten sich kurz, als er die Lippen aufeinanderpresst und eine Antwort von mir erwartet.

»Ja, mir geht es hervorragend. Ich brauchte eine Auszeit. Ich hoffe, du nimmst es mir nicht übel.« Die Antwort, so hoffe ich, würde ihm genügen.

»Ah und deswegen bist du in Dubai? Um auszuspannen?«, hakt er nach, während sein Blick kurz zu meiner Einkaufstüte wandert und ich in seinem Gesicht ablesen kann, dass er weiß, was ich gekauft habe.

»Ganz richtig. In letzter Zeit habe ich mich etwas übernommen, und die Auszeit hilft mir, um danach wieder meinen Kunden voll und ganz zur Verfügung zu stehen. Ich hoffe sehr, dass du mir die Absage nicht übel nimmst.«

Er lächelt knapp, dann streichelt er über meinen Arm. »Ganz im Gegenteil, wenn es dir dabei hilft, mich bei nächsten Treffen mit neuen Ideen zu erfrischen, auf keinen Fall.«

»Das ist sehr freundlich«, antworte ich, obwohl ich seinen Worten nicht glaube. Ich kann in seinem Gesicht nicht erkennen, ob es ihm wirklich nichts ausmacht oder er es mir übel nimmt. Er wirkt etwas anders als sonst, was ich nicht verstehe.

»Bist du allein in Dubai?«, will er plötzlich wissen und gerade jetzt sehe ich hinter ihm Dorian, der mit Jane auf uns zukommt. Sein Blick verfinstert sich, als er den Kunden sieht. Robert kann ihn nicht sehen, deswegen antworte ich schnell.

»Nein. Ich müsste dann auch wieder los.« Mit einem zarten Lächeln greife ich zu meiner Tüte und will mich an Robert vorbeischieben, als er mir mit einem Schritt den Weg versperrt. »Was hältst du davon, wenn wir uns einen Abend treffen? Wie lange bist du in Dubai?«

Nein! Das geht nicht. Ich presse die Lippen aufeinander und sehe kurz zu Dorian, der seine freie Hand neben der Jeans krümmt.

»Ich habe Urlaub, tut mir leid. Wenn ich in Marseille bin, lässt es sich bestimmt einrichten.«

Für einen winzigen Moment zieht Robert die Augenbrauen zusammen, sodass sich eine tiefe Falte über seinem Nasenrücken abzeichnet. Er hat grobe Gesichtszüge, beinahe sehr kantige, was seine finstere Miene etwas bedrohlich wirken lässt.

»Darauf werde ich zurückkommen. Falls du es dir anders überlegen solltest, du findest mich im Atlantis Hotel.«

Ohne reagieren zu können, gibt er mir einen Luftkuss auf jede Wange und verabschiedet sich. In seinem weißen Hemd und der schwarzen Anzughose sehe ich, wie er auf einen Mann zugeht, den ich zuvor nicht bemerkt habe, und ihm im Gehen zunickt. Ist er ebenfalls geschäftlich hier?

»Wer war das?«, möchte Dorian von mir wissen, als er mit Jane vor mir steht.

»Ein Kunde. Können wir weitergehen?«, frage ich und schaue von Dorian zu Jane. Um Dorians Handgelenke baumeln bereits mehrere Einkaufstüten. Jane wirft einen knappen Blick zu Robert zurück, der nicht mehr zu sehen ist.

»Gleich«, antwortet Dorian, bevor er seinen Arm von Jane löst und zu ihr blickt. »Könntest du hier einen Augenblick warten, ma fleur, und dich nicht von Männern ansprechen lassen, während ich mit Maron kurz unter vier Augen rede?« *Was soll das werden?*

Ehe ich Einwände erheben kann, greift er nach meiner Hand und zieht mich zum Schaufenster vor ein Geschäft, wo sich weniger Menschen aufhalten.

»Was ist los, Dorian?«

»Hast du meine Rede von heute Morgen nicht verstanden?«

»Doch, habe ich, und ich habe dir vorhin mein Versprechen darauf gegeben, obwohl ich nie Versprechen gebe, dass ich mich in Dubai euch gegenüber ehrlich verhalte und mich euch anvertraue.«

Seine Mundwinkel zucken, als hätte ich gerade einen

Witz erzählt.

»Und warum sagst du mir nicht, wer der Mann war?«, fährt er mich an und schiebt mich weiter zu dem Fenster. Ich verdrehe die Augen.

»Sprichst du etwa über die Geschäfte deines Vaters?« Um seine eisblauen Augen bilden sich Fältchen, was nichts Gutes zu bedeuten hat.

»Ich gehe nicht auf deine Gegenfragen ein. Also? Oder muss ich dir erst in einer Umkleide den Hintern versohlen, bis du es mir sagst?«, knurrt er mir mit erhobenen Augenbrauen entgegen. Ich blicke an ihm vorbei, um zu sehen, wer uns beobachtet.

»Eins muss man euch lassen, Dorian: Ihr habt ein sehr ausgeprägtes Alphatiergehabe. Letztens Gideon und jetzt du. Ihr wisst, dass ich eine Escortdame bin, also dürfte es für euch kein Geheimnis sein, dass ich Zeit mit anderen Männern verbringe, die mich wie ihr dafür bezahlen.« Mein verärgerter Blick trifft seinen, und ich hoffe, ihn mit meinen Worten in die Realität zurückgeholt zu haben.

»Fein. Du hast heute Morgen nichts begriffen, oder?«

»Doch, das habe ich. Ich bin, während ich mit euch die Zeit verbringe, nicht bloß eure bezahlte Begleitung. Aber verlange nicht von mir, über Kunden zu reden. In dieser Beziehung bin ich diskret und möchte keine Namen preisgeben. Weiter lasse ich nicht mit mir reden, Dorian.«

»Wir werden sehen, Maron. Denn wenn du nicht ehrlich zu uns bist, werde ich dich schneller in einen Flieger befördern, als dir lieb ist! Und dir bleibt nichts weiter als die Anzahlung, die Lawrence in deiner Agentur geleistet hat.«

Augenblicklich bleibe ich auf dem Absatz stehen, weil mich seine Worte verletzen. Ich möchte die Reise nicht wegen dieser sinnlosen Auseinandersetzung abbrechen. Mir geht es in diesem Moment nicht um das Geld, das ich nicht erhalten würde, sondern darum, nicht früher abreisen zu müssen.

»Ich bin ehrlich zu euch, Dorian. Ich habe ihn per Zufall getroffen und wusste nicht, dass er in Dubai ist«, entgegne ich ihm, als ich mich zu ihm umdrehe.

»Ich werde das mit Gideon und Lawrence besprechen. So lange lassen wir es darauf beruhen. Komm!«

Er steht plötzlich neben mir, seine Gesichtszüge sind wieder aufgelockert und er bietet mir seinen Arm an.

Ich möchte ihm am liebsten an den Kopf werfen, dass Gideon und Lawrence davon nichts erfahren müssen, weil es belanglos ist. Aber ich weiß, dass ihm zu widersprechen zwecklos ist.

14. KAPITEL

Drei Stunden später verlassen wir die Mall. Ich habe noch eine hübsche Kleinigkeit für Gideon gekauft, was mich viel Mühe gekostet hat, es vor Dorian geheim zu halten. Mit einem zufriedenen Lächeln steigen wir in die Limousine. Es ist bereits sieben Uhr abends, und Dorian schlägt vor, einen Abstecher in eine Lounge zu machen.

Kaum dass Jane zustimmt, ich mich aber noch nicht entschieden habe, ob ich in eine Lounge will, weist Dorian den Fahrer an, zu dem Lokal am Strand zu fahren.

»Solange ich keinen Alkohol trinken muss, habe ich nichts dagegen«, setze ich hinzu und Dorian grinst mir nur schief als Antwort entgegen.

»Nein, du musst heute keinen Alkohol trinken, wenn du nicht möchtest. Es ist dir überlassen.« Dabei streicht er über meine Fingerknöchel und küsst sie kurz. Ich sehe in seinen eisblauen Augen, dass etwas nicht stimmt. Er ist plötzlich wie ausgewechselt, was mich an Lawrence erinnert. Dauernd erwische ich Dorian, wie er auf seinem Handy herumtippt.

Ich kneife die Augen zusammen. »Du hast etwas Spezielles für heute Abend geplant.«

Mit der Hand fährt er durch sein tiefschwarzes Haar, um die Strähnen, die in sein Gesicht gefallen sind, aus der Stirn zu streichen. Dabei dreht er sein Handy zwischen den Fingern und hebt beide Augenbrauen.

»Dafür, dass ich mit euch shoppen war, habe ich mir wohl eine Belohnung verdient. Ich bin ganz ehrlich, Maron, dir den Abend freigeben, werde ich nicht.«

Ah – also hat er tatsächlich etwas geplant. Ich zucke die Schultern und lächle mit einem lasziven Augenaufschlag.

»Ich lasse mich gerne von dir überraschen.«

Jane schaut zu Dorian, dann zu mir und lehnt sich im Ledersitz zurück. »Aber ich möchte keine Schläge«, will sie klarstellen und beobachtet den süffisanten Blickaustausch zwischen Dorian und mir.

»Nein, Liebes, du bleibst verschont.«

Ich kann mir das Lachen kaum verkneifen, weil es Dorian wirklich auf meinen Hintern abgesehen hat. Gut, nach meiner Bestrafung von gestern Abend kann ich es ihm nicht verübeln.

Wenige Minuten später betreten wir eine noble Lounge, die von Anzugträgern, Scheichs – oder zumindest welchen, die so aussehen – und kichernden Frauen besucht ist.

Wir werden an einen niedrigen Couchtisch, der mit bunten Kerzen dekoriert ist, an die Fensterfront geführt. Jane und ich nehmen, während Dorian sich kurz entschuldigt, auf der weichen Couch Platz.

»Was, glaubst du, hat er vor?«, fragt mich Jane und greift sich die Karte, um sich ein Getränk auszusuchen.

»Keine Ahnung, Jane. Aber er übernimmt sich mit uns, definitiv.«

Mit einem Lächeln auf den Lippen greife ich ebenfalls zur Karte und blättere darin herum. Oh, es ist eine Shisha Bar. Ich war lange nicht mehr in Marseille in einer Shisha

Bar. Zuletzt vor einem Jahr, als ich noch Zeit hatte, Partys zu besuchen, statt von Gentlemens zu Veranstaltungen, Restaurantbesuchen und privaten oder öffentlichen Feiern ausgeführt zu werden, die halb so spaßig sind wie ausgelassene Studentenpartys.

Dorian kommt zu uns an den Tisch und reibt sich über sein Kinn, als er die Karte studiert.

»Was haltet ihr von einer Wasserpfeife?«

»Ich dachte, du fragst nie.« Unter dem Tisch fange ich mir von ihm einen leichten Tritt ein.

»Sprich nicht in dem Ton mit mir, Maron.« Doch seine ernsten Züge gehen in ein Lächeln über. »Ich sehe dir an, dass du dir in deinem Kopf bereits ausmalst, was später geplant ist.«

»Ich bin wirklich leicht zu durchschauen, oder?« Ich stütze mein Kinn auf meinen verschränkten Fingern auf und behalte ihn lange im Blick.

»Leichter als ich.«

»Oh, ich kann mir denken, dass du dir etwas Perfides ausgedacht hast. Aber anscheinend ist dir nicht bewusst, dass deine älteren Brüder fehlen. Hast du keine Angst, Jane und ich können die Oberhand gewinnen?«, frage ich ihn spöttisch und hebe eine Augenbraue. Jane kichert neben mir leise, während Dorian sich mir über den Tisch entgegenbeugt.

»Nein, Maron«, antwortet er gedehnt. »Warum sollte ich Angst vor zwei Ladys haben? Das ist der Traum aller Männer.«

»Pass auf, dass es nicht zu deinem Alptraum wird«, warne ich ihn, aber weiß, dass er auf meine Worte nicht so schön anspringt wie Lawrence, der mich bereits jetzt über den Tisch gezerrt und mir den Slip heruntergerissen hätte.

Die Wasserpfeife, Gebäck und unsere Getränke werden serviert und ich lehne mich entspannt auf der Couch zurück. Für einen winzigen Moment genieße ich die Abendstimmung, obwohl es noch hell ist und viele Menschen um mich herum sich angeregt unterhalten oder vor dem Lokal auf der Straße vorbeilaufen. Eine typisch arabische Musik erfüllt den Raum und lässt mich wieder das Urlaubsgefühl wie zu Beginn der Reise aufsaugen.

Als mir Dorian das Mundstück der Wasserpfeife reicht, schmecke ich Melone, als ich den Rauch inhaliere. Herrlich. Es ist wirklich kurz so wie früher, obwohl meine Begleitung eine andere ist.

»Was steht für morgen auf dem Programm?«, möchte Jane neben mir wissen und ich nehme mir einen der Kekse, die wirklich verdammt gut schmecken.

»Bisher ist noch nichts Genaues geplant. Zuerst sollten Lawrence und Gideon zurück sein. Den Tag haben sie, soweit ich in Erfahrung bringen konnte, frei.« Kurz bleibt Dorians Blick auf meinem Gesicht hängen. Ich kneife die Augen zusammen, als ich seinen Worten lausche.

»Also werden wir den Tag zusammen im Anwesen verbringen?«

»Kommt darauf an, was sie planen. Ich für meinen Teil habe nicht frei und muss am Nachmittag Termine wahrnehmen.«

»Gehst du wieder in dein Atelier?«, fragt Jane und

nimmt sich ebenfalls einen Keks, an dem sie knabbert. *Atelier?*

»Ja.« Er massiert sich mit Mittel- und Zeigefinger seine Schläfe und wirkt kurz in Gedanken. »Es gibt noch ein paar Probleme mit der Organisation.« Irgendwie rauschen gerade an mir Informationen vorbei, die ich nicht zusammenordnen kann.

»Sag nicht, dass du ein Künstler bist«, bringe ich, nachdem ich den Bissen heruntergeschluckt habe, hervor.

»Doch, ist er«, antwortet Jane für ihn mit einem stolzen Lächeln, als sei sie seine Assistentin. »Er stiftet die Einnahmen für die Bilder in die Krebsforschung und Kinderheime.«

Mir bleibt kurz der Bissen im Hals stecken, weil ich mir Dorian nicht als den heimlichen Samariter vorgestellt habe. Aber ich bewundere sein Engagement.

»Damit hätte ich nicht gerechnet. Und was malst du für Bilder? Verkaufen die sich denn?«

Warum nur klingt meine Frage so, als sei sie eine pure Provokation? Ich weiß nicht, was mit mir los ist, aber ich finde die Vorstellung witzig, ihn mit Pinsel und Farbe in der Hand Leinwände anmalen zu sehen. Vielleicht malt er sogar nackt.

»Du kannst dich morgen gern selber überzeugen, ob ich malen kann oder nicht. Denn verlange nicht von mir, meine eigenen Werke einzuschätzen. Ich frage dich schließlich auch nicht, für wie gut du dich als Escortdame hältst.«

Ups, da habe ich wohl einen empfindlichen Nerv getroffen, obwohl ich selten unüberlegte Fragen stelle, die andere Menschen beleidigen können. Er neigt seinen Kopf und forscht lange in meinen Augen, was mir nicht gefällt. Sofort senke ich meinen Blick.

»Werde ich sehr gerne. Es interessiert mich wirklich. Auch wenn die Vorstellung, dich als Maler etwas ... na ja ...« Ich muss plötzlich hinter vorgehaltener Hand lachen, als ich es mir vorstelle. Jane stimmt mit ein.

»Ja?«, fragt Dorian mit einem dunklen Funkeln in den Augen und einem leisen Knurren in der Stimme. Seine eisblauen Augen wirken plötzlich gefährlich wie die eines Raubtieres.

»Ich hätte es einfach nicht erwartet. Von dir nicht erwartet, also ...« Himmel, wieder taucht dieses Bild in meinem Kopf auf und ich muss erneut losprusten. Wie herrlich muss der Anblick sein, Dorian nackt vor einem Bild stehen zu sehen? Warum stelle ich ihn mir nackt dabei vor? Ich fasse mir kurz an den Kopf, dann nehme ich einen Schluck von meinem Getränk, um meine Gedanken zu ordnen. »Könnte ich dir nicht Modell sitzen?«, frage ich, als ich das Glas zur Seite stelle.

»Ich auch. Wir geben sicher schöne Modelle ab.«

»Du bist bereits meine Muse, Jane.« Er greift nach ihrer Hand und gibt ihr einen liebevollen Kuss. Die beiden geben wirklich ein niedliches Paar ab, weil er sich sehr um sie kümmert. »Aber du, Maron ...« Er verzieht den Mund, bevor er sich von Janes Lippen löst. »Du würdest mich sicher wahnsinnig machen mit deinem frechen Mundwerk.«

»Wir sollten es zumindest probieren. Bitte.«

Bettle ich gerade darum? Schnell nehme ich mir noch

einen Keks, um nicht weiter dummes Zeug von mir zu geben.

»In Kombination mit meinen Brüdern, die dich zurechtweisen, könnte es sicher etwas werden.« Er lacht leise und ich sehe seinen durchtriebenen Blick.

»Eindrücke müsste ich dir zumindest genug gegeben haben. Die Ideen dürften dir vorerst nicht ausgehen.«

»Da gebe ich dir allerdings recht. Ich werde es mir überlegen.«

Ich schlucke und nicke. »Mich hat bisher noch keiner gemalt. Es wäre mir wirklich eine Ehre und wer weiß, vielleicht kann ich mich auch benehmen. Für dich würde ich es sogar versuchen«, schmeichle ich ihm und greife nach seiner Hand. »Denn ob du es glaubst oder nicht, ich kann wirklich brav sein. Nicht jeder Kunde möchte, dass ich streng durchgreife. Manche stehen einfach nur auf meinen Typ und ...« Was mache ich hier? Warum erzähle ich ihm so viele private Dinge? Jane lacht neben mir, worüber auch immer und ...

»Ja?«, fragt Dorian nachdrücklich, greift nach meiner Hand und streichelt mit dem Daumen über meinen Handrücken, sodass ich mich kurz räuspere. Schnell wandert mein Blick von seiner Hand zu der Gebäckschale. *Nein!* Ich schlucke und lege das restliche Stück Keks schnell beiseite, als sei es infiziert.

»Schmecken dir die Kekse?«

»Das ...«

»Jetzt wirst du mir sicher glauben, mit euch beiden heute Nacht fertig zu werden.« Ich lächle und muss ihm recht geben. Aber ist es nicht verboten, Haschkekse in Arabien zu essen?

»Trinkt aus, dann werden wir aufbrechen«, sagt Dorian bestimmt. Zügig greife ich nach meinem Taschenspiegel, um zu sehen, ob man bei mir glasige Augen erkennen kann. Mein Blick wirkt entspannt und etwas – kurz verschwimmt alles ...

Auf meinem Handy ist eine ungelesene Nachricht, die ich lese.

Amüsier dich gut mit Dorian, Schatz. Ich habe ihm die volle Befugnis, mit dir zu machen, was er will, gegeben.

Law

PS: Sei gehorsam.

Du Scheusal! Ich zwinkere mehrmals. Das kann unmöglich sein Ernst sein. Sofort antworte ich ihm, bevor ich später vielleicht nicht mehr dazu in der Lage wäre.

Hast du ihm auch die Erlaubnis gegeben, mir bestimmte Kekse unterzujubeln?! Ihr macht mich fertig ...

Mehr kann ich nicht schreiben, als mir Dorian aufhilft. Alles um mich herum schwankt kurz, dann geht es wieder und wir sitzen im nächsten Moment in der Limousine Richtung Villa.

Klasse! – denke ich. Weil ich weiß, dass die Wirkung der Kekse noch nicht vollständig eingesetzt hat. *Immer ruhig aus- und einatmen* – versuche ich mich zu beruhigen und die Kontrolle über meine Mimik zu bewahren. Aber bei Gott, wenn ich zu Dorian schneidend rübersehe, kann ich kaum meine strenge Miene beibehalten. Immer wieder wird sie von meinen zuckenden Mundwinkeln ruiniert.

»Fair finde ich das nicht«, will ich mich beschweren und werfe einen Blick zu Jane, deren Lippen zu einem Dauergrinsen festgefroren sind. »Ich wäre wirklich brav gewesen, aber so …«

»Wäre?«, fragt er und lächelt charmant. »Jetzt wirst du es sein. Es tut dir gut, deinen Geist zu öffnen, Maron. So gefällst du mir gleich viel besser.«

Wieder muss ich lachen, dabei wende ich meinen Blick von ihm ab und schaue aus dem Fenster, an dem die Laternenlichter vorbeirauschen und vor meinen Augen zu einem hellen Lichtstreifen zusammenschmelzen. Himmel, ich weiß weder, wie viel er mir verabreicht hat, noch, wie viel ich vertrage. Ewigkeiten ist es her, seit ich Cannabis probiert habe.

Nervös spiele ich mit meinen Fingernägeln und starre im Fenster meinem Spiegelbild entgegen. In meinem Kopf spielen sich die wildesten Fantasien ab, dass Gideon und Lawrence bereits nackt in der Villa auf uns warten und es kaum aushalten können, mich mit ihren Händen zu berühren, mich mit ihren Blicken in den Wahnsinn zu treiben. Der Gedanke gefällt mir, sodass ich wieder lächeln muss.

Kurz darauf bringt uns Dorian in die Villa und ich ziehe schnell an Janes Handgelenk. Dabei erwische ich sie so ungünstig, dass sie gegen mich prallt und mich mit ihrem Körper umwirft.

Direkt über mir unter der Abendbeleuchtung des Gartens fängt Jane an zu lachen, stützt sich auf und gibt mir plötzlich einen Kuss auf die Lippen. »Wie ungeschickt von mir«, bringt sie zwischen dem Lachen hervor, in das ich einfach einstimmen muss, weil ihre herrliche Stimme mich hypnotisiert.

»Was wird das?« Dorian neigt sich zu uns herab. »Gespielt wird drinnen, nicht im Garten.« Ich höre das Bellen eines Hundes, sehe Dorian hastig zu einem Schatten blicken, der auf der Straße vor dem Anwesen entlangläuft, schon hilft er Jane auf.

»Rein mit euch und bitte ohne euch gegenseitig anzufassen.« Seine Stimme klingt schneidend und rau zugleich, aber kurz darauf sehe ich, wie sein strenger Blick ins Wanken gerät.

»Ach gib zu, dass du neidisch bist, wenn ich Jane anfasse. Sie küsst wirklich hervorragend.«

»Danke.« Jane stößt mich an und fährt im Gehen meinen Arm entlang, bis sie meine Hand erwischt und ihre Finger mit meinen verschränkt. »Du bist mittlerweile wie eine Schwester für mich geworden.«

»Du für mich auch. Ansonsten könnten wir keinen Tag länger mit den Brüdern überstehen.« Unvermittelt trifft mich ein Schlag auf den Po und ich fahre zu Dorian um. Dabei gerate ich gefährlich aus dem Gleichgewicht wie nie zuvor. Doch Dorian greift nach meinem Handgelenk, um mich an sich zu ziehen.

»Lasst den Mist.«

»Eifersüchtig? Vielleicht hättest du uns den Spaß nicht

allein überlassen und selber von den Keksen essen sollen«, ziehe ich ihn auf und schenke ihm ein spöttisches Schmunzeln.

»Wieso hast du selbst unter Drogeneinfluss deine Zunge einfach nicht im Zaum?«

Mit meiner Hand streiche ich über sein Hemd und öffne einen Knopf. »Weil es dich möglicherweise scharfmacht?« Ich werfe ihm einen unschuldigen Blick entgegen, bis er die Lippen aufeinanderpresst. »Aber ich verspreche dir, gehorsam zu sein, Dorian. So gut es in dem Zustand möglich ist.«

Meine Hand neben den Schläfen salutiere ich vor ihm, sodass Jane schrill auflacht und leicht in die Knie geht. »Das Erste, was ich brauche, ist etwas zu trinken. Ihr zwei seid einfach nicht länger zu ertragen.« Ein leises Stöhnen ist zu hören, dann spüre ich Dorians Hand auf meinem Rücken, die mich weiter zum Anwesen schiebt.

»Du bekommst keinen Drink, Jane, und du ...« Blitzschnell fällt Dorians Blick auf mich, als hinter uns die Tür von einem Portier geschlossen wird. »Darfst dich darauf freuen, mir deinen Gehorsam heute Nacht unter Beweis zu stellen.«

»Liebend gern, Master Dorian.« Dann nähere ich mich seinem Gesicht. »Aber lass dir eines gesagt sein: Wenn ich mich morgen an diese Nacht erinnern kann, werde ich dir den Arsch für jede kleine Sünde aufreißen.«

Dorians abschätzender Blick weicht einem belustigten Lachen.

»Darauf, kleine Maron, warte ich die ganze Zeit. Nur

wir zwei. Dann wirst du mit Sicherheit nicht mehr lachen können. Wenn dir das Lachen nicht bereits nach dieser Nacht vergangen ist.« In seinen Worten schwingt eine leise Warnung auf das, was mich erwarten wird, mit. Anscheinend hat er den Abend bis ins Detail geplant, und gerade das lässt mich kurz zaudern.

So, er wünscht sich ein Treffen nur mit mir allein? In meinen Gedanken will ich mir ausmalen, wie es ablaufen würde, bis mich Dorian plötzlich von den Füßen hebt, über die Schulter wirft und zwei Etagen mit mir hochjagt.

»Verflucht, lass mich runter!« Von ihm habe ich nicht erwartet, dass er mich über die Schulter wirft, wie es Gideon und Lawrence so oft tun.

Dorian ignoriert meine Proteste einfach, bevor er Jane zuruft:

»Ma fleur, beeil dich, ich habe nicht die ganze Nacht Zeit.« Er wirft mit mir über der Schulter einen Blick über das Geländer, sodass sich mein Magen bedrohlich zusammenzieht. Jane sehe ich etwas unkoordiniert die Stufen hochsteigen und etwas vor sich hin reden, dann kichert sie und ihre Augen glänzen vor Belustigung, die weder Dorian noch ich verstehen können.

»Sie schiebt gerade ihren eigenen Film«, spreche ich laut aus. Dann endlich erreicht uns Jane und Dorian lässt mich runter.

Schnell greift er nach unseren Handgelenken und führt uns in einen Raum, den ich irgendwie wiedererkenne und trotzdem nie zuvor gesehen habe, weil der Gang in der Finsternis liegt und Dorian kein Licht einschaltet.

»Er liebt es, uns ins Dunkle tappen zu lassen«, flüstert mir Jane hinter seinem Rücken entgegen. »Das macht er fast jedes Mal.«

»Also mag er Überraschungen«, antworte ich. Jane nickt und zwinkert mir entgegen, bevor sich Dorians Griff um mein Handgelenk löst und er sich räuspert.

»Ladys, ihr dürft den Raum betreten und euch entkleiden.« Ich mache einen Schritt in das Zimmer, schaue mich um und mein Kopf stößt gegen irgendetwas, das ich weder gesehen habe noch mit meinen wirren Tastversuchen spüren konnte. »Ahr.« Wirsch reibe ich mir die Schläfe. »Ein wirklich großartiger Ort, um uns zu verführen. Was ist das?«

Ich taste danach, während Janes Lachflash mich wieder kichern lässt. Hilfe, ich kichere nie wie ein albernes Mädchen, dem etwas peinlich ist.

Hinter uns schließt Dorian die Tür. »Du bist gut, Maron. Du hast deine Stelle gefunden?«

»Was gefunden?«

»Warte es ab, Liebes. Zuerst ausziehen, und das bitte, ohne dir die Waffel einzurennen.«

Mein Kichern verraucht, obwohl ich mir vorstellen kann, wie ich wie ein Rindvieh das Zimmer demoliere.

»Jetzt werde mal nicht unverschämt, Dorian Chevalier. Du hast mich in diese Lage gebracht, also pass auf, dass ...« Jane hat sich bereits aus ihrem Kleid geschält, aber schwankt rückwärts auf etwas zu, bis es laut poltert und Dorian knurrt. Mir gefällt die Situation viel mehr, als er sich vorstellen kann.

Nur mit Mühe schaffe ich es, mich ebenfalls aus dem Kleid zu befreien, aber lache wie lange in meinem Leben nicht mehr.

»Wenn ich das sagen darf, Dorian, aber irgendwie tust du mir leid. Ich an deiner Stelle hätte uns mit anderen Mitteln besänftigt, als uns Marihuana zu verabreichen. Wir sind nicht mehr zu gebrauchen«, sage ich und merke zu spät, dass Dorian nicht vor mir steht, sondern hinter mir.

»Da muss ich Maron recht geben. Wir wären auch ohne die köstlichen Kekse lieb gewesen. Als ob ich dich jemals enttäuscht hätte«, schallt ihre Stimme vom anderen Ende des Raums zu mir.

»Das weiß ich, Jane, aber Maron?« Ich weiß, dass er zu mir blickt, ich ihn aber nicht sehen kann.

»Wenn man mich bittet, dann kann ich das liebenswürdigste Wesen sein, das du dir wünschst. Auch wenn du es mir nicht glaubst.«

»Doch, das glaube ich dir sogar. Aber – hebe deine Arme«, befiehlt er mir und ich tue, was er sagt, weil ich glaube, dass er mir behilflich sein will, die Unterwäsche auszuziehen, als er mir plötzlich Manschetten um die Handgelenke legt. »Nein«, protestiere ich.

»Du wolltest dich meinen Wünschen fügen. Also halte still!«

Jetzt erst sehe ich ihn vor mir knien, während er mir die weichen Ledermanschetten umlegt. Ich lass ihn gewähren und würde ihm am liebsten durch sein Haar fahren, bis ich es sogar tue und die schwarzen Haarsträhnen aus seiner Stirn streiche.

»Auch wenn dich mein Anblick heißmacht, halt ruhig.«

»Ja, der Anblick bietet sich mir selten. Männer knien meistens mit hinterhältigen Absichten vor mir oder weil ich es ihnen befehle.«

»Das ist eine hinterhältige Absicht«, fügt Jane hinzu, die sich, da ich den Raum allmählich besser erkennen kann, auf etwas hinlegt und sich räkelt, als sei sie eine Katze.

»Warte es ab, ma fleur, mit dir habe ich etwas ganz Besonderes vor.«

Jetzt kneife ich die Augen zusammen, als Dorian fertig ist, und erst jetzt erkenne, dass die Ledermanschetten mit einer Kette verbunden sind. Er hakt einen Karabinerhaken ein und ... Nein!

Sofort schnellt mein Blick zur Decke, und ich bin nicht entsetzt, wütend oder verwirrt, sondern belustigt von dem Anblick.

»Das verdient Anerkennung, Master Dorian. Mit einem Pendel hätte ich bei dir nicht gerechnet.« Über mir ist ein Ring angebracht, durch den Dorian die Kette geschickt durchführt. Gegen das Metall bin ich vorhin blind dagegen gelaufen.

»Das glaube ich dir sogar«, haucht er dicht neben meinem Hals, sodass ich seinen Atem auf meiner empfindlichen Stelle hinter meinem Ohr spüren kann. »Du hast keine Ahnung, was wir vorhaben, oder doch?«

»Wir?« Ich schaue schnell von den Ketten, die meine Handgelenke in die Höhe ziehen, zu Jane, die unwissend ihren Kopf schüttelt.

»Du hast richtig verstanden. Jane, steh auf und geh zu

der Kommode.« Dorian deutet auf ein Möbelstück gleich neben dem Bett und Jane erhebt sich aus ihrer Starre.

»Öffne die dritte Schublade, greif dir einen runden breiten und halte ihn hinter deinem Rücken versteckt.« *Einen runden breiten – was?* Die Unwissenheit, was Jane gerade heraussuchen soll, muss sich auf meinem Gesicht abzeichnen, als Dorian mit seinen Fingerknöcheln über meine Wange streichelt.

»Oh, ist dir auf einmal nicht mehr zum Lachen zu Mute?« Seine andere Hand öffnet meinen BH und lässt ihn zu Boden schweben, ehe ich reagieren kann. Ein Kitzeln breitet sich auf meiner Haut aus und meine Brustwarzen ziehen, als ich seine flüchtigen Berührungen auf meiner Haut spüre. Jane steht vor mir und hält etwas hinter ihrem Rücken versteckt. Sie kann ihr Lächeln kaum verbergen.

»Was ist das, Jane? Ein Dildo?« Sie schüttelt den Kopf. »Ein Paddle? Peitsche? Oder ...« Wieder schüttelt sie den Kopf und ich ziehe scharf die Luft ein.

»Sei ruhig und frag sie nicht. Du darfst gleich reden, Maron.« In meinem Kopf bilden sich weitere Fragezeichen.

»Du hast die gesamte Zeit von dem Plan gewusst, nicht wahr, Jane?«, frage ich sie mit einem versucht ernsten Blick. Vor meinen Augen schwankt wieder alles.

»Ja und nein. Ich wusste, dass Dorian etwas plant, aber nicht was ... Trotzdem denke ich, ist es nichts Schlimmes für dich.«

»Nichts Schlimmes?« Doch bevor sie meine Frage beantwortet, steht Dorian vor mir.

»Entkleide mich, Jane, ganz langsam, während ich ...«

Dorian blickt mir mit einem Glitzern in den Augen entgegen. »… mich um Maron kümmere.« Jane beginnt sein Jackett auszuziehen, als Dorians Hände um mein Gesicht liegen und seine Lippen über meine streifen, ich seinen Bartansatz auf meiner Haut spüre und er mich beginnt zu küssen. Seine rechte Hand wandert über meinen Körper, während seine Zunge meine Lippen auseinanderschiebt und ich mich seinem Kuss hingebe, der zuerst zärtlich, fast verlockend schön ist, bevor er hungriger wird. Seine Hand wandert über mein Dekolletee zwischen meine Brüste, dann streifen seine Knöchel meine Brustwarzen, die unter der zarten Berührung prickeln, sodass ich ein Ziehen in meinem Becken spüre. Seine zweite Hand wandert über meine Taille mein Becken entlang, während ich bewegungslos, die Arme über den Kopf an einer Kette gebunden, seine Berührungen genieße. Sein gieriger Kuss drängt mich zurück, während Jane ihm seine Hose auszieht, ihm aus den Schuhen hilft und wie eine Dienerin unter ihm kniet.

Dann löst er sich von meinen Lippen, aber nicht ohne einmal mit einem teuflischen Blick in meine Unterlippe gebissen zu haben. Er hebt seine Arme locker, sodass Jane sein Hemd ausziehen kann. Ich sehe in der Dunkelheit seine schwachen Konturen, seine athletische Brust, seine sehnigen Arme, doch vielmehr erkenne ich sein Grinsen und den finsteren Blick, den er mir zuwirft, während Jane ihn vor mir entkleidet.

Das, was mich erwarten wird, macht mich neugierig, sodass ich ihm entgegenlächle, obwohl ich in seiner Gewalt bin. Er könnte mit mir machen, was er will. Er prüft erneut die Manschetten, dann die Kette und sieht auf meine Füße, die mit der Fußsohle auf dem weichen Teppich stehen.

»Falls dir die Manschetten zu eng sind oder dir schwindelig wird, sagst du mir sofort Bescheid, verstanden? Auch wenn du etwas zu trinken brauchst oder du einen Krampf in den Beinen bekommst. Verstanden?« Seine Frage gleicht in dem Moment eher einer Anweisung, die nur ein dominierender Mann von sich geben kann. Auf seinem Gesicht kann ich bereits jetzt die Vorfreude sehen, mich leiden zu lassen, aber zugleich, dass er sicherstellen will, dass mir nichts passiert. Sie sind immer um mich besorgt, vor allem Dorian.

»Werde ich tun, Honey. Aber ich übergebe mich gerne deinen erfahrenen Händen.« Ich kann mir meine schnippische Bemerkung nicht verkneifen und schmunzle zum Boden.

»Jane, dimme das Licht. Die Show kann beginnen.«

Show? Meint er damit, dass er nun anfängt, über mich herzufallen und mich zu vögeln? Bei der Vorstellung, die unter dem Rauschzustand noch verlockender ist als ohnehin schon, rast mein Puls schneller und ich hole tief Luft.

Das Zimmer wird in ein warmes orangefarbenes Licht getaucht und nun erkenne ich die Möbel, die Fensterfront hinter den halb heruntergelassenen Rollos und sehe einen riesigen Flachbildfernseher vor mir an der Wand hängen, der von zwei Luxuscouchen und einem großen Tisch umgeben ist. An den Wänden sind vereinzelt Bücherregale und Kommoden zu erkennen und zu meinem Füßen erstreckt sich ein heller weicher Teppich, in dem ich die Zehen leicht vergraben kann und der mir meine Füße wärmt.

»Danke, Liebes, und nun schalte den Fernseher ein.«

Irritiert, was das werden soll, muss ich lachen. »Dieses Mal willst du mit mir einen Porno anschauen? Niedlich. Obwohl du es ...« Ich schaue auf seinen Schwanz, der bisher halb erigiert ist. »... es gar nicht mehr nötig hast, um warm zu werden.«

»Nein, Maron. Ich habe eine viel schönere Idee, du wirst staunen.«

Jane kichert plötzlich, als sie den Fernseher anschaltet und anscheinend sofort weiß, auf welchen Sender sie schalten soll, denn plötzlich – *Nein!*

15. KAPITEL

Was soll wohl ein Scherz sein?«, frage ich nicht gerade leise und schaue von Dorian zum Monitor, auf dem ich Lawrence' und Gideons grinsende Gesichter sehen kann. »Ich wusste ja, dass ihr eine perverse Ader habt, aber das«, protestiere ich und würde am liebsten auf den Fernseher zeigen, der einer Kinoleinwand gleicht, »geht wirklich zu weit.«

»Ach komm schon, Kleines. Wir langweilen uns hier zu Tode. Unser Flug geht erst in vier Stunden. In der Zwischenzeit wollen wir sehen, wie du dich mit Dorian beschäftigst. Wir vermissen deine charmante Art«, sagt Gideon und verschränkt die Finger ineinander, dabei wandern seine Augen über meinen nackten Körper. Seine rechte Augenbraue hebt sich, als sein Blick auf meinen Brüsten hängenbleibt.

»Ich mich mit Dorian beschäftige? Falls ihr es nicht sehen könnt, er beschäftigt mich.« Ich schnaube und verfalle in ein seltsames Lachen, das ich nicht mehr kontrollieren kann, und Jane stimmt mit ein. Sie bekommt kaum Luft und hält sich ihren Bauch vor Lachkrämpfen.

Gideon und Lawrence sitzen auf einer Couch mit aufgestützten Ellenbogen auf den Knien. Sie sind nur in weißen zerknitterten Hemden gekleidet, die sie an den Ellenbogen hochgeschlagen haben und ein Ausschnitt von ihren Anzughosen ist zu erkennen. Mein Blick wandert zu ihren neugierigen Gesichtern. So als würden sie die Show ihres Lebens sehen. Hinter ihnen erkenne ich eine mit Marmor verkleidete Wand. Sie müssen uns über ein Notebook sehen, aber hinter der Couch, auf der sie sitzen, verläuft ein Gang mit gedimmten Wandleuchten. Hoffentlich würden nicht mit der Zeit weitere Männer stehen bleiben und meine Blamage oder wohl eher Niederlage mit ansehen.

»Das ist mit Abstand das Perfideste, das ihr euch ausdenken konntet.« Neben dem Fernseher lacht sich Jane weiter schlapp, wie auch Lawrence, während ich unverhofft einen Schlag von Dorians Hand auf meiner linken Pobacke zu spüren bekomme und aufkeuche.

»Verflucht!«

»Du solltest dich nicht jetzt schon verausgaben, Liebes.« Ein weiterer Schlag trifft meine andere Pobacke – und das nicht zu sanft, sodass ich zur Decke schaue und in Gedanken beginne, meinen nächsten Rachefeldzug zu planen.

»Ma fleur, du darfst mir gerne helfen.« Mein Blick wandert von der Decke zu Jane, die auf mich zukommt. Immer noch hält sie etwas hinter dem Rücken versteckt, das nur Lawrence und Gideon sehen können.

»Uh, Schatz, das wird Spaß machen.« Ich ziehe die Augenbrauen zusammen.

»Das denke ich auch. Siehst du ihren Blick? Maron hasst es, wenn sie nicht weiß, was wir planen«, antwortet Gideon Lawrence, bevor er eine Bierflasche an seine Lippen führt und trinkt. Schon wieder reden sie über mich, als sei ich nicht anwesend, aber ich kann nicht einmal mein Gesicht zu einer wütenden Maske verziehen, weil ich weiterhin schmunzele.

Dorian schiebt meine Beine ein Stück auseinander, als ich mich zu ihm umdrehe.

»Schön nach vorn sehen!«, befiehlt er, dann spüre ich, wie seine Finger meine Schamlippen entlanggleiten, über meine heißen Pobacken reiben und zwei Finger in mich eindringen. Für eine winzige Sekunde schließe ich die Augen und lächle. Im Hintergrund höre ich Lawrence und Gideon sich leise unterhalten, aber es ist mir egal, weil das, was Dorian mit mir anstellt, einfach himmlisch ist. Er muss hinter mir knien, denn seine Zunge gleitet meine Spalte entlang, dabei drückt er meine Pobacken auseinander und umkreist federleicht meinen Kitzler, der bereits pocht und es kaum erwarten kann, massiert zu werden. Dann spüre ich weiche Lippen auf meinen. Sofort öffne ich die Augen und sehe Janes geschlossene Augen vor mir, die mich mit einem Lächeln auf den Lippen küsst.

»Dorian, deine Kleine versperrt uns den Anblick«, beschwert sich Lawrence, aber Dorian ignoriert ihn und leckt mich weiter, bis er sich von mir löst, aber zwei Finger weiterhin meine Klit umkreisen, sodass ich zittere und mir die Hitze in mein Becken schießt. Instinktiv drücke ich trotz der Fesseln mein Rückgrat durch, um mich seinen Berührungen hinzugeben. Im Rausch fühlen sie sich schwereloser und befreiender an.

»Du darfst beginnen, Jane, aber langsam. Schließlich wollen wir sie nicht sofort zum Höhepunkt bringen.«

Gut, also will er es lange hinauszögern. Reizend. Denn solange mich meine Füße halten können und ich nicht die

Balance verliere, könnte ich mich ewig Dorians Fingerspiel hingeben. Während Gideon perfekt meine Pussy mit seiner Zunge verwöhnen kann, ist Dorian von den Brüdern am besten darin, meinen Kitzler mit seinen Fingern auf Hochtouren zu bringen. Doch kurz bevor er mich über die Klippe springen lässt, stoppt er, leckt über meinen Po und lacht leise.

Jane geht vor mir in die Knie, und jetzt fühle ich, wie etwas Sanftes, Weiches meine Beininnenseiten entlanggleitet, mich streichelt – was sich so ähnlich anfühlt wie Lawrence' Feder vor mehreren Nächten. Als ich zu Jane blicke, erkenne ich einen Stiel. Sie lacht mir leise entgegen, als das Weiche meinen Kitzler umspielt. Dorian spreizt meine Beine noch ein Stück und seine Hände umspielen geschickt meine Brüste, zwirbeln meine pochenden Brustwarzen, die steif werden.

»Du bist auffällig ruhig, Kleines, gefällt dir, was Dorian mit dir macht?« Krampfhaft versuche ich Gideon einen finsteren Blick zuzuwerfen, der seinen Kopf neigt, um mehr Einblick von meiner Pussy zu haben.

»Diesen Blick kenne ich.« Lawrence reibt sich über sein Kinn. »Gleich wird etwas sehr Unüberlegtes ihren Mund verlassen.«

Er kennt mich wirklich gut, denn gerade will ich ihnen an den Kopf werfen, wie pervers es sein muss, sich kurz vor einem Flug aufzugeilen, als ein kräftiger Schlag meinen Arsch trifft.

»Verdammt!« Ich will herumfahren, als Dorian mit einer Hand meinen Nacken fest umfasst und mich nach vorn drückt, sodass mir kurz Tränen in die Augen schießen, während meine Haut glüht.

»Locker dich auf, Maron, und der Lustschmerz wird deinen Körper streicheln, statt dir Schmerzen zuzufügen.« Das weiß ich selber. Aber von vier Augenpaaren beobachtet zu werden, wie ich von Dorian zum Schreien gebracht werde, ist selbst für mich ungewöhnlich.

»Schrei für uns, Baby.« Lawrence blinzelt mir scharf entgegen.

»Lass dich fallen und hör auf zu denken. Jane, wird dir dabei helfen«, erklärt Gideon und seine grünen vertrauten Augen wandern zu Jane. Dorian streichelt fast fürsorglich über meinen Rücken, als mich ein weiterer Hieb unterhalb meiner Pobacken trifft, und zwar beide gleichzeitig, sodass ich die Augen zusammenkneife und mit zusammengebissenen Zähnen schreie, was mehr nach einem gepressten Schnauben klingt.

So einfach werde ich es ihnen nicht machen. Trotz des Haschisch, der mich von all dem loslöst, die Hiebe weniger schmerzhaft gestaltet, werde ich mich nicht vor ihnen fallen lassen. Noch nicht. Jane streicht mit dem Etwas, das sich wie zarte Schmetterlingsflügel anfühlt, über meinen Kitzler, der zuckt und ich die Feuchte zwischen meinen Schamlippen spüren kann. Mein Körper ist bereits jetzt angeheizt und schwitzt, obwohl die kühle Nachtluft durch das geöffnete Fenster weht.

»Du bist wunderschön, Maron, also zwinge mich nicht, dich endlich von deinen Gedanken loszulösen. Versinke in dem Rausch und gib dich ihm hin.«

Dorian hat wirklich ein Rad ab – als ob ich das könnte. Ich starre zu Gideon und Lawrence mit zusammengepressten Lippen. Alles wird kurz unscharf, weil Jane nicht aufhört, meine Perle in den Wahnsinn zu treiben.

Ein etwas weicherer Schlag trifft auf meine Oberschenkel, dann zwei festere meinen Po, sodass ich schreie und Tränen aus meinen Augenwinkeln laufen, während ich meine Finger in die Manschetten kralle, um Halt zu finden. Das Gefühl ist so stark, so viele Einflüsse strömen auf mich ein, dass ich nichts weiter kann, als alles um mich herum auszublenden. Schon spüre ich die Hitze, die meinen Kitzler ankurbelt. Mühsam klammere ich mich an die Manschetten, die mir Halt geben, als ich zu kommen drohe. Das heiße Zittern durchrauscht meinen Körper, als Dorian mit weiteren Hieben meine Haut zum Brennen bringt, sodass ich Sterne sehe und mich dem Schmerz füge. Mit jedem Hieb, der fest und zugleich richtig platziert ist, schreie ich seinen Namen.

»Sehr gut, Kleines. Lös dich«, höre ich Gideon. Es kommt mir fast so vor, als stände er direkt neben mir. Nur sein vertrauter Duft fehlt. Ich blinzle und Lawrence schenkt mir ein breites Grinsen.

»Ich liebe es jedes Mal, wenn sie ihr hübsches Gesicht verzieht, wenn sie kommt.« *Wie werde ich dein Gesicht das nächste Mal lieben, wenn du kommst und ich dir gefesselt an einem Pendel den Arsch versohle* – denke ich, als Jane weiter meinen Kitzler mit dem weichen Etwas massiert, das weiche Borsten hat.

Dorians Finger sind plötzlich in mir, dann in meinem

Anus und ich kann das unkontrollierte Zittern einfach nicht mehr abschalten.

»Jane, bitte«, flehe ich sie an. »Hör auf.«

»Sch, mach weiter, danach hast du dir eine Belohnung verdient, ma fleur.« Ich sehe, wie Dorian Jane zwischen meinen Beinen küsst, sodass ich scharf die Luft einziehe. Lawrence lacht und Gideon schaut kurz zur Decke.

»Dafür möchte ich, dass du zärtlich bist«, spricht sie leise zu Dorian.

»Versprochen. Ich tobe mich gerade an unserem Herzblatt aus.« Jane nickt mit einem leisen Kichern, bis sie zu mir mit ihren dunklen Augen aufblickt. »Ist er nicht süß?«

»Süß? Er muss dir dein Gehirn mit Zuckerwatte gefüllt haben. Ich ...« Kurz stöhne ich. »Ich bin immer zärtlich zu dir, Jane, also hör auf, meine Pussy zu überreizen. Bitte!«

Das *Bitte* klang eher wie ein Befehl, aber sie hört nicht auf mich, sondern heftet ihren verträumten Blick auf Dorian, den sie als ihren Meister ansieht. Innerlich schüttle ich den Kopf, weil sie leicht mit Worten um den Finger zu winkeln ist – wie naiv. Aber ich weiß, dass Dorian sich nicht an ihr vergehen würde, wenn sie es nicht möchte. Dafür besitzen die Brüder zu viel Anstand und erkundigen sich immer nach unserem Zustand.

Dorian taucht plötzlich vor meinem Sichtfeld auf. »Gib dir nicht die Mühe, ihr Befehle zu erteilen, Liebes. Sie ist mir heute treu ergeben.«

Mit einem hinterhältigen Lächeln streichelt er meine Wange, dann beugt er sich zu meinen steifen Nippeln vor und saugt an ihnen. Es fühlt sich göttlich an, bis er an ihnen knabbert, aber so fest, dass ich einen Schritt zurücksetzen will. Seine Hand hält eisern meine Taille umfasst. Wie wild zapple ich, als ich von seinen zärtlichen Bissen noch mehr angeheizt werde, keuche und meine Finger, bis sie taub werden, in die Manschetten kralle.

»Was für ein Anblick«, erkenne ich Lawrence' tiefe Stimme. »Dorian, schieb deinen Arsch etwas zur Seite.«

Dorian macht Platz, als ich erneut unter den weichen Berührungen von Jane komme. Meine Beinmuskeln zucken und würden jeden Moment zusammensinken, wenn mich die Kette nicht halten würde.

»Am besten, du erlöst sie und vögelst sie endlich. Ihre Pussy dürfte bereits auslaufen.« Als ich Gideons Worte höre, will ich nicken, aber halte mich zurück. Die Gerte trifft erneut, während die Hitzewelle des Orgasmus in mir abebbt, auf meine zarte Haut, die wie heißes Eisen glüht. Ich bringe einen gequälten Ton zwischen meinen Lippen heraus, als die Kette etwas nach unten gelassen wird, sodass meine Handgelenke auf Schulterhöhe sind.

»Jane, greif nach ihren Handgelenken.« *Was?*

Dorian drückt mich nach vorn, umfasst meine Hüfte und streichelt hart über meine angeschwollenen Schamlippen, sodass ich zusammenzucke und stöhne. Wie benebelt bekomme ich kaum mit, wie ich von Jane zu der Couch vor dem Flachbildfernseher geführt werde. Sie hakt die Manschetten in Karabinerhaken links und rechts an der Lehne, die in der Couch versteckt sind, ein und kommt mir auf dem breiten Polster auf allen vieren entgegen. Sie küsst mich, als mich zwei Schläge treffen und Dorian hart in mich eindringt, sodass ich schreie, weil er mit den Fingerkuppen über meine Pobacken reibt, sie in meine verletzliche Haut krallt.

Ich lasse mich unter Dorians Stößen fallen und schließe meine Augen, weil der Rausch mich völlig mitreißt und ich nicht mehr denken kann.

»Es ist unglaublich, einen Porno zu schauen, bei dem man die Darsteller kennt. Findest du nicht auch?«, fragt Lawrence Gideon, die ich beide ausblende. Ich weiß, wie er jeden Zentimeter meines Körpers mit seinen Augen mustert und sicher einen Steifen hat, während mich Dorian hart vögelt. Kurz blinzle ich zur Fensterfront, als Jane über meine Schulter streichelt und dann aufsteht. Als ich zurückblicke, sehe ich, wie sie neben mir kniet, Dorian küsst und ihre Fingernägel über seinen muskulösen Oberkörper wandern lässt.

»Nimm dieselbe Position wie Maron neben ihr ein.« Ich höre einen Klaps auf weicher Haut, dann dringt Dorian zweimal kräftig, aber langsam in mich ein, sodass mein Herz wie wild rast. Jane nimmt neben mir dieselbe Position ein, nur ohne festgebunden zu sein, und reckt ihren runden Arsch Dorian entgegen.

»Du bist wirklich zu beneiden, kleiner Bruder.« Ich starre Lawrence entgegen, der eine Grimasse zieht und sich eine dunkelblonde Haarsträhne hinter sein Ohr schiebt.

»Sag nicht, dass du plötzlich neidisch auf mich bist.« Dorian zieht sich aus mir zurück, geht hinter Janes süßem Hintern leicht in die Knie und seine Finger tasten sich zwischen ihren Beinen vor. Sie stöhnt und streckt ihren Po weiter in seine Richtung. »Dich hat der Anblick, was ich mit Maron gemacht habe, scharfgemacht, ma fleur?«

»Ja. Los, nimm mich«, fordert sie von ihm, sodass ich die Zähne zusammenbeiße, weil Dorian es zuerst mit mir beenden soll. Langsam und fast einfühlsam dringt Dorians dicker Schwanz zwischen Janes Pobacken, weil ich nicht mehr erkennen kann. Sie krallt ihre Finger in das weiche Polster, auf dem wir liegen, und stöhnt, wie es nur eine devote Frau kann. Es ist wirklich niedlich mit anzusehen, obwohl es meine Weiblichkeit quält, ihr dabei zusehen zu dürfen.

»Ich sehe an deinen Blicken, Kleines, dass du weiterhin von Dorian gefickt werden willst.« Ich schaue zu Gideon auf und schmunzle, obwohl ich ein finsteres Gesicht ziehen will.

»Ich kann warten«, antworte ich ihm. Lawrence' Augen ruhen mit einem Glänzen auf Jane, die lauter stöhnt und Dorian immer schneller nimmt. Hoffentlich verschießt er nicht sein Pulver, bevor er mit mir fertig ist.

»Wenn ich bei dir wäre, würde ich dich nicht warten lassen, Kleines. Du lägst jetzt bereits stöhnend und zitternd unter meinen Händen.« Ich schlucke, als ich Gideons Worte höre. Er fängt meinen Blick auf, und ich kann mich, sosehr ich es möchte, nicht von seinem lösen.

»Das darfst du gerne morgen unter Beweis stellen, Darling.« Er schenkt mir ein Lächeln, dann beugt er sich mir in dem Bildschirm entgegen.

»Werde ich.« Hinter seiner Botschaft schwingt ein Versprechen mit, es wirklich zu tun, worauf ich mich freue.

Meine Augen wandern über sein schön geschnittenes Gesicht, seinen gepflegten Dreitagebart, das Grübchen am Kinn, bis zu seinen hohen Wangenknochen, während ich plötzlich Dorians Hände auf meinem Arsch fühle, der erneut das Feuer auf meinem Hintern mit drei Schlägen entfacht, sodass ich weine und meinen Blick von dem Bildschirm abwende.

»Sehr gut, Maron. Zeig mir deine Gefühle.« Dorian greift nach meinem Kinn und schaut mir lange in die Augen, bevor er mit dem Daumen meine Tränen wegwischt. »Du bist wunderschön.« Er beugt sich zu mir herab, um mich zu küssen. »Dafür werde ich dich belohnen.« Ich kann es kaum erwarten, bis die Lust den Schmerz fortspült.

Hinter mir drückt er meine Pobacken auseinander, leckt über meine Spalte, dann spüre ich, wie er in meine Pussy eindringt und meinen Kitzler mit etwas Vibrierendem zwischen den Fingern massiert. Doch weiterhin behalte ich Augenkontakt zu Gideon, der sich auf der Couch zurücklehnt. Das Brennen auf meiner Haut geht in ein angenehmes Kitzeln über, als Dorian mich mit seiner Härte komplett ausfüllt und ich nicht aufhören kann zu weinen, weil es sich so befreiend anfühlt.

»Wie dein Anus unter den Stößen zuckt, ist ein herrlicher Anblick«, stöhnt Dorian und im nächsten Moment spüre ich einen Finger vorsichtig in meinen Anus eindringen, sodass die Lust in mir überquillt, ich die Finger in die Ledermanschetten kralle und Dorian mit seiner Schwanzspitze die empfindliche Stelle in mir trifft, sodass ich zittere. Mein Körper ist kaum mehr zu kontrollieren, als der

Orgasmus über mich hinwegrollt und ich laut stöhne. Zarte Hände streicheln mein Gesicht, meine Schulter und kurz darauf höre ich Dorians Stöhnen, der tief und hart in mich eindringt, bis sein Glied zuckt und er sich in mir ergießt. Während des heißen und unkontrollierbaren Orgasmus blinzle ich, aber versuche weiterhin zu Gideon zu sehen, dessen Gesicht angespannt wirkt.

»Schatz, du bist die erste Lady, bei der mich der Anblick jedes Mal, wenn du kommst, sofort abspritzen lassen würde, wenn ich bei dir wäre. Verdammte Scheiße, warum müssen wir in diesem bescheuerten Foyer sitzen!« Ich erkenne Lawrence' Ungeduld, seine Hände fahren nervös durch sein Haar, weil er am liebsten seinen Schwanz in mir versenken würde.

Gideon hingegen wirkt entspannt und aufgewühlt zugleich. »Bald darfst du deine Lust an ihr austoben«, antwortet Dorian. »Ihr Arsch brennt bereits, sodass es sicher eine Freude sein wird, sie morgen zu vögeln.« Dorian zieht sein Glied aus mir, tritt in mein Sichtfeld und öffnet die Schnallen der Manschette. Vorsichtig zieht er mich zu sich, leckt mit der Zungenspitze die Tränen auf meiner Wange fort und küsst mich intensiv, aber so, dass die Wellen des Höhepunktes langsam in mir abebben und ich gleichmäßiger atme.

»Du hast deine Rolle gut gespielt, Liebes, auch wenn ich mehr gesehen habe, als ich wollte«, flüstert er mir dicht an meinem Ohr entgegen, was nur ich hören soll. Sein leicht herber Geruch zieht sich in meine Nase, als er mir langsam aufhilft. Was meint er mit den Worten?

Seine Hände umfassen sicher meine Mitte, da ich kurz in die Knie gehe, weil meine Oberschenkelmuskeln zucken und meine Füße mich kaum tragen können.

»Geht es dir gut?« Er streicht mir eine Haarsträhne aus der Stirn und ich nicke mit einem Lächeln.

»Gut, dann sollte ich Jane nicht warten lassen. So angevögelt kann ich sie nicht liegen lassen.« Ein schiefes Lächeln huscht über seine Lippen und zuerst traue ich meinen Augen kaum, aber Dorians Schwanz ist bereits wieder halb steif, sodass ich glaube, zu träumen. Mit einem letzten Kuss auf die Stirn wendet er sich von mir ab.

»Er hat die Kondition wie ein Pferd«, sagt Lawrence und ich sehe lachend zu ihm auf, obwohl auf meinem Po ein Feuer tobt.

»Da steht er seinem älteren Bruder in nichts nach«, merke ich an und versuche gar nicht erst, mich auf der Couch niederzulassen. Kurz schließe ich meine Augen, um mich zu sammeln, als ich von Janes Stöhnen abgelenkt werde, die von Dorian gefickt wird. Auf seinem Hintern sehe ich mein Meisterwerk an blassen Striemen, die ich ihm gestern als Andenken überlassen habe. Und jetzt trage ich voller Stolz sein Meisterwerk auf mir.

»Dreh dich zu uns um, Maron.« Ich schaue zu Gideon, der mit Zeige- und Mittelfinger seine Schläfe massiert. Ihn scheint der Anblick, wie Dorian Jane vögelt, nicht zu interessieren, wie Lawrence, der sich breit grinsend in der Couch zurücklehnt und den rechten Fuß wippend auf sein Knie ablegt. »Sehr geil«, höre ich ihn. Doch Gideon macht eine flüchtige Handbewegung, damit ich seiner Anweisung folgen soll.

Ich drehe mich langsam mit dem Rücken zu ihm um und blicke über meine Schulter. Soweit ich erkennen kann, ist meine Haut feuerrot und geschwollen. Zurückhaltend taste ich mit den Fingerspitzen sacht darüber, aber beiße mir auf die Zähne.

Janes Stöhnen geht in Dorians über, der schneller wird, seinen Schwanz tiefer in sie stößt, aber über ihren Rücken streichelt.

»Lass dich von Dorian mit einer Wundheilsalbe behandeln und bleib die Nacht bei ihm.« Ich verziehe mein Gesicht, drehe mich zu Gideon um und schüttele den Kopf.

»Nein. Ich möchte heute Nacht allein in meinem Bett schlafen«, antworte ich über das leiser werdende Stöhnen von Jane und Dorian. Eilig sammle ich mein dunkelblaues Kleid und meine Unterwäsche vom Boden. Was ich brauche, ist die kühle Nachtluft gepaart mit einer Zigarette, die mich von dem Rauschzustand, der allmählich abnimmt, und dem heißen Sex herunterholen.

»Das war eine Anweisung, Maron!« Aus den Augenwinkeln sehe ich, wie Gideon sich auf dem Monitor erhebt und Lawrence nur die Augen verdreht.

»Auf die ich pfeife. Ich bin alt genug, Darling, ich schlafe doch hier in eurem Anwesen und kann auf mich aufpassen.«

Als ich alle Kleidungsstücke in meinem Arm zusammengerafft habe, hebe ich meine freie Hand zu ihm und werfe ihm einen Luftkuss zu. »Einen guten Flug und au revoir!«

Bevor mich Dorian aufhalten kann, verlasse ich den Raum, aber nicht, ohne bei jedem Schritt leise zu zischen.

»Maron!«, höre ich Gideon rufen und Lawrence, der etwas wie: »Lass sie gehen. Sie ist ein Sturkopf«, sagt.

»Halt die Klappe, Law, du weißt ganz genau, was ...«

Schon fällt die Tür hinter mir zu und ich atme tief durch. Endlich allein versuche ich, als ich über den matt beleuchteten Gang laufe, meine Gedanken zu sortieren – obwohl es der Dunst in meinem Kopf kaum zulässt.

16. KAPITEL

Wieso habe ich diesen Ort nicht schon früher als meinen geheimen Rückzugsort ausfindig gemacht? – frage ich mich und kenne die Antwort, bevor ich sie in meinen Gedanken ausspreche: *weil ich ständig von den Brüdern in Anspruch genommen werde.*

Nur in einem Top und einer lockeren kurzen Pyjamahose, unter der ich keinen Slip trage, der über meine Gertenhiebe reiben kann, lehne ich mich mit einer Zigarette über das Geländer der Dachterrasse.

Alles um mich herum ist ruhig, nur das Rauschen der Wellen durchbricht die Nachtruhe. Eine milde Brise weht durch mein offenes Haar und trägt den Rauch der Zigarette zwischen meinen Fingern fort. Ich nehme einen tiefen Zug und hebe meinen Kopf. Über mir funkeln Millionen helle Sterne, die ich in Marseille nur selten sehen kann. Aber hier in Arabien scheinen sie heller, leuchtender und intensiver als an jedem anderen Ort, von dem aus ich sie gesehen habe. »Solch ein Blödsinn – das redest du dir nur ein«, murmle ich leise mit einem Zucken meiner Mundwinkel.

Ich atme den Rauch langsam aus und schließe meine Augen. Denn in diesem Moment, wie nie zuvor, wird mir bewusst, wie sehr ich die Tage mit den Chevalierbrüdern in Marseille vermissen werde. Einen Urlaub wie diesen erlebt man nur ein Mal im Leben und ich sollte jeden Moment auskosten, solange er mir geboten wird.

Teilweise vermisse ich oft meine Schwester und Luis, aber die Brüder, so seltsam es klingen mag, sind für mich weitaus mehr als gewöhnliche Kunden. Aber was sind sie für mich? Liebhaber? Freunde? Vertraute?

Über meine unsinnigen Gedanken, die wahrscheinlich nur von den Keksen ausgelöst werden, schüttele ich den Kopf und beginne mir auszumalen, wie es wohl nach den zwei Wochen weitergehen wird? Ohne Gideon. Ohne Lawrence. Und auch ohne Dorian. Auch wenn ich weiterhin Lawrence' Freundin abgeben soll ...

Langsam gehe ich in die Knie und lege mich auf die noch angenehm aufgewärmten Steinplatten, um die Sterne weiter betrachten zu können. Am liebsten würde ich – wenn ich ehrlich zu mir bin – für immer an diesem sorgenfreien Ort bleiben, mit ihnen Spaß haben und mich treiben lassen. Aber das wäre egoistisch ... Könnte ich je aufhören, selbstlos zu handeln, und alles hinwerfen?

Himmel, was denkst du ...? Ich muss in dem Moment Dorian recht geben, die Droge löst meinen Geist und lässt Sehnsüchte in mir aufkeimen, von denen ich nie etwas wusste.

Irgendwann, als ich meine Zigarette aufgeraucht habe, schließe ich meine Augen und atme die milde warme Abendluft Arabiens ein, höre das Rieseln der Palmenblätter in meiner Nähe und in wenigen Abständen die vorbeifahrenden Autos. *Hier bin ich glücklich, hier bin ich frei ...*

Ohne bemerkt zu haben, über die Gedanken eingeschlafen zu sein, werde ich irgendwann hochgehoben, aber kann meine Augen nicht öffnen, weil sie sich schwer wie Blei anfühlen.

Dann liege ich auf etwas Weichem und rolle mich zusammen, bevor ich wieder in einen tiefen Schlaf sinke.

DORIAN

»So, ma fleur, ich helfe dir auf.« Ich ziehe Jane langsam an der Hüfte von der Couch hoch, als die Tür des Saals laut ins Schloss fällt. *Maron ist gegangen?*

Ohne es bemerkt zu haben, diskutieren Lawrence und Gideon auf dem Bildschirm. »Alles in Ordnung?«, erkundige ich mich bei Jane, umfasse ihr Gesicht und schenke ihr Geborgenheit, damit sie sich nicht ausgenutzt fühlt, wie es viele Frauen empfinden, nachdem ein Mann sie gevögelt hat, und dann den Raum verlässt, um duschen zu gehen – oder schlimmer noch, neben ihr rücksichtslos einschläft.

»Ja, du bist der beste Liebhaber, den ich bisher hatte.«

»Das höre ich gern.«

Jane lächelt wie ein verliebtes sorgenfreies Mädchen, bevor ich sie sanft küsse. Meine dominante Seite hat sich vollkommen beruhigt, weil ich sie an Maron ausleben konnte, der es gefallen hat. Ich sehe es einer Frau sofort an, wenn sie etwas nicht will und es auch so meint oder wenn ihr Blick verängstigt oder sogar panisch wirkt. Nicht bei Maron, sie würde niemals eine Niederlage ohne Kommentare oder anzügliche Bemerkungen über sich ergehen lassen. Und dann die Tränen, genauso wie ich es mir vorgestellt habe. Sie sah wunderschön befreit aus, ihre Augen haben geleuchtet und ihr Blick war offen und klar, wie ich sie nie zuvor gesehen habe.

Manchmal frage ich mich, wer sie unterrichtet hat? Sie ist gut, weiß sehr viel über BDSM, dennoch überschreitet sie Grenzen. Sie muss wissen, je mehr sie den dominanten

Part mit schnippischen provozierenden Kommentaren reizt, dass sich die Strafe umso drastischer auswirkt. Vermutlich, weil sie es liebt, keinem anderen die Oberhand zu überlassen und sie zu gern selber ihre dominierende Seite auslebt.

Ich schenke Jane einen weiteren Kuss, als wir von Gideon gestört werden.

»Mach das später und suche Maron, bevor ihr Kreislauf zusammenklappt. Du hast ihr nichts zu trinken gegeben.«

Ich nicke und löse mich von Jane mit einem entschuldigenden Blick. Als ich zu Gideon aufsehe, erkenne ich wieder diesen Ausdruck auf seinem Gesicht, den ich bisher sehr selten bei ihm gesehen habe. Etwas Gehetztes liegt tief hinter seinen Augen verborgen, was nur ich erkenne, Law hingegen nicht, weil er genüsslich einen Schluck von seinem Guinness nimmt.

Auf Gideons Gesicht lese ich ab, dass er am liebsten im Anwesen wäre, um sich um Maron zu kümmern. Aber er sollte nicht vergessen, dass die Geschäfte weitaus wichtiger sind als ein Gefühlschaos, in das er gerade dabei ist, sich mit der Kleinen zu stürzen.

Als ich mir eilig meine Hose angezogen habe, verlasse ich den Raum, bevor ich mich schnell umdrehe.

»Jane, Liebes, geh bitte auf dein Zimmer. Ich werde mich heute Nacht um Maron kümmern. Das verstehst du doch? Morgen bin ich wieder für dich da.« Ich schenke ihr ein Zwinkern, als sie verständnisvoll nickt.

»Quatsch nicht! Such sie, bevor Gideon durchdreht und mich den halben Flug fertig macht mit seinem Gerede.«

Auch Lawrence' Gesichtszüge sind ernst.

»Ach, halt die Klappe, Law!«, fährt Gideon ihn an und knurrt leise. Ich werde die beiden mit ihrem Imponiergehabe nie verstehen können.

»Hört auf, euch Gedanken zu machen. Ich melde mich, sobald Maron wie ein Lämmchen in meinem Bett schläft!« Schon verschwinde ich durch die Tür.

Sich um zwei Frauen kümmern zu müssen, ist normalerweise kein Problem, aber Maron macht es einem nicht leicht. Ständig bricht sie aus und entspricht nicht dem Verhalten einer herkömmlichen Escortdame, die sich für gewöhnlich schnurrend wie ein Kätzchen an seinen Galan schmiegt und ihm jeden Wunsch von den Augen abliest. Womöglich liebt Lawrence deswegen ihr stürmisches, unbezähmbares Wesen, wenn sie ihm zynische Antworten an den Kopf wirft und ihm die Stirn bietet. Und Gideon, wenn er sie besänftigt hat und sie brav in seinen Arme in seinem Bett einschläft. Ich kann sie verstehen, weil die Abwechslung mit dieser Frau vorhersehbar ist. Dafür sind diese Momente, wie sie zu suchen, weil man sich Sorgen um ihren Zustand macht, nervtötend.

Ich suche in ihrem Zimmer, befrage den Portier, durchlaufe den Garten und gehe sogar an den Strand. Mit jedem abgesuchten Ort steigt meine Anspannung, weil ich sie nirgends finden kann.

Was, wenn sie ins Meer schwimmen gegangen ist? Für so dumm halte ich sie nicht. Trotzdem wandern meine Blicke mehrmals über die dunklen, fast tiefschwarzen Wellen, auf denen ich keine Person ausmachen kann. Gerade jetzt spuken die irrsinnigsten Gedanken durch meinen Kopf: dass sie ertrunken sei, sich am Strand verlaufen habe oder ...

Nach einer gefühlten halben Stunde klingelt mein Handy. Ich zerre es aus meiner Jeanstasche und sehe Gideons Gesicht. *Nein!* Seine Vorwürfe brauche ich mir nicht anzuhören.

»Hey.«

»Warum hast du nicht angerufen!«

»Hätte ich getan, wenn ich Maron gefunden hätte.«

»Soll das ein Scherz sein?«, knurrt er und ich hole tief Luft.

»Mann, ich finde sie nicht. Schlag du etwas vor, wo sie sein könnte. Ich habe sie überall gesucht: im Haus, im Garten, am Strand, selbst im Meer kann ich sie nicht sehen.«

»Hat Christoph sie gesehen?«

»Nein. Sie kann das Anwesen nicht verlassen haben.« Ich stöhne, weil mir die Sucherei langsam auf die Nerven geht. Aber sollte ihr etwas zugestoßen sein, dann bin ich es wohl, der daran schuld ist.

»Sieh in der Garage nach. Sie macht meistens unüberlegte Dinge.«

»Ach wirklich? Darauf bin ich noch nicht gekommen. Wie ich schon sagte, sie hat den Garten und die Einfahrt nicht verlassen, das hätte Christoph mitbekommen.« Mein Blick schweift zu dem sternenklaren Himmel. Ich mustere den Balkon, der sich um das Haus zieht und auf dem ich sie für gewöhnlich angetroffen habe. Niemand, nicht einmal ein Schatten ist zu sehen.

»Was ist mit *den* Räumen, die sie nicht kennt?«

»Sind abgeschlossen.«

»Putain! Statt Jane weiter zu vögeln, hättest du dich um Maron kümmern sollen.« Schneidend ziehe ich die Luft zwischen meine Lippen ein.

»Ich streite mich nicht mit dir, Gideon, weil es nichts bringt.« Ein langes Stöhnen ist zu hören, weil er weiß, dass ich auf seine Vorwürfe meistens nicht eingehe, wie es Law zu gern tut. »Hast du sie schon angerufen?«, frage ich, weil sie möglicherweise ihr Handy mitgenommen hat. Denn ich bin mir nicht sicher, ihres im Zimmer gesehen zu haben. Aber bei der Eile habe ich nicht darauf geachtet, wo sich ihr Handy befindet.

»Nein, warte.« Kurz erscheint das Besetztzeichen, als er Maron anruft und ich weiter den Strand absuche.

Irgendwie erinnert mich die Suche an meine Mutter, die, wenn sie beleidigt war, sich immer zurückgezogen hat. Dabei kam es nicht selten vor, dass sie sich angetrunken hinters Steuer gesetzt hat und Vater fast die Nerven verloren hat, als er mitbekam, dass sie mit dem Maserati durch Marseille gefahren ist, um die nächste Mall anzusteuern. Die gesamten Angestellten mussten unter seinem Zorn leiden, weil sie nicht darauf geachtet hatten, wohin Mutter gefahren ist, warum sie nicht die Limousine genommen hat …

Frauen sind manchmal unergründliche Wesen, die uns einfach um den Verstand bringen. Gewisse Dinge werde ich wohl nie begreifen, obwohl ich oft darum bemüht bin, sie zu verstehen, und das Beste für sie will. Vermutlich reizt Gideon deswegen Marons Seite, weil er an Mutter erinnert wird. Über den Gedanken muss ich grinsen, weil es doch zu lächerlich ist.

Aber die prüden gelangweilten Frauen, die er uns in den vergangenen Jahren vorgestellt hat, sind nichts im Vergleich zu Maron. Auch wenn Gideon sich mit Law eine Zeit lang mit Ladys, ob gebucht oder in Clubs aufgerissen, die Nächte verbracht hatte, um sich abzulenken, erkenne ich ihn seit wenigen Tagen kaum wieder. Er war in letzter Zeit verändert und hat sich mehr Lawrence' protzigem Verhalten angepasst, der gerne die Frauen tanzen lässt, ohne sie groß bitten zu müssen.

Doch seit wir in Dubai sind, sehe ich Gideon verändert, er macht sich Sorgen und handelt nicht mehr sprunghaft, sowie es ihm gerade in den Sinn kommt. Und auch Lawrence scheint Gefallen an Maron gefunden zu haben, wenn er ihr sogar ein Armband schenkt und sie auch, wenn nicht gerade sehr galant, umwirbt und mit ihr nachts Torten vernichtet.

Ich kann mir nicht helfen, aber die hübsche Frau ist auf dem besten Wege, meine Brüder für sich zu gewinnen, sie umdenken zu lassen und ihre Welt auf den Kopf zu stellen. Trotzdem kann es kippen, und sie sind ihr schneller verfallen, als sie es sich vorstellen können. Weswegen hat sie wohl so viele Kunden? Weswegen ist sie so begehrt?

Für gewöhnlich sind es Gideon und Lawrence, die Frauen jede Nacht austauschen, ohne ihnen eine Chance zu geben. Doch dieses Mal wird es Maron sein, die sie sitzen lässt, weil sie nicht anders kann. Am besten, ich bespreche es mit ihnen, bevor sich ein erneuter Streit anbahnt wie gestern Morgen – auf den ich liebend gern verzichten kann, weil es sich auf die Geschäfte auswirkt und sogar Vater mitbekommt, dem es nicht gefallen wird.

»Verflucht! Sie geht nicht ran. Such weiter!«, höre ich plötzlich Gideon, der auf etwas eintrommelt. Eigentlich müssten sie bald im Flughafen eintreffen, um ihren Flieger nicht zu verpassen, der in zwei Stunden geht. Flüchtig sehe ich auf meine Armbanduhr, die kurz nach halb zwölf anzeigt.

»Man könnte meinen, du drehst vor Anspannung gleich durch.«

»Tue ich nicht, Dorian. Aber ich will nicht, dass ihr etwas passiert.«

»Ah.« Ich ziehe meine Augenbrauen in die Höhe, weil seine Lüge selbst nur an seiner Stimme ohne Mühe zu entlarven ist. »Ich werde sie finden, dann darfst du sie morgen bestrafen. Aber verschone ihren heißen Arsch.«

Das Lachen kann ich kaum zurückhalten, denn ich habe ihr heute Abend wirklich zugesetzt. Die Gerte lag wunderbar glatt zwischen meinen Fingern, als ich ihren schlanken Körper um Gehorsam gezwungen habe. Als sich die Vorstellung in mir hocharbeitet, könnte ich am liebsten eine weitere Session abhalten. Maron ist vielleicht nicht die devote Frau, die man sich in dieser Situation wünscht, aber dafür kribbelt es am meisten in meinen Fingerspitzen, sie nicht so einfach unbestraft gehen zu lassen, nach dem, was sie sich wieder erlaubt hat. Und mit dem Vergehen, sich einfach fortzuschleichen, hat sie sich eine Revanche verdient. Wenn nicht von mir, dann von Gideon oder Law.

»Darauf kannst du dich verlassen. Ihr fehlt meine führende Hand.« Sein Lachen ist zu hören, dann fremde Stimmen im Hintergrund. Anscheinend hält er sich nicht in der Nähe von Lawrence auf, dem immer ein Kommentar auf der Zunge liegt.

»Nein, ihr fehlt jemand, dem sie sich anvertrauen kann. Keinem von uns ist es bisher so gut gelungen, ihr Vertrauen zu gewinnen, wie dir – selbst mir nicht.«

»Tatsächlich?«, fragt er interessiert nach. »Obwohl du der feinfühligste Mensch bist, den ich kenne.« Ungewollt ziehe ich meine Nase kraus und schüttle den Kopf. »Mal ausgenommen, wenn es um Sex geht.«

»Mach dich ruhig auf meine Kosten lustig. Dafür konnte ich sehen, wie dir die Session gefallen hat.«

Ein belustigtes Räuspern ist zu hören. »Hat es mir auch, aber nicht, dass die Kleine einfach verschwindet.«

»Ich werde sie finden. Also dann, ich halte dich auf dem Laufenden.«

Schnell lege ich auf, weil ich nur noch einen Ort kenne, den sie aufgesucht haben muss, der nicht verschlossen ist und an dem sie ihre Ruhe findet. Sie liebt die Ruhe, geheime Rückzugsorte, das habe ich öfter beobachtet.

Und welcher Rückzugsort würde sich besser anbieten als die offene Dachterrasse? Cleveres Mädchen. Ich grinse, dann gehe ich mit großen Schritten durch den Garten ins Haus.

Keine zehn Meter weit finde ich ihren Köper der Länge nach ausgestreckt auf den noch warmen Steinplatten der Dachterrasse, die von Blumenkübeln umgeben ist und an diesem Abend eine beinahe geheimnisvolle Stimmung ausdrückt, als ich sie sehe. Meine Augen weiten sich kurz, aber können kein Blut um ihren Körper erkennen, falls sie gestürzt ist.

Neben ihr gehe ich in die Knie, halte meine Hand vor ihren Mund und spüre ihre schwachen Atemzüge. Zart streiche ich über ihre Wange, als sie ihre Lippen bewegt und leise etwas murmelt. Es ist unverständlich, sodass ich nur die drei Worte: »Verschwinden ... Kean ... so weit ...«, verstehen kann. Für mich ergeben die Worte keinen Sinn, auch nicht, als ich mich weiter anstrenge, ihre Worte zu enträtseln. Meine Lippen senken sich auf ihre, als ich sie behutsam hochhebe, ohne sie aufzuwecken oder ihr weitere Schmerzen zuzufügen.

Geschmeidig trage ich sie über die Terrasse, überwinde die Stufen zu meiner Etage und bringe sie über die Gänge in mein Zimmer. Wie ein schlaffes regloses Bündel hängt sie, den Kopf in den Nacken geworfen, wehrlos über meinen Armen, sodass mich ihr Anblick erweicht. Ich hole tief Luft, um nicht länger meine Blicke auf ihrem hellen Gesicht, ihren langen Wimpern, den perfekt gezupften Augenbrauen und den vollen Lippen zu heften. *Sie ist wirklich wunderschön.*

Jane ist auf ihre Weise hübsch, verspielt und liebenswürdig, aber Maron wirkt neben ihr gerade in diesem Moment verletzlich, aber bildschön wie eine griechische Skulptur aus weißem Marmor gemeißelt.

In dem Moment spüre ich, wie ich sie am liebsten in der hilflosen Haltung zeichnen würde, sie auf Papier für die

Ewigkeit festhalten möchte. Ich kneife die Augen zusammen, presse die Lippen aufeinander und löse meinen Blick von ihr, um sie nach wenigen Schritten auf meinem Bett abzulegen. Bedacht, sie nicht mit dem Po auf das Laken zu platzieren, lasse ich sie auf die Seite gleiten.

Ich atme erleichtert aus, bevor ich zu meinem Smartphone greife und Gideon anrufe, der inzwischen die Sicherheitskontrollen auf dem Flughafen überwunden haben muss. Seine Stimme klingt losgelöster und weniger angespannt, als ich wieder auflege und mich danach um Marons Haut kümmern will. Unter dem Rausch bemerkt sie kaum, dass ich ihre Pyjamahose vorsichtig herunterstreife und ihren schönen Hintern mit einer kühlen Salbe behandele, damit sie am nächsten Morgen keine Schmerzen mehr hat. *Keine wohl eher nicht – aber erträgliche Schmerzen.*

Die herrlichen Striemen als Mahnmal meiner Session gefallen mir, sodass ich sie vorsichtig, ohne sie spürbar zu berühren, mit dem Zeigefinger entlangfahre.

Als Maron versorgt ist, streife ich meine Hose aus, verschwinde kurz im Bad, aber lasse die Tür leicht angelehnt, um ihr keine weitere Flucht ermöglichen zu können, und lege mich wenige Minuten später neben ihr ins Bett. Das Laken ziehe ich über unsere Körper, als sie wieder etwas murmelt, doch dieses Mal nicht den Namen Kean sagt, sondern von Lawrence spricht. Dann seufzt sie und dreht sich um, ohne ihr Gesicht vor Schmerzen zu verziehen.

Ich starre zur Decke und rieche ihren angenehm milden Duft, der nach Pfirsich und etwas, das einem leichten Sommerregen ähnelt, riecht. Als ich meine Augen schließe, drehe ich mich auf die Seite und lege meinen Arm schützend über ihre Schultern. Noch während ich versuche, ihren Duft zu entschlüsseln, schlafe ich neben ihr ein.

17. KAPITEL

Von einem bekannten köstlichen Duft werde ich wach und blinzle. Erst in dem Moment begreife ich, nicht in meinem Zimmer zu sein, nicht in meinem Bett zu liegen. Das Zimmer, das ich flüchtig erkenne, habe ich nie zuvor gesehen, dafür die drei Männer, die um mich herum auf dem Bett sitzen, schon.

»Guten Morgen, ma cherie«, raunt mir Lawrence entgegen und spielt mit einer blonden Haarsträhne, die auf meiner Schulter liegt. Er sitzt rechts von mir auf der Bettkante, ihm gegenüber Gideon und neben mir liegt noch Dorian. Mit so viel Aufmerksamkeit am Morgen fühle ich mich überfordert und würde am liebsten das Bettlaken wieder über mich ziehen, bis mein Blick zu dem herrlich angerichteten Tisch auf dem Balkon hinüberwandert, der sich direkt hinter der ausgedehnten Fensterfront befindet.

»Wie spät ist es?«, frage ich mit einer noch etwas kratzigen Stimme und schaue zu Dorian, der neben mir anscheinend auch erst wach geworden ist, weil sein sonst so perfekt aus der Stirn gekämmtes Haar in alle Richtungen steht, sodass ich mir bei dem Anblick mein Lächeln kaum verkneifen kann.

»Kurz vor halb sieben«, antwortet Gideon.

»Seid ihr verrückt?«

»Nein, erst gelandet, um dir ein Frühstück ans Bett zu bringen«, antwortet Gideon mit einem finsteren Blick, der von einem Grinsen begleitet wird. Ich kann darin lesen, dass ihm meine Frage nicht gefallen hat.

»Aber wie ich sehe, möchtest du weiterschlafen?«

Skeptisch schaue ich zu dem Frühstückstisch. Durch die geöffnete Balkontür dringt der Kaffeegeruch bis zu mir ans Bett und die frischen Croissants kann ich von hier aus in einem Körbchen liegen sehen. Es wäre zu schade, mir das entgehen zu lassen.

»Nein, nein ...«, antworte ich schnell und sehe, wie sich Gideons Gesichtszüge aufhellen.

»Ich wusste, dass sie leicht zu ködern ist«, fügt Lawrence hinzu und gibt mir einen Kuss auf die Stirn. »Dann solltest du das Frühstück nicht warten lassen.«

»Habt ihr nicht geschlafen?«, erkundige ich mich und Dorian stützt sich neben mir auf den Ellenbogen auf, um zum Tisch zu sehen.

»Wie es aussieht, haben sie jede Minute genutzt, um dir den Tag zu versüßen, Liebes. Aber wenn ich raten dürfte, hat euch Eram geholfen. Ihr wüsstet nicht einmal, wie man eine Kaffeemaschine betätigt«, stellt Dorian fest und ich muss lachen, weil ich mir bei Lawrence kaum vorstellen kann, wie er mit einer umgebundenen Schürze einen Tisch deckt. Selbst den Frühstückstisch gestern Morgen hatte Eram für ihn hergerichtet. Aber kommt es nicht auf die Geste an?

»Du stellst uns hin, als seien wir die absoluten Versager, wenn es darum geht, eine Frau glücklich zu machen.«

»Tue ich das?«, fragt Dorian ironisch. »Vielleicht liegt es daran, dass ich euch bisher nur wenige Male angetroffen habe, als ihr eine Frau glücklich gemacht habt.« Das Gespräch verspricht interessant zu werden, denn an Gideons Gesicht kann ich sehen, wie er diese Behauptung nicht auf sich sitzen lassen will.

»Da spricht der Kavalier. Dafür wissen wir, wo sich unsere Frauen aufhalten, und verlieren sie nicht, nachdem wir sie gevögelt haben.« *Autsch!*

Also hat mich Dorian auf dem Dach gefunden, auf dem ich ... eingeschlafen bin!!! Nein, das war nie meine Absicht. Aber so wie mich Lawrence und Gideon ansehen, geben sie Dorian die Schuld.

»Wenn ihr nichts dagegen habt, würde ich gern gestern Nacht vergessen und mich dem herrlichen Frühstück widmen«, versuche ich sie von dem Thema abzubringen. Ich habe keine Lust, dass sich die Brüder wieder wegen Nebensächlichkeiten in die Haare kriegen. Mir wäre auf dem Dach nichts passiert.

»Vergessen?« Lawrence schnaubt abfällig. »Das kannst du dir aus dem Kopf schlagen. Dich erwartet eine bittersüße Überraschung, sobald du dich erholt hast.«

»Ich habe nichts Verbotenes getan.«

»Ach nein? Ich habe dir ausdrücklich gesagt, den Raum nicht ohne Dorian zu verlassen, und du bist trotzdem gegangen. Aber warum wundert es mich nicht, dass du nicht einmal Reue zeigst oder es dir leidtut?« Gideons Blick wird schneidend, sodass ich ihm ausweiche und auf die Falten des Lakens blicke.

»Reue ...«, wiederhole ich leise und lächle zart. »Reue ist etwas für Menschen, die ihre Entscheidungen vor anderen rechtfertigen müssen, was ich nicht tue.«

Ich weiß, dass Dorian zu mir blickt, weil ich mich vor ihm gestern Vormittag wegen Gideon rechtfertigen wollte – was ich selten tue. Für mich ist es eine Schwäche, wie auch Entschuldigungen, weil man sich eingestehen muss, Fehler gemacht zu haben. Ich halte mich nicht für fehlerlos, aber ich gebe sie ungern zu.

Ich schiebe das Laken zur Seite und erhebe mich neben Lawrence aus dem Bett, ohne einen der Brüder anzusehen. Ich muss mich für nichts entschuldigen, weil ich selber Verantwortung für mich übernehmen kann. Das konnte ich schon immer und werde es auch jetzt.

Als ich mich auf die Füße ziehe, hole ich zwischen den Zähnen zischend Luft, weil ich erst jetzt Dorians Striemen auf meinem Po spüre, die mich zusammenzucken lassen.

»Sieht aus, als wäre dein Arsch Strafe genug für gestern Nacht«, höre ich Lawrence, der einen Moment später seinen Arm um meine Mitte legt und mich zum Tisch begleitet. Ich ignoriere seine Bemerkung, weil ich weiß, wie recht er hat.

Dorian höre ich lachen, als er ebenfalls hinter mir aufsteht. Zwischen Gideon und Lawrence trinke ich genüsslich meinen Kaffee, aber sitze knapp auf der Stuhlkante, um meine Haut zu schonen. Als Gideon und Lawrence Dorian von dem kurzen Aufenthalt in Riad berichtet haben und ich beide dafür bewundere, wie erholt sie trotz der langen Nacht aussehen, tritt eine kurze Stille ein.

»Möchtest du Gideon und Lawrence nicht von deinem Kunden erzählen, dem du in der Mall begegnet bist, Maron?«, fragt mich Dorian aus heiterem Himmel, hebt seine große Teetasse und nimmt einen Schluck. Dabei schaut er mir mit einem süffisanten und zugleich teuflischen Funkeln in den Augen entgegen. *Seine Rache für mein Vergehen. Oder ein Test, ob ich ihm vertraue.*

Mein Herz beginnt kurz schneller zu schlagen, als Lawrence und Gideon zu mir blicken. Ich schmunzle meinen Croissantkrümeln auf dem Porzellanteller entgegen. *Danke, Dorian.* Ich wusste ja, dass er Gideon und Lawrence von Robert erzählen würde, aber mich ins offene Messer laufen zu lassen, ist nicht fair – vor allem nicht am frühen Morgen.

»Warum erzählst *du* ihnen nicht davon?«, frage ich Dorian beiläufig und hebe ebenfalls meine Tasse zum Mund, um seine Geste nachzuahmen. »Denn eigentlich bin ich davon ausgegangen, du hättest ihnen bereits davon berichtet.«

»Nein, er hat uns nichts davon erzählt. Los, rede!« Lawrence stützt in seinem schwarzen leicht geöffneten Hemd den Kopf auf und schaut eindringlich in meine Richtung.

»Es gibt nichts zu erzählen. Ich bin gestern aus einer Boutique …«

»Einer Lingerie«, korrigiert mich Dorian und ich werfe ihm einen scharfen Blick entgegen. Gideons und Lawrence' Augenbrauen wandern interessiert in die Höhe.

»Richtig, aus einer Lingerie gekommen, als mich Monsieur Dubois angesprochen hat.« Mehr brauchen sie nicht zu wissen. Doch aus den Augenwinkeln sehe ich, wie Gideons Wangenmuskel zuckt. Das sah nicht so aus, als hätte ich ihn mit der Antwort zufrieden gestimmt.

»Weiter!«, fordert er mich mit einer flüchtigen Handbewegung auf. Ich schlucke kurz.

»Verlangt nicht schon wieder von mir, persönliche oder geschäftliche Dinge auszuplaudern. Mehr werde ich nicht sagen.« Stur blicke ich auf Dorian, dem es anscheinend Freude bereitet, mich schon wieder vor ihnen bloßzustellen.

»Weiter«, höre ich dieses Mal Gideon nachdrücklicher sprechen, der sein Kinn auf den Handrücken aufstützt und seinen Blick in meine Augen bohrt.

Ich kneife die Augen zusammen, weil ich ihm nicht mehr dazu sagen brauche. Nein, falsch, sagen *muss*. Doch dann sehe ich Dorians weichen Blick und erinnere mich an seine Worte, dass ich ihnen mehr Vertrauen entgegenbringen und ehrlich sein soll.

Ich seufze leise, als mich Lawrence anstößt und sagt: »Wir werden dich so oder so bestrafen, also kannst du uns gleich die Wahrheit verraten. Denn unter Umständen werde ich dafür sorgen, dass die Bestrafung etwas milde ausfällt.« Mit zusammengepressten Lippen würde ich laut losprusten, aber bezwinge den Reflex.

»Also gut«, beginne ich. »Ich habe ihn tatsächlich zufällig getroffen, oder wohl eher er mich. Letzten Samstag hätte ich ursprünglich einen Termin mit ihm wahrnehmen müssen, der wegen eurer Reise abgesagt werden musste. Zumindest wollte er wissen, weswegen ich in Dubai bin.«

»Was hast du ihm geantwortet?«, will Gideon wissen.

»Dass ich meine freien Tage hier in Dubai verbringe

und Urlaub mache, etwas anderes ist mir in dem Moment nicht eingefallen. Wenn ich ihm gleich von euch erzählt hätte, hätte ich ihn vergrault. Denn für gewöhnlich erzähle ich Kunden nicht von anderen Kunden, in dieser Angelegenheit bin ich diskret und möchte keinen Ärger«, will ich klarstellen, nehme einen weiteren Schluck Kaffee, in dem wieder eine Weiße Schokolade-Note zu schmecken ist, und schaue von einem Gesicht zum nächsten.

»Und du möchtest ihn natürlich nicht vergraulen«, schließt Gideon schnell an.

»Nein, natürlich nicht. Es ist mein Job, meine Kunden zu behalten und sie nicht zu vergällen«, antworte ich bissig.

»Wie ist er im Bett?«, fragt mich Lawrence trocken. Was soll die Frage? Dann höre ich Dorian und Gideon lachen, weil nur Lawrence mir diese indiskrete Frage stellen kann. Mit den Fingern trommle ich leise vor dem Teller auf den Tisch. Ich werde ihm seine Frage nicht beantworten. Natürlich ist Robert ein gutaussehender Mann mit Einfluss, aber wenn ich ehrlich bin, kann er nicht mit den Chevalier-Brüdern konkurrieren, dafür ist er viel zu sehr während des Sex damit beschäftigt, auf seine Kosten zu kommen.

»Maron?«, ruft mich Dorian aus meinen Gedanken und neigt seinen Kopf, sodass zwei dunkle Haarsträhnen in seine Stirn fallen. »Lawrence hat dich etwas gefragt.«

»Und ich habe nicht vor, ihm zu antworten. Warum quält ihr mich ständig mit euren Fragen? Warum akzeptiert ihr nicht, dass ich über gewisse Dinge nicht reden möchte oder es auch nicht darf?«

»Weil uns das gleichgültig ist, was du darfst und was nicht. Solange wir hier in Dubai sind, sind die Regeln deiner Agentur außer Kraft gesetzt, Schatz. Also lerne endlich, dich an unsere Fragen zu gewöhnen. Außerdem interessiert es mich als dein Freund«, fügt Lawrence hinzu und greift nach meiner Hand. »… was andere Stecher dir bieten konnten.«

»Wirklich? Was, wenn ich mich nach deinen Verflossenen erkundigen will? Wirst du mir ebenfalls, ohne zu zögern, jedes schmutzige Detail erzählen? Wohl eher nicht.«

Damit müsste ich ihm zu verstehen gegeben haben, dass er in meiner Situation ebenfalls schweigen würde. Doch statt es auf sich beruhen zu lassen, antwortet er: »Frag mich, was du möchtest, Schatz, und ich werde dir jede Frage ehrlich beantworten, um dir zu beweisen, dass du uns ebenfalls Dinge von dir erzählen kannst. Mich stört es nicht zu erzählen, wie mir meine letzte Ex während eines Fußballspiels einen runtergeholt hat, sie, als sie gekommen ist, geweint hat, warum auch immer, oder ich sie am liebsten auf dem Küchentisch gefickt habe.«

Lange schaue ich in seine Augen, um in ihnen zu forschen, ob es ihm tatsächlich nichts ausmacht. Anscheinend nicht, zumindest treten keine verräterischen Züge in seinem Gesicht auf, als er davon erzählt.

»Sie hat geweint, als sie ihren Höhepunkt hatte?«, frage ich und lache leise. »Sicher, weil du mit Schlägen nachgeholfen hast.«

»Nein.« Lawrence grinst und hebt seine Augenbrauen. »Sie mochte keine SM-Spielchen, was ich toleriert habe.

Sie hat einfach unter mir geweint und wusste selber nicht warum.«

»Wir wissen alle, warum«, mischt sich Gideon ein und schaut zur Decke, aber Lawrence ignoriert ihn eiskalt.

»Wenn du also mehr von uns wissen möchtest, dann erzähle uns von dir. Denn, Maron, alles, was in dieser Villa besprochen wird, wird nicht nach draußen getragen, auch nicht nach dem Urlaub.«

So langsam ist mir das suspekt und scheint mir unwirklich, als wären wir ein Clan, der geheime Informationen austauscht.

»Fein«, gebe ich nach und greife nach den Weintrauben. »Wenn ihr es unbedingt wissen möchtet …« Und schon hängen sie mir neugierig an den Lippen. »Er ist ein Kunde, der sich gerne nimmt, was er möchte, aber in den seltenen Fällen zurückgibt. Reicht euch diese Aussage?«

Gideons Augenbrauen ziehen sich zusammen. »Also geht es ihm mehr darum, dass du ihm jeden Wunsch erfüllst, während er dich ... Wie soll ich es ausdrücken, ohne unhöflich zu wirken?«

»Sie unbefriedigt gehen lässt, vielleicht?«, antwortet ihm Dorian. Das trifft es sehr gut.

Lawrence lehnt sich in seinem Stuhl lässig zurück. »Solche Arschlöcher haben es wirklich nötig, auf eine Agentur angewiesen zu sein.«

»Sie bezahlen dafür. Ich habe nichts zu verlangen«, will ich klarstellen, weil es genau so ist.

»Ach, du sollst seinen Schwanz lutschen, du sollst ihn scharfmachen, von ihm gevögelt werden und er revanchiert sich nicht einmal im Gegenzug dafür? Für mich ist dieser Typ ein manierloser Trottel, der es nicht versteht, dass, wenn eine Frau erst einmal erregt wird, ihre Lustzonen stimuliert werden und sie fast vor Verlangen um ihren Orgasmus bettelt, der Sex mit ihr weitaus besser ist.« Lawrence' Worte lassen meinen Puls kurz schneller rasen, dabei spüre ich trotz des Feuers auf meinem Hintern, wie sich die Lust in mir ausbreitet, es in meinem Becken prickelt und mein Körper nach den Zärtlichkeiten, von denen Lawrence erzählt hat, verlangt.

»Berührt man mit seinen Lippen beispielsweise eine Frau hier«, höre ich Gideon, der unerwartet mein Haar aus dem Nacken streicht und mit seinen Lippen von meinem Ohr über meinen Hals streift, sodass sich meine Nackenhärchen aufstellen. »Bleibt fast jede Frau wie in Trance versetzt sitzen.«

Dorian grinst mir entgegen, während Gideons Lippen weiter über meinen Körper wandern, sein Bart auf meiner Haut kratzt, sodass ich für Sekunden erstarre und mich zwingen muss, nicht die Augen zu schließen.

»Oder fährt man in leichten Bewegungen über ihre Beininnenseiten …«, ergänzt Lawrence, dessen Finger auf mein Bein wandern, weiter bis zu dem Stoff der kurzen Pyjamahose, aber stoppt seine Hand kurz vor meiner Pussy. »… werden die Sinne einer Frau weitaus mehr gereizt, als wenn sie von einem Schwanz penetriert würden.«

Gott, wie recht er hat. Mit zarten Berührungen malt er Kreise auf meine empfindliche Haut, sodass meine Brustwarzen prickeln und mein Atem stockt. Obwohl Gideon und Lawrence weder meine Brüste noch meine Pussy berühren, versetzen mich ihre Berührungen in Ekstase. Mein Herz flattert wie ein kleiner Kolibri in meinem Brustkorb. Und wie sehr ich der Versuchung, beiden zu entkommen, widerstehen möchte, ich kann nicht.

Dann sehe ich Dorian, als ich blinzle, wie er am Tisch sitzt, sich mit seiner Tasse zufrieden im Stuhl zurücklehnt und uns beobachtet. Mit meinen Blicken wandere ich über seine leicht ausgeprägten Muskeln, weil sein Oberkörper nicht bedeckt ist. Aber was mich am meisten in den Bann zieht, ist nicht seine nackte Haut, sein athletischer Körper, sondern sein selbstzufriedener Blick, den er mir zuwirft, während er uns still beobachtet.

Eine Hand dreht mein Kinn zu Lawrence, der mich küsst, während Gideon weiter mit seinen Lippen auf meinem Hals entlangwandert, bis zu meinem Schlüsselbein hinab, sodass ich keuche. Vier Hände tasten über meinen Körper, berühren empfindliche Stellen, aber auf so sanfte und zugleich verlockende Weise, dass ich mich ihnen am liebsten hingeben will, um die Lust, die in mir tobt, zu besänftigen.

Mit meinen Händen umfasse ich Lawrence' Hemdkragen und ziehe ihn näher an mich, um in seine Nähe einzutauchen. Als seine Zunge sich an meinen Zahnreihen vortastet und dann meine Zunge umspielt, keuche ich und will so viel mehr.

Mit jeder hauchzarten Berührung von ihnen legen sie Schicht für Schicht von mir frei, lösen meine Schutzbarriere auf und lassen mich schwach werden. Und bei Gott, genau das möchte ich in diesem Moment. Meine Angst, mich für Menschen angreifbar zu machen, ablegen und mich ihnen hingeben, so wie ich bin. Dabei spüre ich, wie sie jede Faser meines Körpers berühren und zugleich mit ihren Zärtlichkeiten zu meinem Geist vordringen, den ich für jeden Mann unantastbar verschlossen halte, um mich zu schützen. Aber die Barriere bröckelt, als Gideons Atem zärtlich meine Haut beschlägt, Lawrence' Zunge meine wie in einem Tanz umspielt und seine Fingerspitzen meiner Haut schmeicheln und sich in meinem Haar vergraben, sodass ein Schauder meinen Rücken herunterjagt.

Die Angst, mich in diesen Männern zu verlieren, ist größer als die Angst mich ihnen so zu zeigen, wie ich bin. Wie viele Frauen müssen sie bereits mit ihren leisen Versprechungen die Sinne vernebelt haben? Wie viele von ihnen von sich abhängig gemacht haben? Das Spiel, das sie mit mir spielen, ist weitaus gefährlicher, als ich es zu Beginn eingeschätzt habe. *Sie werden mich ruinieren – dennoch will ich es …*

»Sieh an, wie schnell unsere hübsche Raubkatze ihre Krallen einfährt, sobald man sie mit den richtigen Streicheleinheiten verwöhnt«, spricht Lawrence dicht vor meinen Lippen, dann lässt er schlagartig von mir ab und auch Gideon zieht sich von mir zurück. »Und genau das werden diese schwanzgesteuerten Idioten nicht begreifen.«

Enttäuscht, dass sie sich von mir zurückgezogen haben, greife ich nach einer Weintraube und schiebe sie mir in den Mund, um mir mein Verlangen nach ihnen nicht anmerken zu lassen. Doch dafür dürfte es zu spät sein … Der süße

Saft der Weintraube vertreibt Lawrence' Geschmack auf meiner Zunge – zumindest das hilft mir, aus meiner Trance zu erwachen.

»Gib zu, dass wir die Ersten sind, die die Lust aus dir kitzeln und das unersättliche Verlangen.«

Ich schließe meine Augen und lächle kurz. »Ja, das habt ihr, wie keine meiner Kunden zuvor«, flüstere ich, weil ich es mir noch immer nicht eingestehen will.

Bis auf meinen Lehrer, Kean, gelang es keinem Mann zuvor, meinen Geist und meinen Körper in eins zu verschmelzen und von dem Hier und Jetzt loszulassen.

Aber das brauchen sie nicht zu wissen ...

18. KAPITEL

Nach dem Frühstück beschließt Lawrence sich hinzulegen, obwohl ich weiß, wie gern er mich mit in sein Bett nehmen will. Mehrmals wandern seine Blicke zu meinem Po, dann zu Dorian. Vermutlich gefällt es ihm nicht, dass er mich nicht nach der Reise für sich beanspruchen kann, wie er es geplant hat.

»Ich werde dann auch gehen.« Dorian erhebt sich vom Tisch und verlässt sein Schlafzimmer, aber nicht ohne mir einmal entgegen zu zwinkern. »Du bist bei Gideon in den besten Händen.«

Auf dem Stuhl habe ich meinen Fußknöchel auf den Sitz gezogen und spiele auf meinem Teller lieblos mit den Weintrauben. Immer noch hänge ich meinen Gedanken nach, bis ich mich entschließe, eine Dusche zu nehmen. Sie wird mir helfen, um einen freien Kopf zu bekommen.

»Ich werde auch gehen.« Ohne mir anmerken zu lassen, wie sehr die Striemen auf meiner Haut ziepen, erhebe ich mich und durchquere den Raum.

»Hast du nicht etwas vergessen?« Als ich Gideons Worte höre, drehe ich mich zu ihm um.

»Und was?«

»Du sollst keine Alleingänge machen.«

»So? Willst du mich ins Bad begleiten?«

Gideon schiebt seinen Stuhl zurück und steht in seinem Hemd und der dunklen Anzughose wenige Sekunden später vor mir, sodass ich ihn von oben bis unten mustere. Er erwidert meine Frage bloß mit einem schiefen Grinsen, dann steht er vor mir und hebt mich hoch.

»Besser, ich kümmere mich heute um dich, denn uns steht noch ein harter Tag bevor.«

Ich runzle meine Stirn und schaue lange in seine grünen Augen, um seine Worte zu verstehen. Doch sooft ich ihn auch frage, was seine Worte zu bedeuten haben, er schüttelt nur den Kopf, als er mich über die Gänge in sein Bad trägt.

Im Badezimmer, das mit dunklen Fliesen und großen Fenstern ausgestattet ist, setzt er mich auf dem Läufer ab und öffnet die Dusche, in der fast vier Personen stehen könnten.

»Warum sollte ich deine Fragen beantworten, wenn du weiterhin versuchst, meinen aus dem Weg zu gehen?«, fragt er mich, als er hinter mir steht. Dann streicht er mein ungekämmtes Haar über die Schulter und seine Finger tasten sich unter meinem Shirt vor, das er mir langsam auszieht. Sein Atem trifft meinen Nacken, den er mit Küssen übersät, sodass ich Gänsehaut bekomme. Warum ist er so zärtlich, obwohl ich gestern seiner Meinung nach ein schweres Verbrechen begangen habe, als ich den Raum nach der Session ohne Dorians Begleitung verlassen habe?

Entweder hat er seine Pläne geändert und er will mich heute schonen – wogegen ich natürlich nichts einzuwenden hätte – oder er tüftelt bereits an einem Racheplan.

Seine Hände rauschen wie warmes Wasser über meinen Rücken, streifen meinen Bauch und meine Brüste, aber nur flüchtig, sodass ich für eine kleine Ewigkeit mit ihm in dieser Haltung stehen bleiben könnte, um mich seinen Berührungen hinzugeben.

Seine rechte Hand tastet sich unter meine kurze Pyjamahose vor, die er mir herunterstreift.

»Ganz ohne Unterwäsche?«, raunt er mir ins Ohr. »Das macht es für mich natürlich unkomplizierter.« Er lacht leise in meinen Nacken, dann wende ich mich zu ihm um.

Falls er einen Plan ausheckt, mir heute das Leben schwer zu machen, wäre jetzt die Möglichkeit ihn umzustimmen. Mit meinen Fingerspitzen fahre ich über seinen Bart, ziehe mich zu ihm hoch und streife seine Lippen. Ein süffisantes Grinsen ist unter meinem Mund zu spüren.

Geschickt öffne ich Knopf für Knopf sein Hemd, das ich während des sinnlichen Kusses über seine Schultern streife. Ich halte mich mit einer Hand um seinen Hals fest, die andere wandert über seine leicht gebräunte Haut. Ich kann seine ausgeprägten Muskeln und Sehnen spüren und wandere weiter zu seiner Hüfte. Dort spüre ich neben seinen Hüftknochen den Hosenbund und öffne, während sich unsere Zungen immer gieriger umeinander kreisen, seine Hose. Nur mit Mühe löse ich mich von seinen Lippen.

»Vielleicht werde ich dir heute weitere Fragen beantworten, als wir vereinbart haben«, hauche ich dicht vor seinen Lippen und schenke ihm ein Lächeln. Seine Augen funkeln mir kurz misstrauisch entgegen, fast spöttisch. Doch ich gebe ihm keine Zeit mein Angebot weiter zu hinterfragen, als ich mit meiner Zunge über seine Brust fahre, meine Hände seine Rippen entlanggleiten und ich mich langsam vor ihm hinknie.

Obwohl ich seinen Gesichtsausdruck nicht sehen kann, weiß ich, dass ihm gefällt, was ich mache. Meine Finger tasten sich unter seinen Shorts vor, dann über seinen festen Pobacken. Ich sehe bereits jetzt, wie gierig er ist und es kaum erwarten kann, bis ich seinen Schwanz verwöhne. Die Beule in seinen Shorts wird immer größer.

Mit einem berechnenden Lächeln schaue ich zu ihm auf.

»Du denkst, ich würde dich heute bestrafen? Deswegen bist du plötzlich so fügsam?«

Ertappt – denn ich möchte heute geschont werden. Mit jeder Bewegung spannt die Haut auf meinem Po. Aber ich werde es ihm sicher nicht verraten. Somit weiß er, wie sie mich bei der nächsten Gelegenheit in Schach halten können. Schlimmer noch wäre es, wenn Lawrence davon erfahren würde.

»Kann ich meinem charmanten Galan, der so großzügig ist, nicht meinen Dank erweisen?«, frage ich honigsüß, begleitet von einem intensiven Augenaufschlag.

Seine Shorts streife ich bis zu seinen Fesseln herunter, dann lecke ich über seinen prallen Schwanz, der sich immer weiter vor mir aufrichtet. Mit einer Hand massiere ich einfühlsam seine Hoden und höre sein Keuchen, das wie Musik für meine Ohren ist. Nach dem anstrengenden Flug und dem langen Tag müsste er schnell für einen Blowjob zu begeistern sein, weil er sich unter mir fallen lassen kann.

»Das darfst du gern. Denn glaub mir, Maron, die Liste deiner Fehltritte wird von Tag zu Tag länger, da wird dich ein Blowjob nicht davor bewahren, unsere Revanche zu spüren. Aber vielleicht kann es warten.«

Danke, also verlangt er mehr. Aber ich lasse mich nicht von seinen Worten zurückschrecken, sondern widme mich seinem Prachtstück, lecke über seinen Schaft und nehme seinen Schwanz langsam und gefühlvoll in meinem Mund auf. Zentimeter für Zentimeter verstärke ich den Druck, während ich ihn in mir aufnehme. Das Keuchen geht bereits jetzt in ein Stöhnen über, bis ich mit meinem Mund ein Vakuum erzeuge und meine Lippen intensiver über seine empfindliche Haut auf und ab schiebe.

Dabei vergesse ich seine Hoden nicht, die sehr sensibel auf meine Berührungen reagieren. Sie zucken leicht. Und als ich zu ihm aufblicke, während ich seinen Schwanz tief in meinem Mund aufgenommen habe, sehe ich, wie er sich mit einer Hand an der Wand abstützt. Der Anblick ist herrlich, weil er verdammt sexy und zugleich mir vollkommen ausgeliefert aussieht. Seine andere Hand vergräbt sich in meinem Haar.

Nur noch wenige Stöße und ich habe ihn dort, wo ich ihn haben will. Doch plötzlich, als ich glaube, er müsste jeden Moment kommen, schiebt er meinen Kopf zurück. *Warum?*

»Was soll das werden?«

Mit zwei Schritten geht er an mir vorbei und schaltet die Dusche ein. Er prüft die Temperatur, und ich blicke ihm perplex entgegen, bevor ich mich erhebe.

»Obwohl du Lawrence versprochen hast, dass er dich zuerst vögeln darf, will ich ihm diesen Wunsch nicht gestatten. Los komm, Kleines.« Er greift nach meinem Handgelenk und zieht mich unter die Dusche. Ich folge ihm.

»Bevor wir heute lernen, möchte ich dir einen Anreiz geben, worauf du dich heute Abend freuen darfst.« Schon hebt er mich mit einer leichten Bewegung an der Hüfte hoch und drängt meinen Rücken zur Wand unter der Dusche. Als ich an der Wand gefangen gehalten werde, hebt er mich noch höher, sodass meine gespreizten Beine über seinen Schultern liegen und ich kurz tief Luft hole.

Da meine Füße nicht mehr auf dem Boden stehen, habe ich keinen Einfluss, was er mit mir macht. In dieser Position bin ich ihm wehrlos ausgeliefert, als er über meine geöffneten Schamlippen leckt, dann intensiver über meinen Kitzler, sodass ich kurz zusammenzucke und um Halt zu finden, meine Finger in sein Haar kralle.

»Wie immer bist du bereit.« Ich klammere mich an seinem Kopf fest, um nicht herunterzufallen.

»Wenn du mich fallen lässt, dann breche ich dir ...«

Er hebt sein Gesicht zu mir hoch, grinst arrogant, weil er weiß, wie wehrlos ich in dieser Situation bin, dann küsst er meinen Venushügel, weiter meine Lenden.

»Wie könnte ich dich fallen lassen? Dann müsste ich auf heiße Tage und schnippische Bemerkungen verzichten.« Langsam hebt er mich von seinen Schultern, sodass ich in sein hübsches Gesicht sehen kann, über das Wasser läuft. Zur Sicherheit verschränke ich meine Beine um seine Mitte, dann spüre ich, wie seine Hände meinen Po fester umfassen, und ich zische.

Doch der Schmerz wird von seinem Penis, der in mich eindringt, schnell fortgespült. Das Wasser prasselt über meinen Körper, spült sein Haar aus der Stirn, sodass sein Blick noch eindringlicher ist, als er mich unter der Dusche langsam und intensiv vögelt. Mit jedem Stoß von ihm höre ich auf zu denken und lasse mich unter seinen Händen fallen.

»Gott, verändere bloß nicht die Haltung«, flehe ich ihn fast an. Mit seiner Eichel trifft er in mir eine empfindliche Stelle, die meinen Körper zittern lässt.

Er versenkt seinen Schwanz tiefer in mich, sodass ich fast von ihm springen würde, weil mit jedem Stoß eine Welle durch mich hindurchgespült wird, die meine Begierde entfacht. Hungrig küsst er mich, hemmungsloser, sodass ich seine Schultern zerkratze, während er mich härter nimmt, meine steifen Brustwarzen über seine Brust reiben und er mich mit mehr Nachdruck auf seinem Phallus auf und ab hebt. Mein Keuchen geht in ein Stöhnen über, weil mit jedem Stoß etwas in mir freigelegt wird.

»Komm für mich, Kleines«, raunt er vor meinen Lippen, stößt kräftiger zu, sodass ich zittere. »Und sieh mir dabei in die Augen.«

Ich blinzele, als ich keuche, und meine Oberschenkel zittern. Knapp lächle ich ihm als Antwort entgegen und schaue ihm tief in die Augen. Plötzlich fällt die Angst, von ihm fallen gelassen zu werden, von mir ab und ich vertraue ihm. Seine grünen Augen halten meinen Blick gefangen, als er schneller in mich eindringt, und mein Stöhnen lauter wird. Meine Fingerspitzen versenke ich tiefer in seine

Schulter, in seinen Nacken, als ich komme und meinen Kopf instinktiv in den Nacken werfe. Ich kann die Wasserstrahlen auf meinem Gesicht nicht lange genießen, als sich eine Hand von meinem Po löst und sie fest mein Kinn umfasst. »Du sollst deinen Blick nicht von mir abwenden.«

Ich bin es nicht anders gewöhnt, als den Blick zu meinem Gegenüber abzuwenden, wenn mich ein Orgasmus überrollt. Es ist ein eigenartiges Gefühl, die Kontrolle abzugeben, als er mein Kinn umfasst und ich stöhne. Dann verschwindet seine Hand und legt sich um meinen Arsch. Mit mehreren tiefen Stößen kommt Gideon in mir, und ich blicke tief in seine Augen, als sein Schwanz in mir zuckt. Alles kommt mir so vertraut vor.

»Das üben wir noch, Kleines«, bringt er lächelnd hervor. Er küsst meine Stirn, aber lässt mich nicht runter.

»Aber nicht jetzt.«

Kurz zuckt er mit den Schultern. Sein Glied ist immer noch in mir und nein, sein Schwanz kann nicht noch einmal steif werden. Ich löse meine Beine um seine Hüfte, aber er lässt mich nicht runter, sondern presst mich weiter gegen die Wand, die gegen meine Wirbelsäule drückt, während mir Wasser in die Augen läuft.

»Ich lasse dich nicht runter.« Er hebt spöttisch eine Augenbraue, und seine Augen wirken in dem Augenblick gefährlich grün, so als hätte er beschlossen, mich mit seinen Augen zu manipulieren.

»Doch, das wirst du tun, Gideon. Falls es dir nicht aufgefallen ist, mein Arsch brennt wie Feuer, und ich brauche jetzt wirklich eine Dusche.«

»Ah, dabei kann ich dir helfen.« Er lässt mich tatsächlich runter und sein Glied zieht sich langsam aus mir zurück. Ich habe mich nicht getäuscht, er ist wirklich wieder hart.

»Du hast die Potenz eines Pferdes«, murmle ich leise und komme wacklig auf die Füße, bevor ich zum nächstbesten Duschgel greife, weil meine Produkte in meinem Bad stehen.

»Deine Komplimente werden immer origineller«, höre ich ihn hinter mir. »Sagst du das jedem Kunden?«

Ich lache abfällig, während ich mich einschäume. »Warum interessiert es dich?«

»Gegenfrage«, stöhnt er genervt.

»Verflucht! Ich kann es nicht abstellen.«

»Dann noch einmal: Sagst du jedem Kunden, er habe die Potenz eines Pferdes?« Warum will er das wissen? Es war eine scherzhafte Bemerkung. Oder ist es für ihn wirklich ein Kompliment? Das Schmunzeln weicht einfach nicht von meinen Lippen.

»Natürlich nicht. Nur denjenigen, die es sich verdient haben.« Ich drehe mich zu ihm um. Er grinst zufrieden, bevor er mir das Duschgel aus der Hand nimmt und sich darauf eine Portion zwischen den Händen verteilt.

»Auch das werden wir noch trainieren. Ich weiß, dass du Komplimente verteilen kannst, aber dich zurückhältst.« Meine Augenbrauen ziehen sich zusammen.

»Und warum sollte ich das tun?« Ich mag es einfach nicht, Menschen Honig ums Maul zu schmieren, nur um mich bei ihnen einzuschleimen. Das war noch nie meine

Art, dafür bin ich zu direkt.

»Verrate du es mir?«

»Gegenfrage«, kontere ich nur und hebe frech eine Augenbraue. Seine Hände bewegen sich auf meinen Körper zu und er verteilt das Duschgel über meinem Bauch, weiter über meine Brüste und meine Arme.

»Ich könnte mir vorstellen, dass du in deinem Leben wenig Komplimente erhalten hast – zumindest früher nicht. Vielleicht hattest du eine schwere Schulzeit oder bist von deinen Eltern geprägt, da lege ich mich nicht genau fest, aber du kannst nicht mit Komplimenten umgehen, weder welche verteilen noch welche annehmen.«

Mit Mühe verkneife ich mir eine schnippische Antwort. Stattdessen beiße ich auf die Zähne und beobachte seine Hände, die weiter über meinen Körper gleiten. »Ist es nicht so?«, fragt er. »Ich sehe, wie angespannt du bist. Ich habe ins Schwarze getroffen, nicht wahr?«

Routiniert seift er meinen Körper weiter ein und ich schüttele nur den Kopf. »Nein«, lüge ich. »Ich hasse es nur, Menschen etwas vorzuheucheln.«

Als er zu mir aufsieht, macht er einen Schritt auf mich zu, sodass ich mich nicht einmal mehr drehen kann und in der Dusche gefangen bin.

»Das denke ich nicht, Maron. Komplimente, wenn sie ernst gemeint sind und von Herzen kommen, können dem Gegenüber Vertrauen schenken.« Nicht wieder sein Vertrauensgefasel. Ich will die Augen verdrehen, als seine Hände sich von meinem Körper lösen und er sie über meinen Schultern an der Fliesenwand abstützt. Ich halte seinem Blick stand, aber grinse nur zynisch.

»Vertrauen schenken?«, wiederhole ich. »Mach dir doch nichts vor. Die meisten Männer bedienen sich an Komplimenten, wenn sie nützlich für sich sind. Dann sind auf einmal die Augen einer Frau das Schönste im ganzen Gesicht, das Lächeln, das süßeste, was sie je gesehen haben, und die Beine, die längsten und schönsten der Welt, die jedes Topmodel vor Neid erblassen lassen.« Mit jedem Wort, das ich sage, verfinstert sich seine Miene. »Du weißt ganz genau, was ich meine. Deswegen nehme ich Abstand von unehrlichen Komplimenten, und das solltest du auch tun. Denn woher willst du bei mir wissen, was Ironie und was ernst gemeint ist? Kannst du nicht, weil du mich erst eine Woche kennst, Gideon«, beende ich meine Rede, die, wenn ich es zugebe, wieder einmal sehr unüberlegt war. »Wenn du mir jetzt Platz machen könntest?« Ich versuche seinen Arm wegzuschieben, aber er lockert ihn nicht und versperrt mir weiterhin den Weg. Selbst mit mehr Kraft löst er ihn nicht von der Wand. »Was soll das werden? Willst du mit mir den Tag unter der Dusche verbringen, bis wir Schwimmhäute bekommen?«

»Ich habe eine viel bessere Idee.« Schnell schnappt er meine Schulter und dreht mich mit dem Gesicht zur Wand, ehe ich protestieren kann. Seinen Unterarm presst er gegen meinen Rücken, damit ich nicht entwischen kann.

»Was soll das jetzt wieder?«

»Wie ich vorhin schon sagte, wir üben das nochmal. Und zwar beides. Hände auf Schulterhöhe an die Wand legen!«, befiehlt er mir. Ich tue es nicht, schon greift er nach meinen Gelenken und platziert sie an der Wand, wie er es möchte.

»Beides?«, frage ich fast schrill. Was meint er mit »beides«?

»Während ich deine Pussy verwöhne, wirst du mir nach jedem Orgasmus ein Kompliment sagen.«

Was soll der Mist! »Wenn du dein Ego mehr polieren willst, dann bitte, aber den Job werden die Ladys vor mir bereits besser erledigt haben.« Ich lache leise gegen die warme dunkle Fliesenwand, dann spüre ich seine Finger, die auf Anhieb meinen Kitzler ertasten.

»Ich will es aber von dir hören. Und glaub mir, ich merke es, wenn du lügst, auch wenn ich nicht in dein hübsches Gesicht blicken kann.«

Langsam und zugleich fest beginnt er meinen Kitzler zu umkreisen, sodass ich meine Beine leicht auseinanderschiebe.

»Regeln verstanden?«

»Ja«, knurre ich und möchte, dass er weitermacht. »Du darfst gerne deine göttliche Zunge benutzen, wenn du schon dabei bist.« *Gilt das als erstes Kompliment?* Ein Schlag, der nicht sehr fest ist, trifft meinen Po und ich fauche wie eine Katze. »Was sollte das! Ich habe dir gerade ein Kompliment gemacht.«

»Göttliche Zunge reicht mir nicht. Sag mir, wie sehr ich – und nur ich – dich in den Wahnsinn treibe, wenn ich das hier mache.« Ich habe nicht bemerkt, wie er seinen Ellenbogen von meinem Rücken genommen hat, denn nun muss er hinter mir knien. Mit seiner rauen Zunge erforscht er meine Spalte, dringt kurz in mich ein, dann umspielt er mit der Zungenspitze meine Perle. »Ich höre nichts.« Wie auch? Weil mein Körper unter Strom steht und ich mich dem Orgasmus, der sich anbahnt, hingeben will. Das Rauschen des Wassers ist zu hören, als seine geschickte Zunge, in der Kombination mit seinen Fingern, meine Pussy anregen, sodass ich meine Augen schließe, weil die Berührungen fest und fordernd sind.

»Was du mit deiner Zunge anstellst, hat zuvor kein Mann so gut gemacht. Und wenn du es wissen möchtest, du bist sogar …« Seine raue Zunge leckt mich fester in schnellen, aber intensiven Bewegungen, sodass ich stocke. »… besser ... als ... deine ... Brüd...ER!«, stöhne ich laut.

Fest umfasst er meinen Oberschenkel, als seine Finger seine Zunge ersetzen und ich meinen Orgasmus hinausschreie.

»Irgendwie habe ich dich akustisch nicht verstanden«, reizt er mich mit seiner rauen dunklen Stimme. »Was wolltest du sagen?«

Ich kann nicht reden, weil mich die Hitze, die in meinem Becken tobt, nicht reden lässt. Seine Finger bewegen sich langsamer, dafür mit mehr Druck. Sie streichen immer und immer wieder über meine angeschwollene Klit. *Reiß dich zusammen!* Ich schnappe nach Luft.

»Du bist hervorragend, weil du dich darin verstehst ...« Ich stocke, weil die Hitze ansteigt und es mühsam ist, gegen das Beben in meinem Körper anzukommen.

»Ja?«, fragt er unter mir, während seine Fingerspitzen den Druck erhöhen, meine Schamlippen weiter auseinander gedrängt werden und ich wie Espenlaub zittere. Mit der anderen Hand streichelt er meine Beininnenseiten und küsst kurz meinen Hintern.

»Meine Pussy zu verwöhnen, mich immer und ... immer wieder ... kommen zu ... lassen ... Gott, Gideon!«, stöhne ich laut und meine Brustwarzen prickeln, die über die Fliesenwand reiben, während meine Pussy an Reizüberflutung leidet. Ich möchte, dass es aufhört, aber zugleich, dass er weitermacht.

»Hört sich schon mal sehr gut an. Ich glaube, du hast dir eine Erfrischung verdient.«

Er erhebt sich und seine Finger haben sich von mir zurückgezogen, als sie von den scharfen Duschstrahlen ersetzt werden und ich schreie. »Sieh es als kleinen Vorgeschmack an. Als deine Bestrafung, dass du gestern einfach das Zimmer verlassen hast.«

Himmel, wie fest hat er die Duschstrahlen eingestellt? »Bist du wahnsinnig? Hör auf«, quieke ich fast schrill und will zur Seite springen, aber er gibt mich nicht frei, obwohl er mich nicht sehr fest hält.

»Nein. Du könntest gehen, wenn du möchtest, meine Schöne. Aber du liebst das Spiel viel zu sehr, als dass du die Dusche verlassen würdest.« Ich schlucke und will einen Schritt zur Seite machen, um dem Duschkopf zwischen meinen Beinen auszuweichen, als ich kurz die Augen schließe. Dann drehe ich mich zu ihm um und er senkt den Duschkopf.

»Du willst wirklich gehen?« Spöttisch hebt er eine Augenbraue und ich sehe den Sieg in seinen Augen aufblitzen.

»Ich steh dir nicht im Weg.« Er macht mir wirklich Platz, sodass ich es kurz in Erwägung ziehe, mich an ihm vorbeizuschieben. Aber das wäre zu einfach.

Ich blicke auf seinen Schwanz, der halb erigiert, aber nicht mehr so steif wie zuvor ist. Und siehe da, der Ring ist ab. Warum ist mir das nicht schon vorher aufgefallen? *Weil ich von seinen Zärtlichkeiten benebelt wurde* – beantworte ich meine Frage selber.

»Nein. Denn wir ändern die Regeln.« Ich gehe auf ihn zu, greife schnell nach seinem Geschlecht und dränge ihn zurück an die Wand, weil er instinktiv zusammenzuckt, als sich meine Finger um seine Hoden schließen und ich ihn in der Hand habe.

»Ich liebe deinen teuflischen Blick, Maron«, raunt er mir zu und holt stockend Luft.

»Und was liebst du noch an mir?«

»Du möchtest von mir Komplimente hören?«, bringt er mit erhobenem Kinn hervor. Ich nicke einmal und fasse etwas fester zu, aber so, um nur den Druck zu erhöhen, ihm aber keine Schmerzen zuzufügen. »Gut. Deine ungemein charmante Art und dein freundliches Wesen überraschen mich jeden Tag. Doch am liebsten mag ich deinen Blick, den du mir zuwirfst, wenn du meinen Schwanz lutschst.«

»Das Erste war wohl Ironie.«

»Richtig, denn du bist weder charmant noch freundlich, aber vielleicht bekommen wir das in den nächsten Tagen noch hin. Aber zuvor«, schnell umfasst er mein Handgelenk und löst meine Finger von seinem Geschlecht, »sollten wir den Blickkontakt ein zweites Mal üben. So lange, bis du es kannst.«

»Nein!«

»Ich denke schon.« Er öffnet plötzlich die Duschkabine und hebt mich hoch.

»Verflucht, ich habe zwei Beine. Du musst mich nicht herumtragen.«

»Die Fluchtgefahr bei dir ist ziemlich hoch. Außerdem möchte ich nicht, dass du ausrutschst und auf deinen hübschen Arsch fällst.«

»Ich bin nicht tollpatschig«, antworte ich grimmig.

Er setzt mich auf den Füßen ab und gibt mir plötzlich einen kräftigen Schubs, der mich nach hinten stürzen lässt. Ich halte kurz die Luft an, weil ich nicht weiß, wohin er mich stößt. Doch ich lande auf einer Couch, die ich sofort wiedererkenne. Es ist die Couch, die in Gideons Zimmer steht.

Klitschnass beugt er sich über mich und legt meine Beine über seine Schultern, bevor er mich ohne Vorwarnung penetriert. Ich rutsche von dem ersten kräftigen Stoß ein Stück zurück und blicke zur Seite.

»Schön bei mir bleiben.«

Sein Blick fesselt meinen, als ich seinen treffe. Er senkt sich zu mir herab und küsst mich sinnlich, während er mich fickt und mich gefangen hält. Dann umfasst er meine Handgelenke und hält sie leicht über meinem Kopf zusammen. Immer schneller werdend kann ich mich in dieser Position kaum bewegen, aber weiß, dass er mir nichts tun würde. Nur erinnert es mich an die Nacht, in der mich Lawrence genauso eingeengt hatte. Ich fühle mich gefangen, sodass mein Herz rast – und seine Blicke machen es nicht besser.

»Ich warne dich. Wenn du wegschaust, dann üben wir es weitere Male. Ich will deine komplette Aufmerksamkeit, Maron, und keine Dame, die mir nicht in die Augen sehen kann.«

»Ich bin es nicht gewöhnt«, bringe ich zwischen zusammengebissenen Zähnen hervor. Nur Luis und den Exfreunden, die ich geliebt habe, habe ich in die Augen gesehen, nie Kunden – oder wenn, dann nur flüchtig.

»Dann versuch es für mich.« Wieder dringt er in mich ein und hält meinen Blick eisern fest. Mit jeder Sekunde gelingt es mir länger. Langsam löst er meine Handgelenke, als er spürt, dass ich nachgebe. Meine Finger krallen sich in seine Schultern, um Halt zu finden und um seinen Stößen Widerstand zu geben. Da ich überreizt bin, alle Nerven auf das Empfindlichste reagieren, überrollt mich der Orgasmus und vermischt sich mit Gideons Stöhnen. Kurz bevor ich laut komme, will ich meinen Kopf zurückwerfen, aber kämpfe dagegen an.

Wozu das Ganze? – denke ich in dem Moment, als sich Gideons Lippen auf meine legen und er mich fordernd küsst, damit er meine Aufmerksamkeit gewinnt. Schnell löst er sich von meinen Lippen und ich sehe ihm bei seinem Stöhnen zu, beobachte, wie er seine Augen leicht zusammenzieht, den Mund sinnlich ein Stück weiter öffnet und Wassertropfen aus seinem Haar auf mich herab tropfen. Unsere Blicke sind wie ein Band miteinander verknüpft. Seine Haut schimmert von Schweiß und Wasser, und in dem Moment, als ich ihn mustere, er mich zum Höhepunkt bringt und sein Duft mich umgibt, weiß ich, dass ich einen schweren Fehler begangen habe ...

19. KAPITEL

Erschöpft breite ich mich zum Lernen im herrlichen Garten auf der Wiese aus und lege mich im Schatten unter die Bäume. Auf dem Bauch lernt es sich zwar unbequem, dafür würde mein Arsch keine zwei Minuten auf einer Liege oder einem Stuhl durchhalten – selbst wenn er noch so gut gepolstert ist. Dank Gideon, der meinen Po, während des aufregenden Sex, fest umklammern musste, spüre ich die Striemen mehr als zuvor.

Gerade checke ich meine Mails auf meinem Mac und krame die Unterlagen von Luis hervor, um dort weiterzumachen, wo ich gestern aufgehört habe, als ich sehe, wie Gideon aus dem Türbogen der Hintertür tritt, nur in schwarzen Bermudas und einem ärmelfreien Shirt, sodass ich jeden seiner Muskeln erkennen kann.

Verflucht, der will mich heute noch den letzten Nerv rauben. Zumindest kann er nicht sehen, wie ich hinter der Sonnenbrille die Augen verdrehe. Aber statt zu mir zu kommen, setzt er sich unter den Pavillon und legt sein Tablet ab.

Vermutlich, um millionenschwere Geschäfte abzuwickeln, Verträge abzuschließen oder mit Frauen zu chatten. Ich schmunzele kurz, dann widme ich mich meinem Notebook.

In einer Mail schreibe ich Leon von Robert Dubois, dem ich in der Mall begegnet bin, damit er auf dem Laufenden gehalten wird. Ihm wird es zwar nicht gefallen, dass seine Lüge aufgeflogen ist, aber er wollte sich um die Angelegenheit kümmern. Soll er seinen Arsch selber aus der Misere ziehen.

Als das erledigt ist, beginne ich mit dem Lernen, solange es draußen erträglich ist. Dank Luis' Kommentare begreife ich einige Rechenwege wirklich leichter. Er weiß eben, wie ich ticke. Nach der dritten richtig gelösten Aufgabe würde ich am liebsten aufstehen und einen Freudentanz machen. Aber ich bewahre die Fassung und schaue bloß flüchtig zu Gideon, der seinen Fußknöchel auf seinem Knie abgelegt hat und angestrengt auf das Display starrt. Irgendetwas scheint ihn zu beschäftigen, dann tippt er etwas ein und seine Augenbrauen ziehen sich zusammen, sodass ich von der Entfernung aus sehen kann, wie sich die Falte zwischen seinen Brauen bildet. Er sieht niedlich aus, wenn er diesen Blick aufsetzt, sodass ich kurz lächle.

Als ich mich ertappe, wie ich ihn unnötig lange beobachte, wende ich meinen Blick wieder den Skripten zu. Nicht lange und mein Smartphone neben mir blinkt mit einem Vibrieren auf. Ich erkenne sofort die Nummer, die nicht in meinen Kontakten eingespeichert ist. *Ich möchte nicht mit ihr reden!*

Meine Mutter hat mich in den letzten Tagen mindestens zweimal pro Tag angerufen. Wenn sie wüsste, wo ich mich befinde, würde sie es lassen. Aber die Neugierde, was sie will, lässt meine Finger kurz zucken.

»Willst du nicht rangehen?« Gideon sieht von seinem Tablet kurz zu mir auf.

»Nein. Es ist unwichtig.«

Er verzieht sein Gesicht, als würde er mir kein Wort glauben. Endlich hört das Vibrieren auf und ich kann weiterlernen. Doch keine fünf Minuten später klingelt es wieder. *Verflucht! Was soll das!*

»Ja!«, gehe ich übel gelaunt ans Handy, sodass ich mir ein belustigtes Lachen von Gideon einfange, der zu mir blickt.

»Maron, Schatz, hier ist deine Mutter«, höre ich die bekannte und zugleich fremde Stimme meiner Mutter, die ich mit so vielen Erinnerungen verbinde – zugleich guten, aber auch sehr vielen schlechten.

»Ich bin nicht dein Schatz«, knurre ich ins Telefon. »Was willst du? Warum meldest du dich ausgerechnet jetzt?«, fahre ich sie leise an, damit Gideon mich nicht belauschen kann. Obwohl er sich seinem Tablet widmet, sehe ich an seiner Körperhaltung, dass er versucht, jedes Wort von mir zu verstehen. Ich rapple mich auf die Füße und laufe ein Stück aus seiner Hörweite.

»Ich möchte euch zu eurem Geburtstag besuchen.«

»Zu unserem Geburtstag? Nein!«, sind die ersten Worte, die ich hervorbringe. »Warum? Warum nach so vielen Jahren? Euch ist das Geld ausgegangen und deswegen rufst du an? Habe ich nicht recht? Vater lässt dich sicher anrufen, weil er sich von mir vor zwei Jahren mit den Worten: ›Ich kenne dich nicht mehr, für mich bist du gestorben‹, verabschiedet hat.«

Ich schlucke, weil jede Erinnerung an damals auf mich eindringt, als ich mit Chlariss gegen ihren Willen ausgezogen bin. Und ich möchte es nicht. Alles soll so bleiben, wie es ist.

Eine kurze Stille tritt ein. »Nein. Ich möchte euch beide sehen, ihr seid doch meine Kinder.« Ich lache abfällig, doch etwas zu laut.

»Und das fällt dir jetzt ein? Nein, danke. Bitte tu mir den Gefallen und versuche mich kein weiteres Mal anzurufen.«

»Wie geht es Chlarissa?«, unterbricht sie mich in meiner Wuttriade und ich fahre mir wild durch mein Haar.

»Gut. Ihr geht es gut und mehr brauchst du nicht zu wissen.«

»Das freut mich. Kann ich sie wenigstens besuchen? Sie wird sich sicher freuen.«

»Nein!« Meine Mutter seufzt, dann höre ich ein Schniefen, das mir gleichgültig ist. Sie braucht vor mir am Telefon nicht auf einmal die besorgte Mutter abzugeben, die es plötzlich interessiert, wie es ihrer kranken Tochter geht.

»Maron!« Jetzt höre ich die tiefe Stimme meines Vaters und ein eiskalter Schauder jagt mir über den Rücken. Meine Finger verkrampfen sich um mein Smartphone und ich starre auf die hübschen Hibiskusblüten vor mir, in denen sich Bienen tummeln. »Wenn dich deine Mutter etwas gefragt hat, antwortest du ihr gefälligst.«

Seine tiefe Stimme dringt in meinen Kopf, und ich will nichts weiter, als das Handy von mir werfen, um seine Stimme abzuschütteln.

»Das muss ich nicht! Ruft mich nie wieder an!« Rasch lege ich auf und schließe meine Augen verkrampft, weil immer noch die Stimme meines Vaters in meinem Kopf zu hören ist.

Warum müssen sie gerade jetzt anrufen? Sicher, weil sie Geld wollen. Chlariss' Zustand interessiert sie nicht, ansonsten hätten sie zu Weihnachten, unserem letzten Geburtstag oder zwischendurch angerufen oder wenigstens eine Karte geschickt, wie es besorgte Eltern machen. Sie wollen etwas, und das gefällt mir nicht. Ich hasse es, nicht zu wissen, wenn jemand Absichten hegt, die ich noch nicht verstehe.

Mit geschlossenen Augen hole ich tief Luft, um die Last von mir abzuschütteln und in Ruhe weiterlernen zu können, als sich Hände um meine Mitte legen und ich gegen jemanden gedrückt werde.

»Was ist los?« Es ist Gideon, der hinter mir steht und über meinen Bauch streichelt.

»Warum musst du mich immer belauschen?«

»Entschuldige, aber wenn ich sehe, wie du aufgebracht über den Rasen marschierst, dabei dein Gesicht verziehst, als würdest du ein Abkommen mit dem Teufel treffen, interessiert es mich, was passiert ist.«

»Ich möchte nicht darüber reden, Gideon«, flüstere ich leise. Er dreht mich zu sich und gibt mir einen Kuss auf die Stirn, dann senkt er seinen Kopf weiter zu mir herab, sodass sich unsere Nasenspitzen fast berühren.

»Mehr als anbieten kann ich es dir nicht.«

An seinem Blick erkenne ich, dass er nicht nur neugierig, sondern auch besorgt ist. Gerade als er seine Hände von mir lockert und sich umdrehen will, antworte ich leise.

»Meine Eltern haben gerade angerufen.«

Bei den Worten senke ich meinen Blick und beiße die Zähne zusammen, weil ich mich im nächsten Moment dafür ohrfeigen könnte, es ihm gesagt zu haben.

»Und was wollten sie?«

»Sie wollen mich und Chlariss sehen. Aber ich denke, ich habe ihnen klargemacht, dass wir das nicht wollen.«

»Denkst du, Chlariss möchte das ebenfalls?« In meinem Magen sammelt sich ein mulmiges Gefühl an, weil er mir ein schlechtes Gewissen mit seinen Worten macht, obwohl es ihn nichts angeht.

»Was soll die Frage?« Er versteht mich kein bisschen, ansonsten würde er mir diese Frage nicht stellen.

»Versteh mich nicht falsch, Maron, aber du solltest sie fragen und nicht für sie entscheiden«, antwortet er in einem ruhigen Ton, dann umfasst er mein Gesicht. »Du hast mir von deinen Eltern erzählt, und ich kann verstehen, dass du von ihnen Abstand halten willst. Aber um dir spätere Vorwürfe von deiner Schwester zu ersparen, frage sie, ob sie ebenfalls dagegen ist, um dich abzusichern.«

Gerade solch eine Antwort kann ich nicht gebrauchen, weil sie mich verwirrt und mir nicht hilft. Wenn Chlariss nichts von dem Anruf erfährt, würde sie keine Fragen stellen. Aber wenn sie Mutter und Vater sehen will, dann wüssten sie, in welchem Krankenhaus sie sich befindet. Und das Risiko möchte ich nicht eingehen. Ich möchte meinen Vater nie wieder sehen. Dass er es überhaupt gewagt hat, meinen Namen auszusprechen, war schon mehr als zu viel.

»Die Vorwürfe werde ich in Kauf nehmen, falls sie jemals davon erfahren sollte.« *Bitte, versteh mich doch einfach, Gideon.* »Am besten, du vergisst es wieder und spielst mit deinem Tablet weiter.«

Kurz kneift er seine Augen zusammen, so als hätte ich etwas gravierend Falsches gesagt. Aber es geht ihn nichts an, denn es ist *meine* Entscheidung, die *ich* treffen muss – nicht er.

»Ich wollte dich nur über die möglichen Folgen aufklären, mehr nicht. Fühl dich nicht missverstanden, Kleines. Brauchst du Hilfe bei deinen Aufgaben?«, wechselt er das Thema und löst seine Hände von meinem Gesicht. Sein besorgter Blick weicht wieder seinem gewohnt charmanten Lächeln.

»Bisher nicht, danke.«

»Ich werde mir deine Aufgaben trotzdem ansehen.«

»Nein!«, protestiere ich, weil ich nicht möchte, dass er Luis' Kommentare liest, die Dorian schon lesen musste. Ohne auf meinen Protest einzugehen, löst er sich von mir und läuft zu meinem Handtuch, auf dem die Mitschriften liegen.

In einem schnellen Tempo hole ich ihn ein und schubse ihn zur Seite. Aber der leichte Seitenhieb hat ihn keineswegs aufgehalten.

»Ich warne dich, Gideon, wenn du die Blätter anfasst, dann bist du so gut wie tot.«

Er lacht amüsiert. »Das möchte ich bei dir sehen. Du kannst mich nicht mal aus der Bahn werfen, aber willst mich töten? Du überschätzt deine Fähigkeiten, Kleines.

Lass mal sehen.«

Vor dem Handtuch beugt er sich vor, um die Zettel aufzuheben. *Pah!* Ich nutze die Gelegenheit, springe auf seinen Rücken und klammere mich wie eine Verrückte an seinen Schultern fest.

»Aus der Bahn werfen vielleicht nicht, aber dafür zu Fall bringen«, lache ich, als er mit meiner Attacke nicht gerechnet hat und wirklich mit mir umkippt. Ich schreie kurz und rolle auf den Rasen. Dummerweise ist er schneller und schnappt sich die Mitschriften, bevor er mich wie seine Beute unter sich gefangen hält.

»Willst du dir alle Knochen brechen?«

»Wenn du nicht auf mich hörst.« Ich versuche meine Arme unter ihm hervorzuziehen, um mir die Zettel zu schnappen, aber er hebt seinen Arm wie schon das letzte Mal höher, sodass ich nicht herankomme.

»Niedlich. Er hat dir für jede Unbekannte ein kleines Bildchen gemalt. Kannst du dir die Buchstaben nicht merken?«

»Ich bin blond, das müsste deine Frage beantworten.« Genervt blicke ich begleitet von einem Lächeln zur Seite, während er die Papiere weiterstudiert, als wären sie überlebenswichtig. Ich könnte ihm mit dem Knie einen gezielten Tritt in seine Weichteile verpassen, aber das wäre zu grausam. Seinem hübschen Schwanz möchte ich nicht schaden, stattdessen fange ich an, ihn zu kitzeln. Versuchen kann ich es zumindest und – oh Wunder – es hilft.

»Lass das!«

»Du bist kitzelig – wie niedlich«, raune ich ihm zu und

betone das Wort »niedlich«, während er sein Gesicht verzieht. Das könnte irgendwann mit Sicherheit ein Vorteil für mich sein.

Leise lacht er über mir und legt die Zettel zur Seite. Ich nutze die Gelegenheit und schiebe ihn mit einem kräftigen Stoß mit dem Knie von mir. Schnell ziehe ich mich auf die Füße und greife nach meinen Mitschriften, bevor ich mich auf das Handtuch legen will, um weiterzulernen.

»Niedlich?«, wiederholt er hinter mir grimmig und etwas lauter. Ich zucke bloß amüsiert die Schultern, aber drehe mich nicht zu ihm um. Ich weiß, wie meine Antwort an seinem Ego kratzen muss. Kein Mann möchte mit einem Kuschelbären verglichen werden, der unter der Bettdecke wie ein Mädchen kichert, sobald man ihn kitzelt.

»Männer sind eben niedlich, wenn sie kitzelig sind wie Kinder«, scherze ich, als ich aus den Augenwinkeln sehe, wie er auf mich zukommt – und das nicht gerade langsam.

»Du bist gerade dabei, dich um Kopf und Kragen zu reden.«

Kurz bevor er mich erwischt, springe ich zur Seite.

»Jetzt sei nicht gleich beleidigt, Gideon. Jeder hat eben seine persönlichen Schwachstellen. Ich weiß doch, dass du nichts dafür kannst.« *Ist Lawrence vielleicht auch kitzelig?* Zu Dorian würde es besser passen. Hätte ich das früher herausgefunden, dann hätte ich Dorian vielleicht gestern Nacht zurückhalten können. An den Handgelenken gefesselt hätte ich ihn höchstens mit den Fußzehen kitzeln können, und das wäre in der Position mehr als kompliziert geworden. In meinem Kopf male ich mir gerade aus, wie es ausgesehen hätte, und muss hinter vorgehaltener Hand lachen. Dabei sehe ich, wie sich Gideons Hände neben seinen Hosen zu Fäusten ballen. *Oh, oh.*

»Am besten, du nimmst deine Beine in die Hand, bevor ich dich erwische, Maron«, warnt er mich mit einem gespielt finsteren Gesichtsausdruck. Ich zögere nicht lang und renne davon, um einen Vorsprung zu gewinnen. Der Garten ist so groß, dass mir die Büsche viele Verstecke bieten und ich Gideon immer rechtzeitig ausweichen kann, bevor er mich zu fassen bekommt.

»Hab dich, Schatz!« Ich habe über meine Schulter geblickt, um zu erfahren, wo sich Gideon befindet, und bin direkt in Lawrence' Arme gefallen. *Klasse!*

»Das ist nicht fair. Lass mich los.«

»Nein.« Schon rennt Gideon auf uns zu und ich verziehe mein Gesicht.

»Du kannst ein echter Spielverderber sein.«

»Ganz im Gegenteil, ich bin nur daran interessiert, dass du lernst und nicht mit meinem Bruder Fangen spielst.«

»Das bist du nicht wirklich. Derjenige, der jede Regel bricht, ist um mich besorgt, dass ich zu wenig lerne. Lachhaft.«

Lawrence hebt seine Augenbrauen, dann greift er nach meinen Handgelenken und ich höre Gideon lachen.

»Es ist nur zu deiner Sicherheit, damit du nicht abgelenkt wirst«, erklärt mir Lawrence, bevor er mir Handschellen umlegt. Ruckartig ziehe ich mein noch freies Handgelenk zurück, als Gideon es zu fassen bekommt.

»Du denkst auch an alles, Law. Gib mir dein Handy.«

Lawrence verschließt die zweite Handschelle, während Gideon meine Hotpantstaschen abtastet. »Ah, hier haben wir es«, sagt er zufrieden und greift in meine Potasche.

»Jetzt setzt du dich auf dein Handtuch und wirst eine Stunde lernen.« Lawrence blickt kurz auf seine Uhr. »Und ich rufe dich, sobald du das Haus betreten darfst.«

»Wie freundlich, dass du mich nicht in der Sonne schmoren lässt, bis ich Brandblasen im Gesicht habe«, fahre ich ihn an. Doch Lawrence verzieht seine Lippen nur zu einem spöttischen Grinsen.

»So weit würde ich es nicht kommen lassen, nicht wahr, Gideon?«

»Ich hätte auch ohne eure Fesseln gelernt.«

»Vielleicht. Aber der Anblick ist um einiges interessanter, Schatz«, kontert Lawrence und küsst mich.

»Und wenn ich auf die Toilette muss?«

»Dann wirst du es mit den Handschellen erledigen müssen oder ...« Lawrence sieht mit einem amüsierten Lächeln zu Gideon. »Einer von uns wird dich begleiten.«

Als Antwort erhält er von mir ein abfälliges Schnauben, dann einen Stoß mit dem rechten Ellenbogen in seine Rippenpartie, damit er aufhört, so schäbig zu lachen. Vor mir zuckt er reflexartig zusammen und reibt sich seine Rippen mit einem finsteren Blick. Das Lachen ist ihm im Hals stecken geblieben, wie ich es wollte.

»Das soll meine Dankbarkeit ausdrücken«, knurre ich, bevor ich mich verärgert auf den Fersen umdrehe und die beiden hinter mir lasse. »Und wehe, ihr rührt mein Handy an!« – *das zum Glück mit einer PIN gesperrt ist.*

Wenn sie das komisch finden, dass ich mit Handschellen lernen soll, dann bitte schön. Aber sehr bequem ist das nicht gerade ...

Im Schneidersitz sortiere ich meine Dokumente, klappe meinen Mac wieder auf und fahre fort, Luis' Liste abzuarbeiten. Ich weiß ganz genau, dass mir Gideon und Lawrence dabei zusehen, aber ich ignoriere sie. Wenn ich zu ihnen sehen würde, würde ich mir anmerken lassen, wie unbequem es ist, mit den Handschellen zu lernen. Oder fange ich an, mich weiter aufzuregen, würden sie mich bloß wieder verspotten. Darauf kann ich herzlich verzichten.

Also kämpfe ich mich durch die Mitschriften und lasse mich kein weiteres Mal ablenken.

GIDEON

»Du verstehst dich sehr gut darin, der Kleinen das Leben zur Hölle zu machen«, sage ich und schaue flüchtig zu Maron.

Lawrence klopft mir auf die Schulter. »Du lenkst sie pausenlos ab. Eigentlich müsste ich dir Handschellen anlegen, nicht ihr.«

Meine Augenbrauen ziehen sich zusammen. »Also bist du schon länger wach?«

»Bei dem Lärm, den ihr in der Etage unter mir veranstaltet habt, ist es kein Wunder. Selbst Eram müsste es gehört haben. Und so ganz unter uns: Du hast die Abmachung gebrochen. Ich wollte sie zuerst flachlegen.«

»Wenn du schlafen gegangen bist? Ist das mein Problem? Du darfst dich auf heute Abend freuen. Maron geht davon aus, dass sie nur noch dich erwarten wird.«

»Wirklich?« Lawrence blickt über meine Schulter in Marons Richtung. »Wenn Dorian von der Galerie zurück ist, fahren wir um zwanzig Uhr los. So lange lass die Finger von ihr und verrate ihr nichts.«

»Sehe ich so aus?«, frage ich ihn zynisch.

»Bei dir bin ich mir in den letzten Tagen nicht ganz sicher. Ich will nicht, dass du uns die Show vermasselst«, warnt er mich mit seinem Großer-Bruder-Blick. *Als könnte er mir Anweisungen geben.* Er ist nur eifersüchtig, dass ich den Morgen mit Maron verbracht habe. Aber ich musste sie zurechtweisen. Schritt für Schritt will ich mit ihr an ihre Grenzen gehen, damit sie sich weiter öffnet. Und ich finde, die Lektion unter der Dusche hat ihr in psychologischer Sicht sehr weitergeholfen. Schließlich hätte sie mir ansonsten nicht von dem Telefonat mit ihrer Mutter erzählt, das ich ohnehin in Wortfetzen mitverfolgen konnte.

»Die Show wird großartig werden. Auf ihr Gesicht bin ich jetzt schon gespannt.«

»Ich mehr darauf, ob sie es tun wird.« In Lawrence' Augen kann ich das selbstgefällige Glitzern sehen, das immer zu erkennen ist, wenn er sich auf etwas freut, ganz besonders, wenn es um Frauen geht. Er liebt es, sie tanzen zu lassen, ihnen Anweisungen zu geben und vor allem, wenn sie ihm ergeben zu Füßen liegen.

»Etwas anderes, Law. Solange sie lernt, geh in ihr Zimmer und suche ihre Ausweise.«

»Warum?«, will er wissen und verschränkt seine Arme vor der Brust.

»Sie muss bald Geburtstag haben?«

»Wirklich? Mir würde eine schöne Überraschung für sie einfallen.« Wieder wandert sein Blick zu Maron, dem ich folge. Brav sitzt sie auf dem Handtuch und hält in ihren gefesselten Händen die Blätter, tippt kurz etwas in ihr Notebook ein, bevor sie mit einem Stift irgendetwas auf das Papier schreibt.

»Zuerst sollten wir sichergehen, wann er ist. Dann darfst du gerne Vorschläge für Geschenke und Überraschungen vorbringen. Los, beweg deinen Arsch. Ich pass hier auf, dass sie nicht misstrauisch wird.«

»Okay. Und lenk sie nicht ab, ansonsten fessle ich dich

an den nächsten Baum.«

»Seit wann bist du so fürsorglich? Ich dachte, ihr Studium interessiert dich nicht.«

Ihm war der Grund, weshalb Maron die Reise ablehnen wollte, vor wenigen Tagen gleichgültig. Er wollte sie, egal was sie auch daran hinderte, zuzusagen. Und er konnte nicht verstehen, weshalb sie einen Urlaub ausschlägt, nur um ihre Prüfungen nicht zu vermasseln.

Lawrence konnte bisher nie Verständnis für Menschen aufbringen, die ehrgeizig sind und ihre Ziele erreichen wollen. Wozu auch? Er hat ein einfaches Leben, ohne groß Verantwortung übernehmen zu müssen.

Die Studenten in Paris, die etwas erreichen wollten, hat er deswegen immer ausgelacht, während er Partys zelebriert, Unmengen Alkohol getrunken und Frauen abgeschleppt hat. Nicht selten ist er durchzecht zu den Prüfungen erschienen. Dass er sein Studium geschafft hat, hat er allein Mary zu verdanken, die ihm geholfen und sich in Vorlesungen für ihn eingetragen hat, während er seinen Rausch mit den Frauen im Arm ausgeschlafen hat.

Im Nachhinein tut sie mir jetzt noch leid, denn wie sollte es anders sein, nach dem Studium hat er sich nicht mehr bei ihr gemeldet und sie abgeschrieben, obwohl jedem aufgefallen war, weshalb sie Law geholfen hat. Sie war eine brünette niedliche Studentin, aber spielte eben nicht in Laws Liga, weil sie ihm zu zurückhaltend und nicht heiß genug war. Zu der Zeit war ich mit Lysann zusammen, die Mary kannte und die sie gelegentlich getroffen hat. Sie hat sich jedes Mal nach Law erkundigt, der längst Paris verlassen hatte und mit zwei fremden Studentinnen im Gepäck nach Las Vegas fliegen musste, um sich dort nach seinen anstrengenden Studienjahren so richtig zu amüsieren. Ich habe mich zu der Zeit aus der Angelegenheit herausgehalten, aber im Nachhinein betrachtet, hätte ich Laws Meinung nicht ändern können. Wenn er sich etwas in den Kopf setzt, dann ändert er seine Entscheidung nicht. Wieso also jetzt?

»Ich liebe Marons Cleverness und warum sie nicht weiter lernen lassen? Denn der Anblick, wie sie in meinen Handschellen lernt, gefällt mir außerordentlich. Vielleicht werde ich doch nicht bis heute Abend warten.«

Ich atme laut aus. »Das wirst du. Die Striemen auf ihrer Haut sind immer noch zu sehen. Auch wenn sie es nicht zugibt, sie braucht Ruhe.«

»Wirklich witzig, dass du das sagst, der sie heute früh unter der Dusche ficken musste, dass ich sie vier Mal Stöhnen gehört habe.« Ich presse die Lippen aufeinander, weil er nicht unrecht hat. »Ich geh dann mal nach ihren Ausweisen suchen.«

Vielleicht hätte ich selber danach suchen sollen, denn nun habe ich Law eine Möglichkeit gegeben, Maron möglicherweise mit etwas zu überraschen oder sie zu bestrafen. Weder das eine noch das andere gefällt mir.

Mit einem seltsamen Gefühl begebe ich mich zurück zum Pavillon und halte Maron im Blick, die kurz zu mir aufsieht und sich nach Law umblickt.

Das Tablet in den Händen gehe ich die neuen Börsenbeiträge durch, aber werfe immer wieder flüchtige Blicke zu

Maron, die versucht, es sich mit den gefesselten Handgelenken gemütlich zu machen. Unter den knappen Hotpants kann ich die leichten Striemen erkennen. Bevor wir heute Abend starten, sollten sie unbedingt noch einmal mit einer Wundheilsalbe behandelt werden, damit sich ihre Haut beruhigt und sie sich besser bewegen kann.

Wenn ich die Hiebe betrachte, fallen mir Dorians Worte ein. »*... ihr fehlt jemand, dem sie sich anvertrauen kann. Keinem von uns ist es bisher so gut gelungen, ihr Vertrauen zu gewinnen, wie dir – selbst mir nicht.*« Die Worte schmeicheln mir, doch zugleich ist mir bewusst, was ich in Maron zerstören kann, wenn ich es will. Und die Dinge, die sie mir von sich erzählt hat, müssen sie bereits zerstört haben, da sie nur wenigen Menschen vertraut und sich öffnet.

Wie weit ich wohl gehen kann?

20. KAPITEL

Den gesamten Vormittag konnte ich in Ruhe lernen, was mein schlechtes Gewissen ungemein beruhigt, danach hat Eram für uns das Essen draußen serviert, und es schien so, als sei alles in Ordnung und keiner der Brüder hege schlechte Absichten.

Gideon war sogar so freundlich und hat mir meinen Po noch einmal eingecremt. Was auch für schmerzlindernde Zusätze in der Salbe enthalten sind, sie haben sehr geholfen, sodass ich kurz darauf beschlossen habe, etwas für meine Fitness zu tun. Ich bin am Strand eine Stunde joggen gegangen und habe im Anschluss in Ruhe meinen Erotikroman, den mir Lawrence geschenkt hat, lesen können.

Als es langsam zu dämmern beginnt, höre ich die Haustür ins Schloss fallen und erhebe mich etwas von der Couch im Wohnzimmer der ersten Etage. Jane hat sich zu mir gesetzt und schaut eine Telenovela, die kitschiger nicht sein könnte. Immer diese Liebesduseleien, die mich von meinen erotischen Szenen im Buch ablenken, weil mal wieder eine Frau heult. *Selber schuld, wenn du dem Trottel nichts bieten konntest* – denke ich und blättere eine Seite weiter.

»Dorian müsste zurück sein«, höre ich Jane, die sich aus ihrer bequemen Lage erhebt, als müsse sie Dorian sofort begrüßen gehen. Ich zucke bloß die Schultern und vertiefe mich weiter in die Seiten, doch dann geht die Tür auf und Lawrence steht im Türrahmen.

»Jane, gehe deinen Liebsten begrüßen, ich kümmere mich um Maron«, dringt es zu mir ans Ohr. Mit unbewegter Miene lese ich weiter, weil ich weiß, wie sehr er die Ignoranz, die ich manchmal ausstrahle, hasst. Etwas schnippt vor meinem Gesicht und ich hebe langsam den Blick mit einem knappen Lächeln.

»Hast du mich gehört?«

»Ja, deine Worte waren kaum zu überhören.«

»Dann komm.«

»Wohin? Ich sitze sehr bequem.« Denn seit wenigen Stunden gibt mein Hintern Ruhe und in der Position könnte ich Ewigkeiten verharren. Jane schüttelt missbilligend den Kopf, als könne sie mein Verhalten nicht verstehen, dann geht sie zur Tür und verlässt den Raum.

»Aber nicht mehr lange, Schatz. Du wirst heute Abend ausgeführt und dein hübscher Hintern darf nicht fehlen.« Breitbeinig steht er vor mir, als könnte er mir mit seiner großen Präsenz Angst einjagen oder mir Befehle erteilen.

»Das überzeugt mich noch nicht.« Wieder lese ich weiter. Er muss sich schon etwas anstrengen, bevor ich mich erhebe. Kurz erhasche ich seinen verärgerten Blick. In seinen grauen Augen, die sich verhärten, kann ich für einen Moment sehen, wie ich ihm die Vorfreude auf etwas nehme. *Herrlich.*

»Heute um zwanzig Uhr ist die Eröffnung der Ausstellung. Dorian würde es sehr freuen, wenn du uns begleiten würdest. Im Anschluss findet eine geschlossene Clubparty statt, wo sich dein Arsch in einem hübschen Kleid sicher sehr gut machen würde.« Sein Blick wandert aber statt zu meinem Po zu meinem Ausschnitt, sodass ich schmunzeln muss.

»Und deswegen starrst du auf meine Brüste?« Ich schiebe die Beine vom Sofa und erhebe mich langsam. »Weißt du, Lawrence, nachdem du mir heute früh die Handschellen angelegt hast, bin ich mir nicht sicher, ob ich euch begleiten will. Schließlich habe ich heute Morgen nichts verbrochen, sondern brav gelernt.«

»Und das wäre deine Belohnung. Du wirst es nicht bereuen, Schatz«, raunt er mir zu, zieht mich an der Hüfte fest an sich und streift eine lose Haarsträhne hinter mein Ohr, wie er es öfter tut. Seine Augen strahlen plötzlich heller. In dem satten Grau versuche ich zu forschen, warum ich es heute Abend nicht bereuen werde. Neben seinen Augen bilden sich kleine Fältchen.

»Also zier dich nicht. Dorian hat dir sogar passende Kleidung für den Abend gekauft.«

»Dorian?«, wiederhole ich.

»Ja, gestern, als du in der Lingerie warst.« War ich so lange in dem Unterwäschegeschäft, dass er für mich Kleidung besorgen konnte? »Ich sehe an deinem Blick, wie neugierig du bist, also lass mich nicht betteln.«

Seine Lippen streifen über meine Wange, wandern bis zu meinem Ohr und knabbern zärtlich an meinen Ohrläppchen, sodass sich meine Brustwarzen zusammenziehen und gegen meinen Stoff reiben.

»Fein, ich werde euch begleiten. Aber wehe, ich bereue es.«

»Wirst du nicht. Es sei denn, du magst keine Kunst,

denn nur das wird heute Abend im Mittelpunkt stehen«, raunt er wie ein leises Versprechen neben meinem Ohr, sodass sein heißer Atem meine Haut trifft. Seine Hände ziehen mich näher an sich, dann küsst er zärtlich meine Lippen.

Er will mich weiter überzeugen, obwohl ich bereits überzeugt bin, weil ich gerne in Kunstausstellungen gehe. Immer, wenn es neue Ausstellungen in Marseille gibt, besuche ich sie, weil ich mich neben dem Studium sehr für die klassischen und modernen Künstler interessiere.

Keine Stunde später stehe ich in einem schwarzen bodenlangen Kleid, das mit einem langen Schlitz bis zum Oberschenkel hinauf versehen ist, in Pradaschuhen und einer Hochsteckfrisur neben Jane, die mir bewundernde Blicke zuwirft.

»Du siehst wunderschön aus. Wie ein Filmstar«, sagt sie anerkennend und ich lächle dankbar.

»Danke, dein Kleid steht dir auch fabelhaft«, bemerke ich. Sie trägt ein dunkelviolettes knielanges Kleid, dazu ihr Haar offen und erinnert mich kurz mit dem passenden Haarband an Charlotte aus *Sex and the City*, weil sie genauso schüchtern lächelt – was sie nicht nötig hat.

»Du kommst zu mir.« Gideon steht an meiner Seite und hakt meinen Arm in seinen ein. »Wir nehmen den Porsche, die anderen fahren mit der Limousine.«

»Ich habe nichts dagegen.«

»Oh, ich erhalte eine Zustimmung, das freut mich.« In einem schwarzen Anzug mit Stehkragen und einem dazu passenden schwarzen Hemd begleitet er mich an dem Portier vorbei, der uns mit einem breiten Lächeln einen schönen Abend wünscht, und führt mich zur Auffahrt, auf der bereits der dunkle Porsche in der Dämmerung wartet.

Hinter uns sehe ich Dorian eine Hand heben. »Er freut sich, dass du uns begleitest. Denn nach der Session gestern Nacht hat er geglaubt, dir zu viel zugemutet zu haben.«

»Er hat sich Sorgen gemacht?«, frage ich, als mir Gideon die Beifahrertür öffnet.

»Natürlich – und Vorwürfe, weil du gestern gegangen bist.« Warum lassen sie das Thema nicht auf sich beruhen? Wenn er mir ein schlechtes Gewissen machen will, dann ist es ihm gelungen. »Dafür freut er sich, dass du an seiner Ausstellung teilnimmst. Du solltest wissen: Er mag es nicht, wenn du ihn wegen seiner Bilder anlügst. Falls dir seine Bilder nicht gefallen, dann sag entweder nichts oder deine Meinung. Nur so am Rande erwähnt.« Ich nicke, dann schließt er die Tür.

Dorian, der große Künstler, kann also Kritik vertragen. Gideons Bemerkung macht mich noch neugieriger auf die Ausstellung. Jane weiß vermutlich schon, was sie erwarten wird, aber ich tappe wieder im Dunklen. Doch die Vorstellung, mit den Brüdern den Abend in einer Galerie zu verbringen, gefällt mir. Es ist wirklich eine schöne Abwechslung, die ich mir nach dem Lernen verdient habe.

Zwanzig Minuten später befinden wir uns vor einem immens großen Glasgebäude mit einer gläsernen Kuppel, die spektakulär beleuchtet ist. Die Palmen versperren mir kurzzeitig den Blick auf den Eingang des Gebäudes, vor dem bereits viele Personen stehen, über einen dunklen Teppich schreiten und durch eine hohe vergoldete Flügeltür eingelassen werden.

Als die Limousine bereits am Eingang hält und ich sehen kann, wie Jane, Lawrence und Dorian aussteigen, greift Gideon nach meinem Kinn und dreht es in seine Richtung.

»Du siehst hinreißend schön aus, Darling«, haucht er mir entgegen und küsst mich. Seine Hand legt sich in meinen Nacken und zieht mich näher zu sich. Für eine kleine Ewigkeit versinke ich in den Moment, bis er seine Lippen von meinen löst und ich seinen berauschenden Duft einatmen kann.

»Danke, Gideon. Du siehst heute auch sehr gut aus. Der Anzug steht dir hervorragend.«

»Ein Kompliment?«, hakt er nach und ich nicke nur mit einem Lächeln, weil es stimmt. Sein dunkelbraunes Haar ist locker aus dem Gesicht gekämmt, sodass seine hohen Wangenknochen mehr zur Geltung kommen und ich sein schön geschnittenes Profil sehen kann. Mit den Fingern gleite ich über seine Wange und streiche über seine Lippen.

»Ja, ich übe daran«, antworte ich etwas zurückhaltend, dann werden wir gestört, weil ein Araber die Beifahrertür öffnet, um mir aus dem Porsche zu helfen. Gideon steigt ebenfalls aus und übergibt die Schlüssel dem Mann, der den Wagen auf einen Parkplatz fährt. Am Eingang warten bereits unter den vielen Besuchern Lawrence und Jane.

»Keine zwei Minuten sind wir hier, schon brauchen sie Dorians Hilfe. Jedes Mal das Gleiche. Ich frage mich wirklich, warum wir die Angestellten dafür bezahlen, die Ausstellung zu organisieren«, beschwert sich Lawrence und verzieht sein Gesicht. Sein dunkelblondes Haar ist zu einem geordneten Zopf zusammengebunden, sodass er mich wieder an einen berühmten Fußballer erinnert. Er trägt einen grauen Anzug mit einem weißen Hemd, das leicht offen steht.

»Dann sollten wir die Wartezeit mit einem Begrüßungsgetränk überbrücken. Was meint ihr, Ladys?«, fragt Gideon und sieht von Jane zu mir.

Als wir die große Vorhalle betreten, die mit cremefarbenen Vorhängen verkleidet und einer imposanten Beleuchtung ausgestattet ist, empfangen uns die ersten Kellner mit ihren goldenen Tabletts, während andere Gäste zur Garderobe gehen.

Da heute mit Sicherheit keine Session abgehalten wird und ich nicht vorhabe, die Jungs zu bestrafen, greife ich wie Jane nach einem Champagnerglas und lasse meinen Blick hoch zur gläsernen Kuppel schweifen, weiter zum großen Portal, hinter dem sich sicher die Ausstellung befindet. Der Boden ist mit spiegelglattem hellem Marmor zu einem komplizierten Mosaik ausgelegt und alles in dem Gebäude wirkt teuer und prunkvoll.

Lawrence und Gideon werfen sich anerkennende Blicke zu, bevor sie sich selber ein Glas nehmen.

»Schön wäre es, wenn Dorian mit uns anstoßen könnte. Soll ich ihn suchen gehen?«, fragt Jane.

»Nicht nötig, da kommt er schon«, antwortet Lawrence und nickt über Janes Schulter, als Dorian mit schnellen

Schritten auf uns zukommt und sich ebenfalls ein Glas nimmt. Wie Gideon trägt er einen schwarzen Anzug, aber ein weißes Hemd. Fast immer sehe ich ihn in dieser Kleiderkombination, die ihm hervorragend steht. Sein Gesichtsausdruck wirkt kurz gehetzt, dann fährt er sich durch sein schwarzes Haar.

»So weit müsste alles geregelt sein. Nach der Eröffnungsrede kann der Rundgang beginnen.«

»Ich kann es kaum erwarten – und das ist dieses Mal nicht zynisch gemeint. Du hast mich bereits gestern auf deine Kunst neugierig gemacht.« Ich schenke ihm ein zartes Lächeln, dann stoßen wir an und ich trinke langsam den Champagner aus. Auf meinem Rücken liegt Lawrence' Hand.

»Vater wird heute kurz vorbeikommen, also darfst du mir so lange deine Aufmerksamkeit schenken, Schatz.« Lawrence beugt sich zu mir herab und gibt mir einen Kuss auf die Stirn. Gideon wirft mir einen Blick zu, dann nickt er.

»Verhalte dich professionell und trink nicht zu viel«, weist mich Dorian darauf hin. Sein Blick fällt kurz auf mein Glas, das bereits leer ist und ich zwischen meinen Fingern drehe.

»Das wird mein letztes Glas gewesen sein«, antworte ich leise.

»Das werden wir noch sehen.« Gideon grinst schief, stellt sein Glas auf das Tablett einer vorbeilaufenden Kellnerin ab und bewegt sich langsam auf die Kunsthalle zu, deren Portal langsam geöffnet wird.

Kurz darauf beginnt Dorian vor ungefähr zweihundert

Leuten eine Rede, sodass sogar ich ihm an den Lippen hänge. Er ist ein geübter Redner, das fällt mir sofort auf. Er erzählt von seinen neuen Einflüssen, seinen Farbkombinationen und Motiven, die von Personen bis zu Gebäuden so ziemlich alles umfassen und mich noch unruhiger werden lassen, weil ich die Bilder endlich sehen möchte.

Lawrence' Hand fährt beruhigend über meinen Rücken, während sein Vater mit Nadine, die sich in ein enges rotes Kleid gezwängt hat, neben Lawrence stehen bleibt. Monsieur Chevalier begrüßt mich mit einem warmen Lächeln und flüstert dann Lawrence etwas entgegen, auf dessen Lippen ein zufriedenes Lächeln erscheint. In einem ebenfalls schwarzen Anzug macht er wie immer einen sehr gepflegten Eindruck auf mich und schaut zu seinem jüngeren Sohn auf, der hinter einem Pult steht. Nadine würdigt mich zuerst keines Blickes, erst nach der Rede begrüßt sie mich mit einem unterkühlten »Bonjour«, dem ich freudestrahlend begegne. Menschen, die einen aus unerfindlichen Gründen nicht ausstehen können, können es noch weniger ertragen, ihr Gegenüber glücklich zu sehen.

»Du kannst froh sein, Vater hat unsere Liaison im Auto bereits mit einem Lächeln verkraftet.«

»Wieso sollte ich froh sein? Es war deine Idee, nicht meine. Aber ich freue mich ungemein für dich, dass es keine Konsequenzen für dich gibt, wie Gehaltskürzungen, Beschlagnahme deines Autos oder Rauswurf aus der Villa«, antworte ich belustigt und greife mir doch ein weiteres Champagnerglas.

»Dir wird das Lachen noch vergehen, Kätzchen, das verspreche ich dir«, entgegnet er mir mit einem süffisanten Blick, dann küsst er mich galant, bevor der Rundgang losgeht. *Die Befürchtung habe ich ebenfalls.* Sie planen etwas, auch wenn sie versuchen, es noch so gut mit einstudierten Mienen zu verbergen.

In der Halle, in der die großen Gemälde ausgestellt sind, bin ich kurz sprachlos. Die Gemälde sind fast so groß wie ich, sodass man sie mit Abstand betrachten muss. Darauf zu sehen sind Aktbilder, festgehalten mit groben Pinselstrichen, oder Gassen von ... es könnte Marseille am Meer sein.

Die Bilder mit den Frauen sind hauptsächlich schlicht, dafür elegant gehalten, die mit den Gassen und Stadtausschnitten belebt und bunt. Ich bin ehrlich beeindruckt und kann Monsieur Chevalier mit Nadine in seinem Arm eingehakt kaum folgen, weil ich jedes Bild lange betrachte – wie ich es immer tue. Nur so kann ich die Stimmung auffangen und – auch wenn es dämlich klingt – eine Verbindung zu dem Bild aufnehmen.

Lange Zeit bleibe ich vor einer nackten Frau, deren Silhouette man auf einem Pianohocker sehen kann, stehen. Allein ihre sinnliche Handbewegung, die sie mit einer Hand auf den Tasten ausübt, ist wunderschön. Dorian versteht es, schöne Momente auf seinen Bildern einzufangen. Doch in jedem Bild erkenne ich seine dominierende Seite, denn die Frau mit dem offenen langen Haar auf dem Hocker trägt eine Binde über ihren Augen, sodass sie Erfahrung und Übung darin haben muss, im Dunkeln auf einem Piano zu spielen. Die Stimmung lässt mich kaum los, als Gideon neben mir stehen bleibt, während Lawrence nicht mehr auf mich warten will.

»Was sagst du zu dem Bild?«, fragt er mich in seinem ruhigen Bariton, der wie Samt über meine Haut kitzelt, ohne dass er mich berührt.

»Wunderschön, fesselnd und zugleich verletzlich.«

»Eine schöne Wortwahl. Ich hätte es nicht so gut zum Ausdruck bringen können, Kleines. Dorian versteht sich darin, Frauen in ihrer wahren Schönheit abzubilden, findest du nicht auch?«

Ich nicke und schaue weiter auf das Bild, um mir jedes Detail einzuprägen. »Ich wünschte, ich könnte dich berühren, Maron«, flüstert er mir leise entgegen. Augenblicklich halte ich den Atem an und drehe meinen Kopf zu ihm. Er steht sehr dicht hinter mir, fängt meinen Blick auf, bevor er wieder zu dem Bild aufsieht.

»Seit wann bist du sprachlos?«, will er wissen und schaut wieder in meine Augen.

»In gewissen Momenten ist es besser, nichts zu sagen und das Schweigen zu genießen.« Anerkennend nickt er, dann wendet er sich um und geht zu seinem Vater. Ich schaue ihm wenige Momente hinterher, dann studiere ich die anderen Gemälde.

»Bereitet dir der Abend Freude, Maron?«, fragt mich Dorian, als er sich aus der Menschentraube lösen kann und zu mir läuft.

»Ja, ich bin ehrlich überrascht. Dass du eine feinfühlige Seite mit gewissen dominant ausgeprägten Zügen besitzt, wusste ich, aber die Bilder drücken so viel mehr aus.«

»Wie angenehm von dir ein Kompliment zu hören, und noch ein so beeindruckendes.« Seine eisblauen Augen werden kurz weich, wie ich es an ihm mag, weil er nicht mehr gefühlskalt wirkt, was er nicht ist.

»Wie lange malst du bereits?«

Jane kommt auf uns zu und schmiegt sich an Dorian, der einen Arm um ihre Taille legt.

»Seit ich denken kann. Aber wenn ich mich präzise festlegen müsste, seit ich vierzehn bin. Neben dem BWL-Studium habe ich auch Kunst studiert und – glaube mir – mehr Zeit in der Kunsthochschule verbracht als in den BWL-Seminaren.« Seine Lippen verziehen sich zu einem breiten Lächeln, als würden ihn seine Erinnerungen einholen.

»Schatz, da bist du ja«, ruft mich Lawrence laut und Jane kichert. »Mensch, du solltest nicht noch mehr trinken.«

»Das darf ich wohl selber entscheiden. Entweder flößt ihr mir Alkohol ein, wenn ich es nicht will, oder ihr verbietet ihn mir. Wo ist da die Logik?«

»Lass sie, Law. Es wird ihr guttun, nicht mehr an die Male auf ihrem hübschen Po denken zu müssen.« Diese Bemerkung hätte sich Dorian ersparen können, denn Jane blickt sich peinlich berührt um, um herauszufinden, ob uns jemand belauscht hat.

»Danke.« Provozierend hebe ich mein Glas, nehme einen Schluck und schaue Lawrence lange entgegen. Erst jetzt sehe ich im Hintergrund, dass Gideon neben seinem

Vater steht, sich aber mit einer mir fremden Frau unterhält, die ohne Unterbrechung lächelt, als befände sie sich auf einem Schönheitscontest.

Sie trägt ein dunkelblaues Kleid, ihre dunkelblonden Haare sind zu einem aufwendigen Zopf zusammengebunden und über ihrem offenherzigen Dekolletee ist ein unübersehbar großer Saphir zu erkennen, der in meine Richtung blitzt. Angeregt unterhält sie sich mit Gideon, der in Abständen lacht und dann seinem Vater etwas erwidert.

Neben mir bemerke ich, wie Lawrence und Dorian Blicke austauschen und dann ebenfalls in Gideons Richtung schauen.

»Wir sollten weitergehen«, beschließt Lawrence, bietet mir seinen Arm an und will mit mir in den nächsten Raum gehen. Irgendwie hätte ich erwartet, er oder Dorian würden mir erzählen, wer sie ist, aber es geht mich ja nichts an.

Irgendwann, als meine Füße in den High Heels streiken, nehme ich auf einer gepolsterten Bank Platz und beobachte die anderen Gäste, schaue zu den Bildern und spüre das leichte Kribbeln des Champagners, das sich in meinem Körper ausbreitet.

»Ich denke, es ist angebracht, dass wir aufbrechen«, schlägt Lawrence vor und bleibt vor mir stehen. Ich sehe zu ihm auf, dann zu Dorian, der sich mit Gästen unterhält, die bereits ihre Mäntel unterm Arm tragen, weil sie gehen wollen. Immer mehr Gäste verlassen die Säle und verabschieden sich von Dorian oder auch von seinem Vater.

»Fahren wir zusammen zu der Party?«

»Nein, du fährst mit Gideon und ich mit den anderen.«

»Warum fahren wir getrennt?«, will ich wissen, weil etwas dahinterstecken muss.

»Das, mein Schatz«, er hält mir seine Hand entgegen, in die ich meine lege, »wirst du noch früh genug erfahren.«

An der frischen Abendluft, die so mild ist, dass ich über meine nackten Schultern keine Jacke ziehen muss, bleibe ich am Ausgang neben den Portiers stehen. Lachend kommen mir Gideon und die fremde Frau entgegen, gefolgt von Lawrence, Dorian und Jane.

»Jetzt kommt der schönere Teil, auf den ich mich den gesamten Tag gefreut habe«, verkündet Lawrence laut und zieht sich finstere Blicke von Dorian zu.

»Das habe ich jetzt überhört, Law.«

»Versteh mich nicht falsch, deine Ausstellungen sind großartig, aber nach der achten langweilen sie mich.« Autsch, da hat Lawrence seine große Klappe mal wieder nicht im Zaum. Dorian kneift die Augen zusammen und schiebt sich mit Jane am Arm an ihm vorbei.

»Das werde ich mir für die nächste Ausstellung merken. Dann kannst du dir deinen Champagner an der Bar nebenan kaufen gehen.«

Lawrence verdreht die Augen, während die fremde Frau lacht.

»Sei nicht immer so zimperlich. Ich habe ja nicht gesagt, dass sie öde war.«

»Nein, nur dass dich die Ausstellungen langweilen.« Dorian scheint sich wirklich angegriffen zu fühlen, denn er dreht sich nicht einmal zu uns um. Aber ich kann ihn verstehen. Schlimmer als Lawrence' unüberlegte Bemerkungen sind seine unangebrachten ehrlichen Meinungen. »Wir sehen uns im ›Oceane‹, Maron, Gideon und Romana.« Er hebt im Gehen seine Hand, ohne zu uns zurückzublicken. Die Limousine fährt vor und er öffnet Jane die Tür.

»Dann sollte ich mich wohl anschließen, bevor sie ohne mich losfahren. Das wäre Dorian zuzutrauen. Manchmal ist er ein echtes Mädchen.« Lawrence wirft mir einen Blick zu, dann geht er ebenfalls zur Limousine und ich stehe mit Gideon und Romana allein am Eingang da.

Lawrence und Dorian kennen sie also, aber wollten sie mir nicht vorstellen, dann wird es wohl Gideon tun, denn er mustert mich kurz, bevor er sagt: »Endlich kann ich dir Maron vorstellen, Romana.«

Romana lächelt immer noch, aber es wirkt aus der Nähe betrachtet freundlich. Sie hat große dunkle Augen, eine schmale Nase und schöne geschwungene Lippen. Insgesamt strahlt sie eine selbstsichere Art aus, als sie mir ihre Hand reicht.

»Schön, dich kennen zu lernen. Ich habe bereits einiges über dich gehört, und das nicht zu knapp.« Kurz wirft sie einen Blick zu Gideon. »Ich bin Romana Boyér, achtundzwanzig, komme ebenfalls aus Frankreich und bin Gideon zuliebe hier.«

Und ich bin Maron Noir, bald siebenundzwanzig und verrate dir nicht, was ich gerne zum Frühstück esse.

Warum legt sie so viel wert auf ihr Alter und auf die Bemerkung, dass sie Gideon zuliebe hier ist?

»Freut mich sehr, dich kennen zu lernen, Romana«,

antworte ich mit meinem gewohnt eleganten Lächeln, das meistens sehr überzeugend wirkt. Doch Gideon runzelt etwas die Stirn, als hätte ich einen schweren Fehler begangen.

Ihre Finger ziehen sich aus meiner Hand zurück. »Jetzt verstehe ich, was du gemeint hast«, sagt Romana leise zu Gideon und mir bleibt kurz der Mund offen stehen.

Er hat also wirklich mit ihr über mich geredet? Dank meiner einstudierten Mimik verziehe ich mein Gesicht nicht zu einer verblüfften oder verärgerten Grimasse, sondern warte ab, bis der Porsche vorfährt. Lieber wäre ich mit Lawrence mitgefahren, weil Romana – so wie es aussieht – ebenfalls in den Club gehen wird.

Zusammen führt uns Gideon zu seinem Wagen, und ich muss mich zwingen, nicht nach meinem Handy in der Handtasche zu greifen, um mich abzulenken. In meinem Kopf tauchen viele Fragezeichen auf, die ich nicht loswerden kann, solange Romana neben uns läuft. *Aber kann es dir nicht egal sein?*

Auf der Party treffe ich die anderen wieder und muss mich nicht zu ihnen setzen – lege ich mir meinen Plan zurecht.

In dem Moment begreife ich, was hier vor sich geht. Sie wollen testen, ob es mir etwas ausmacht, dass Gideon eine Frau, die ich nicht kenne, begleitet. Tja, macht es mir nicht, nur die Tatsache, dass ich von ihr kaum etwas weiß.

Ihre Kleidung wirkt teuer, trotzdem entgeht mir das Tattoo am Fußknöchel nicht. Der Schmuck, den sie trägt, ist eine Mischung aus Mittelklasse und teuer und das Make-up sieht professionell aus. Warum muss mein Gehirn immer auf Hochtouren arbeiten, wenn ich mein Gegenüber nicht sofort einschätzen kann?

Im Porsche nehme ich freiwillig auf der Rückbank Platz, schließlich möchte ich nicht unhöflich wirken. Während der Fahrt trommle ich mit den Fingern auf meine Clutch.

»Alles bei dir in Ordnung, Maron?«, fragt mich Gideon und wirft mir einen Blick im Rückspiegel entgegen. Du Vogel! Warum fragst du das?

»Alles bestens. Könnten wir vielleicht ein Fenster öffnen? Mir ist etwas warm.« Eigentlich liegt es an Romanas Parfüm, das wirklich angenehm riecht, aber sich meiner Nase unverschämt aufdrängt.

»Natürlich.«

Vor mir zieht das beleuchtete Dubai vorbei, Menschen, die in Cafés oder Restaurants im Freien sitzen, Spaziergänger und andere teure Luxuswagen rauschen an uns vorbei. Ich bin ziemlich gespannt auf den Club, der mich erwarten wird. Aber bei einem bin ich mir sicher: Ich werde von Gideon heute Abend sicher nicht in Anspruch genommen, weil seine rechte Hand immer wieder unauffällig beim Schalten Romanas Bein streift und sie ihm flüchtige Blicke zuwirft.

Ein mulmiges Gefühl breitet sich in mir aus, das ich versuche immer wieder herunterzuschlucken. Doch es fällt mir mit jedem Mal schwerer.

21. KAPITEL

Im Nobelclub angekommen, der wirklich nur über die Gästeliste betreten werden kann, laufe ich einen Schritt hinter Gideon und Romana, die sich bei ihm eingehakt hat, in die mit Schwarzlicht ausgeleuchtete Vorhalle, in der die anderen bereits auf uns warten.

»Am besten, wir suchen die Bar auf«, schlägt Lawrence vor, kommt mir entgegen und schenkt mir einen Kuss. »Wie fühlst du dich?«, will er wissen und schaut mir lange in die Augen. Ich erwidere seinen intensiven Blick und lächle.

»Hervorragend«, lüge ich mit einem einstudierten Lächeln.

»Sehr gut. Dann folge mir.« Seine Hand legt sich um meine Hüfte, dann führt er mich in einen anderen Raum, der bis auf Schwarzlicht und blinkende Lichter von der Decke nur schwach beleuchtet ist. In Gespräche vertieft folgen uns die anderen. Jane fragt Dorian hinter mir aus, was es für ein Club sei, aber er vertröstet sie immer wieder. Auf Romanas Gesicht hingegen kann ich sehen, dass sie den Club kennt – sehr gut sogar, weil sie einem Barkeeper zunickt, der ihr seine Aufmerksamkeit schenkt.

Als sich meine Augen an die Dunkelheit gewöhnt haben, erkenne ich viele Gäste, die an der Bar angelehnt stehen, zu der Musik in eng umschlungenen Bewegungen tanzen oder über der Galerie lehnen, die sich um den

Raum zieht. Der Nobelclub ist wirklich riesig und verziert mit goldenen Emblemen an den Wänden und Vorhängen, die entweder zur Dekoration aufgehängt worden sind oder zu geheimen Zimmern führen.

Die Musik erinnert mich an einen Danceclub, den ich früher besucht habe, um dort mit Kean bestimmte Tanzbewegungen einzustudieren. Er war ein herrlicher Choreograf, mit dem ich viele lustige Stunden verbracht habe. Im Prinzip hat er aus mir das gemacht, was ich jetzt bin.

Wenn er nicht nach Lyon aus beruflichen Gründen umgezogen wäre, würde ich ihn öfter sehen. Manchmal vermisse ich ihn, weil er der Mann ist, der ziemlich schnell wusste, wer ich wirklich bin.

»Du träumst schon wieder, Maron«, übertönen Lawrence' Worte die Musik. »Konzentriere dich auf das Hier und Jetzt.« Ich presse meine Lippen zusammen, dann nicke ich.

»Was möchtet ihr trinken?«, fragt Dorian, der alle nacheinander betrachtet. »Ich lade euch ein.«

»Da ich frei wählen darf, nehme ich einen Bacardi Rush mit Himbeeren«, antworte ich Dorian, der nickt.

»Gute Wahl. Die anderen wählen entweder Scotch oder einen Cocktail.« An der Bar lehne ich mich mit dem Rücken an und mustere das große flache Wasserbecken, in dem einige Stangen eingelassen sind und in das mit bunt beleuchteten Farben Wasserfontänen spritzen, die wirklich beeindruckend schön aussehen. In einem geschlossenen Raum habe ich das bisher noch nicht gesehen.

Als mir der Barkeeper zuzwinkert und mir mein Getränk über den Tresen schiebt, erwidere ich es mit einem Lächeln. Warum starrt er mich weiterhin an? Entweder versucht er mich anzumachen oder etwas interessiert ihn an mir. Aber schlecht sieht er nicht aus, also behalte ich ihn länger im Auge.

Unerwartet trifft mich ein Schlag auf den Po, sodass ich fauche.

»Was wird das, Schatz?« Lawrence' Blick ist mörderisch.

»Ich habe ihm nur dankend zugelächelt. Das ist nicht verboten.«

»Besser, wir nehmen auf einer Galerie Platz, damit du dem Barkeeper keine schönen Augen machen kannst.«

Als wir auf dunklen Sofas um einen niedrigen Tisch auf der Galerie Platz nehmen, sehe ich, wie sich unter uns die Besucher um das Becken versammeln, als wäre es etwas Besonderes. Gideon und Dorian werfen gleichzeitig einen Blick auf ihre Armbanduhren, während Lawrence mich plötzlich an sich zieht und mich stürmisch küsst.

»Was wird gleich passieren?«, will ich wissen, weil die Anspannung der drei kaum zu übersehen ist. Lawrence löst sich von meinen Lippen.

»Gleich beginnt die Show.«

»Und welche? Werden wieder heiße Tabledance-Miezen an den Stangen hüpfen?«, bringe ich mit einem belustigten Lachen hervor und greife zu meinem Bacardi. Romana blickt kurz von Gideon eindringlich zu mir.

»Ja, die spektakuläre Show findet im Wasser statt.« *Sowas in der Art habe ich bereits erwartet.* Männer stehen darauf, wenn sich Frauen im Wasser räkeln, während ihre Hosen immer enger werden.

»Was soll daran spektakulär sein?«, hake ich mit einem spöttischen Blick nach.

»Weil du dort unten tanzen wirst, Kleines«, antwortet mir Gideon, als er sich mir über dem Tisch entgegenbeugt und nach meiner Hand greift. Augenblicklich gefrieren meine Gesichtszüge ein. *Was?!*

Romana schaut mir lange entgegen, als würden wir uns bereits Jahre kennen. Jane verschlägt es die Sprache und sie schüttelt vehement den Kopf. »Vor den vielen Menschen?«, fragt sie Dorian schrill, der ihr zunickt.

»Es sei denn, du fühlst dich unwohl, Schatz. Dann musst du es nicht tun«, bietet mir Lawrence an, streift mit seinen Lippen meinen Hals wie ein leises Versprechen auf eine Belohnung, wenn ich für sie im Wasser tanze. Seine Hand schiebt sich auf meinen Oberschenkel und rutscht unter den schwarzen Stoff.

Kurz streift mein Blick über die Menschen zu einer Uhr, die fünf Minuten vor Mitternacht anzeigt. Eine innere Stimme sagt mir, dass es um zwölf losgehen wird. Jetzt begreife ich auch, wieso ich die neuen Dessous unbedingt anziehen sollte und für mich die Schuhe ausgewählt worden sind. Weshalb Dorian für mich eingekauft hat.

»Du würdest dich bestimmt wunderbar dort unten machen, Liebes.« Dorian umfasst meine andere Hand, die er zärtlich streichelt.

Ich schaue von Dorian zu Gideon, dann zu Lawrence, der von meinem Hals ablässt.

»D'accord. Ich werde es tun«, antworte ich selbstsicher und atme tief durch. Vor geschätzten vierhundert Leuten muss ich einen Poledace hinlegen.

Zuletzt habe ich es vor einem Vierteljahr für mich trainiert, weil ich nicht aus der Übung kommen wollte. Genau solche Tänze hat Kean mit mir geübt, immer und immer wieder, weil er meinte, dass man dadurch als Frau an Stärke und Selbstbewusstsein gewinnt. Und er hatte recht. Ich werde ihn nicht enttäuschen und keinen Rückzieher machen.

Langsam erhebe ich mich. »Wo kann ich mich umkleiden?«, frage ich die Brüder, die, wenn sie das eingefädelt haben, auch den Besitzer des Clubs kennen.

»Ich führe dich in die Hinterräume«, bietet mir Romana an und plötzlich wird mir klar, warum sie die letzten Stunden mit uns verbracht hat. Sie erhebt sich ebenfalls und fasst nach meiner Hand.

Kurz blicke ich jedem der Brüder entgegen, die beeindruckt von meiner Entscheidung wirken. »Lehnt euch zurück und bestellt mir noch einen Bacardi, wenn ich fertig bin.«

Ich trinke schnell den Rest aus, dann folge ich Romana die Treppen der Galerie hinunter. Nicht weit lässt sie mich einen Raum, in dem fünf Mädels sich gerade gegenseitig den letzten Schliff verpassen, betreten.

»Sie kommt zu spät«, flötet mir eine der älteren Frauen mit einem orientalischen Gesicht entgegen und starrt in meine Richtung.

»Die fünf Minuten werden die Gäste sich schon gedulden müssen«, beruhigt Romana die anderen Frauen, die in dunkelblauen Höschen und perfekt sitzenden BHs, die ihre Brüste schön zur Geltung bringen, vor mir stehen. Ihr Haare sind offen und sie tragen klirrende Armreifen um ihre Handgelenke.

»Wie du meinst. Helft uns, sie fertig zu machen. Maron Noir, richtig?«, fragt mich die hübsche Frau mit langem welligem Haar und einem hübschen gebräunten Gesicht.

»Richtig. Wie soll die Show aussehen?«, frage ich, als sechs Hände versuchen, mich aus dem Kleid zu schälen und mein Haar zu öffnen.

»Du wirst der Starakt sein, wir anderen tanzen an den Stangen neben dir. Du hast Erfahrungen, habe ich von Romana gehört?«

»Allerdings. Sie ist die Beste.« *Verflucht! Woher kennt sie mich, woher weiß sie, dass ich den Poledance beherrsche?*

»Woher weißt du so viel über mich?«, frage ich sie, als ich aus meinem langen Abendkleid steige und Romana mein Haar mit der Hand durchschüttelt.

»Von Kean.«

»Was?«

»Du hast doch nicht wirklich geglaubt, dass du seine einzige Schülerin gewesen bist, Maron?«

»Nein, aber ...« Kurz bin ich sprachlos, während vier Hände Öl auf meiner Haut verteilen. Ich kann Romana nicht sehen, weil sie direkt hinter mir steht, und zum Glück sieht sie meinen verblüfften Gesichtsausdruck nicht, den die anderen Mädels sehen und der sie zum Lachen bringt.

»Er hat mich nach dir unterrichtet, allerdings habe ich mir keinen Namen machen können so wie du. Aber wer weiß, vielleicht lerne ich noch etwas von dir. Zum Beispiel, wie du die Männer um den Finger wickelst, sodass sie nur dich aufsuchen.«

Das werde ich ihr mit Sicherheit nicht verraten. Außerdem ist es nicht nur ein Segen, sondern kann zu einem Fluch werden, jeden Abend gebucht zu werden, immer beansprucht zu werden und sich jedes Mal neu auf einen Mann und seine Vorlieben einrichten zu müssen. Aber gerade jetzt kribbelt es vor Nervosität in meinen Fingern, endlich, nach mehreren Monaten, einen richtigen Poledance hinlegen zu dürfen.

»Dann sieh zu und lerne. Und danach möchte ich mich mit dir unterhalten. Denn so langsam habe ich die Vermutung, dass du die Brüder auf mich angesetzt hast.« Romana taucht in meinem Sichtfeld auf und lächelt überzogen süß.

»Möglicherweise. Ich habe dich ihnen nur empfohlen. Dass sie dich nach Dubai verschleppen, war nicht meine Absicht«, erklärt sie mir.

»Ich merke schon, wir werden beste Freundinnen werden.«

»Wir beide sind gar nicht so verschieden, Noir. Jetzt zeig ihnen, was wir gelernt haben, aber achte im Wasser darauf, dass deine Hände nicht feucht werden.«

»Werde ich.« Ich nicke ihr zu, als die dunkle Schönheit zu mir blickt.

»Es ist wirklich wichtig. Die Wasserstrahlen sind so eingestellt, dass die Stangen nicht nass werden, aber greifst du versehentlich in die Fontänen, wirst du an der Stange abrutschen. Übrigens, ich heiße Zyla. Und das sind Ayana, Lia und Heruh.« Die dunkelhaarige Schönheit deutet auf die anderen arabischen Frauen und ich nicke ihnen entgegen.

»Schön, euch so schnell kennen lernen zu dürfen«, begrüße ich sie höflich, da sie mir freundlich zulächeln.

»Sie verstehen französisch, können es aber schlecht sprechen«, erklärt mir Zyla und ich nicke. »Falls etwas ist, wende dich an mich, Romana oder die Security.«

»Danke, du bist wirklich sehr aufmerksam.«

»Muss ich sein, nachdem ich hier schon viel erlebt habe.« Sie stemmt ihre Hände in ihre schmale Taille, dann mustert sie mich. »Du dürftest fertig sein. Schau dich im Spiegel an.«

Zyla greift nach meiner Hand, nachdem sie mir kurze schwarze Handschuhe übergestreift hat, und führt mich zum Spiegel, der in der Mitte des großen Umkleideraums mit den gepolsterten Bänken steht. Auf mörderisch hohen Absätzen, in einem schwarzen BH, der meine Brüste schön zur Geltung bringt, und einem Höschen, das die Rundungen meines Pos zeigt, aber eben auch meine Striemen, drehe ich mich einmal vor dem Spiegel. Der BH-Träger verläuft diagonal über meine Schulter und auch weitere Bänder sind mit dem BH und dem Höschen verbunden, was mir schon aufgefallen ist, als ich das heiße Teil auf meinem Bett liegen gesehen habe. Dorian hat wirklich Geschmack, denn das Outfit wirkt stilvoll und elegant – und nicht billig und aufdringlich.

Denn auf den ersten Blick fällt es nicht auf, aber auf dem Stoff sind dunkle schimmernde Kristalle angebracht, die herrlich glitzern, sobald sich das Licht auf ihnen bricht. Mein Haar fällt wie eine hellblonde Mähne über meine Schulter und meine Augen hat Zyla, während ich mit Romana gesprochen habe, noch etwas drastischer geschminkt, was in der Dunkelheit sicher schwer zu erkennen ist. Sie sind tiefschwarz umgeben, sodass das Blau meiner Augen hervorsticht. Mit leichten Dehnübungen versuche ich mich aufzuwärmen, während die anderen ihre Sachen zusammenpacken und sich vor der Tür versammeln.

»Dann kann es losgehen.« Zum Spaß, um die Mädels zu scheuchen, verpasst sie jeder einen Klaps auf den Po, aber lässt mich aus.

»Falls du Schmerzen hast …« Zyla blickt zu meinem Hintern. »… dann gib mir Bescheid. Und zwar sofort! Ich kann kein Mädel gebrauchen, das im Wasser ersäuft.« Ihre strenge, aber zugleich fürsorgliche Ader gefällt mir. Ich lockere meine Schultern, als ich auf sie zugehe und selbstsicher lächele.

»Dazu wird es nicht kommen. Aber könnte ich einen Musikwunsch äußern?«

»Gerne, wenn es sich an unsere Choreo anpassen lässt.«

»Cosmic Gate mit ...«

»... open your heart?«, fällt sie mir ins Wort und ich nicke.

»Ja, können wir den nehmen?«

»Passt hervorragend. Den Song kennen wir.« Ein Stein fällt mir vom Herzen, denn ich liebe den Song und habe ihn immer während der Übungen genutzt. »Aber nur weil du neu in unserer Gruppe bist, Maron«, scherzt sie und stößt mich mit dem Ellenbogen an.

»Falls du mich brauchst«, Romana läuft neben mir über den Gang, der zum Club führt, »ich werde die gesamte Zeit bei der Security an der Wand stehen. Ich denke, fünfzehn Minuten dürften passen?«, hakt sie nach. Hoffentlich bin ich nicht zu sehr aus der Übung und mir fällt ein Übergang ein. *Dann improvisiere ich einfach* – beruhige ich mich.

»Das passt.«

»Auch wenn sie andere Musik spielen? Es wird zwar ein DJ übernehmen, aber ich weiß nicht, welchen Titel er als Nächstes auflegen wird.«

»Du bist nervöser als ich. Mach dir keine Sorgen. Außerdem mache ich dich verantwortlich, wenn mir etwas passiert«, ziehe ich sie auf, obwohl ich die Frau kaum kenne. Kurz geraten ihre Gesichtszüge ins Wanken, so als würde sie sich wirklich die Schuld geben, falls mir etwas passieren würde. »Weil du es warst, die mich in das Schlamassel geritten hat.«

Ich kann mir mein Lachen nicht verkneifen, bevor Zyla die Tür öffnet und vor mir die vielen Menschen zu sehen sind, die auf uns warten. An einem Vorhang schlängeln wir uns vorbei und ich erkenne den DJ, der kurz seine Hand in unsere Richtung hebt.

Auch wenn ich es mir ungern eingestehe, aber mein Herz rast in diesem Moment wie verrückt, während ich meine Hände zu Fäusten balle, damit ich meine Aufregung niederkämpfen kann.

Das Wasser liegt in der kompletten Finsternis, sodass ich Zylas Anweisungen folge, die sie über die laute Musik gibt. Dann zeigt sie mir meine Stange, die im vorderen Bereich steht und auf die ich durch das Wasser zugehe. Hinter mir nehmen die anderen Frauen ihre Positionen ein. Kurz schließe ich meine Augen, um mich zu sammeln und den Übergang der Musik mitzubekommen und richtig einzusetzen.

Mit dem Rücken lehne ich mich von der Galerie aus leicht in der Hocke an, was viel Anstrengung kostet, wenn der DJ nicht bald beginnt. Einen Arm hebe ich über meinen Kopf und lege ihn auf die Stange. Dabei schließe ich die Augen und atme gleichmäßig aus und wieder ein. Der leichte Geschmack des Bacardi legt sich auf meine Zunge und ich spüre das Kribbeln in meiner Magengegend. In meinen Schuhsohlen fließt das Wasser, sobald sich jemand in dem flachen Becken bewegt, was sich eigenartig und zugleich gut anfühlt.

Du könntest es noch abbrechen – denke ich und schmunzle. Doch in dem Moment wechselt die Musik allmählich zu meinem Song. Der Song, den ich mit Kean verbinde. Hinter meinen verschlossenen Augenlidern sehe ich Lichter aufblitzen und die Fontänen springen in einem bunten Farbenspiel an. Ich blinzle nur, denn ich weiß, dass ab jetzt viele Blicke auf mir liegen und jede meiner Bewegungen verfolgen.

22. KAPITEL

Langsam öffne ich meine Augen, sitze immer noch angelehnt an der Stange, die Hand über mir, bevor ich meine freie Hand ausstrecke und sie in einer fließenden Bewegung auf und ab bewege. Ich meine Finger zu der ruhigen Musik in der Luft auf und ab gleiten lasse, als würde ich jemanden streicheln, dann wandere ich mit meinem Po, den Rücken zum Hohlkreuz durchgedrückt, die Stange langsam auf- und abwärts, während ich mich mit der anderen Hand unauffällig festhalte.

In einer leichten Bewegung löse ich mich von der Stange, umrunde sie und reibe meinen Po weiter daran. Dabei bewegen sich meine Finger schmeichelnd um meinen Körper, um meine Hüfte, meinen Bauch zu meinen Brüsten. Das Wasser spritzt unter jedem meiner Tritte, als ich meine Hüfte ausdrucksstark nach links und nach rechts wippe, meinen Kopf zurückwerfe und das Metall fühle, an dem ich wieder auf und ab gleite. Als die Musik in einen schneller werdenden Takt übergeht, umrunde ich die Stange mit zwei Schritten, halte mich über meinem Kopf an ihr fest und ziehe mich in einer fließenden Bewegung an ihr hoch, als könnte ich schweben. Mein Bein lege ich um den Stahl, damit ich den Halt nicht verliere, als ich eine Hand löse und mich gefährlich nach hinten lehne.

Die Fontänen höre ich durch die Musik kaum rauschen, dafür sehe ich das herrliche Farbenspiel der Beleuchtung.

Erst als ich mich heruntergleiten lasse, um erneut Schwung zu holen, fällt mir der große Bildschirm hinter uns Frauen auf, der uns alle live überträgt, damit selbst die hintersten Clubbesucher uns beobachten können.

Ich behalte meine gelassene Miene bei und vertiefe mich wieder in den Tanz, bewege mich lasziv in geübten grazilen Bewegungen, schwinge meinen Kopf hin und her, sodass mein Haar um mich weht, um im nächsten Moment nach der Stange zu greifen und Schwung zu holen. Das Wasser ist auf meinen Schuhsohlen zu spüren, aber ich ignoriere es, ziehe mich, das Bein angewinkelt, in einer grazilen Bewegung weiter die Stange hoch und lasse mich rücklings kopfüber fallen, was mir laute Zurufe von Männern einbringt.

Von den Zuschauern nehme ich erst jetzt die begeisternden Pfiffe, ein Raunen, das sogar durch die Musik durchdringt, wahr, während ich meine Oberschenkel um das Metall schmiege, als sei sie ein Teil meines Körpers. Langsam lasse ich mich zurückfallen, greife um und ziehe mich weiter hoch. Dann spreize ich meine Beine und senke mein Becken mit ausgestreckten Beinen wieder ein Stück, damit jeder einen Einblick zwischen meine Beine hat. Aus den Augenwinkeln sehe ich die anderen Mädels, die sich ebenfalls um die Stangen winden, aber nicht so hoch wie ich.

Als sei das kühle Metall ein Körperteil, gleite ich langsam mit weichen Beinbewegungen auf den Boden und tanze die Hüfte zum Takt schwingend. Dabei spritze ich Wasser mit den Füßen in die Zuschauermenge und lächle, als das Grölen lauter wird. Ich ignoriere es und will mich wieder hochziehen, als ich flüchtig zur Galerie hochblicke und Dorian, Lawrence und Gideon neben Jane stehen sehe. Doch nicht lange und ich wirble um die Stange, konzentriere mich auf Keans Worte, der mir immer eingetrichtert hat, mich nicht ablenken zu lassen und nur die Stange zu fixieren. Nur so verliert man nicht die Kontrolle, ist eins mit dem kühlen Metall, das mein Freund und nicht mein Feind ist.

Ich schlinge meine Knöchel um das Metall, schiebe meinen Po und die Schulterblätter wie im Sitzen an ihr auf und ab, bevor ich mich langsam um die eigene Achse drehe, fast als könnte ich fliegen. Dabei zieht sich kurz mein Magen zusammen. Aber jede Bewegung ist immer noch einstudiert, so als hätte ich sie nicht verlernt.

Die anderen Mädels sind bereits im Wasser, weil sich die Show allmählich dem Ende zuneigt, aber ich will weiter mit der Stange verschmelzen, während Erinnerungen in mir wach werden, die ich viele Monate verdrängt habe.

Ich habe mit dem Poledance aufgehört, weil es mich jedes Mal an Kean erinnert hat. Gott, ich habe diesen Mann geliebt, mehr noch – verehrt, weil er in mir das wachgerufen hat, wonach ich mich gesehnt habe: Zuversicht, Hoffnung und Selbstsicherheit. Er war der erste Mensch nach der gescheiterten Beziehung mit Luis, der mir in die Seele geblickt hat, ohne mich lange zu kennen. Er ist etwas Besonderes, weil er die Gabe hat, Dinge zu sehen, die andere nicht sehen. Und das wollte ich von ihm lernen.

Vor meinen Augen sehe ich sein markantes Gesicht, die

dunklen, fast schwarzen Augen, so schwarz wie die Nacht, sein dunkelblondes Haar, das in leichten Wellen um sein Gesicht liegt, und seine Lippen, die vermutlich jede Stelle meines Körpers berührt haben. In dem Moment wird die Sehnsucht nach ihm in mir wachgerufen, die ich lange unterdrückt habe.

Zu spät bemerke ich, dass ich zu lange die Augen geschlossen hatte und mich blind dem Tanz hingegeben habe, bis die Musik den Takt verliert und nur noch eine etwas düstere Melodie den Club durchflutet.

Wie eine Katze schwinge ich mich in zähen langsamen Bewegungen wieder an der Stange hinab. Die Menschen um mich herum grölen, klatschen und pfeifen weiter. Aber außer dass ich zart lächle, lasse ich mir meine innere Zerrissenheit und die wachgerufenen Erinnerungen nicht anmerken.

Mit lasziven kreisenden Hüftbewegungen schiebe ich mich an der Stange entlang, bis meine Bewegungen einschlafen und ich meine Anfangsposition wieder einnehme. Das Licht trifft in immer kürzeren Abständen auf meine Haut, und erst jetzt spüre ich, wie meine Hände zittern, Wasser aus meinen Haaren tropft und mein Körper bis zur Hälfte von Wassertropfen bedeckt ist, die über meine Haut wandern. Ich hole tief Luft, aber halte meine Augen geschlossen. Jemand legt eine Hand auf meine Schulter, sodass ich kurz zusammenzucke.

»Solch eine professionelle Show habe ich lange nicht mehr gesehen«, höre ich Zyla, die mir entgegenlächelt, als ich die Augen öffne. »Romana hat nicht übertrieben.«

»Merci beaucoup.«

»Los komm, du hast dir deine Dusche verdient und etwas zu trinken.« Ich nicke ihr entgegen und folge ihr, immer noch innerlich aufgelöst.

Flüchtig blicke ich zur Galerie auf, auf der die Brüder nicht mehr zu sehen sind oder von anderen Zuschauern, die über der Brüstung lehnen, verdeckt werden.

Sicher haben sie wieder ihre Plätze eingenommen. Gerade als ich mich mit Zyla an der Security vorbeischiebe und auf den Vorhang zu der Kabine laufen will, schnappt jemand mein rechtes Handgelenk und zieht mich zur Seite, ohne dass ich reagieren kann.

»Maron Noir. So sieht also dein Urlaub aus? Ganz schön heiß«, übertönt eine bekannte Stimme die Musik. Ich erkenne sie sofort und blicke in Robert Dubois' Gesicht, der mit seinen Blicken meinen Körper auf und ab wandert. Sein dunkelblondes Haar ist vornehm aus dem Gesicht gestrichen, während mir seine dunklen Augen gierig entgegenblicken. Wie gewöhnlich trägt er ein Poloshirt und dunkle Hosen, als er sich vor mir aufbaut und weiterhin mein Handgelenk festhält.

»Ich wusste nicht, was für ein Talent in dir steckt. Für Geld würde ich dich sogar für einen privaten Poledance buchen. Was hältst du davon, Noir?«, fragt er mich und zieht mich eng an sich, als sei ich sein Eigentum. Ich rieche seine leichte Fahne und sehe die bekannte Narbe, die durch seine rechte Augenbraue verläuft, weil er mich so eng an sich zieht, als sei ich seine Geliebte.

»Nicht mehr heute, Robert. Ich muss jetzt eine Dusche

nehmen. Außerdem: für dich immer noch Madame Noir«, korrigiere ich ihn und will ihn loswerden.

Aber er weicht nicht einen Zentimeter von meiner Seite oder gibt mich frei. Andere Gäste drängen auf mich ein, versperren mir den Weg und übertönen sogar die lauter werdende Musik, die der DJ auflegt.

»Ich sollte dich unter die Dusche begleiten. Na, was sagst du?«

»Nein, verflucht! Lass mich los.« Ich drücke meine Hände auf seine Brust und will ihn wegschieben, als er sie zu fassen bekommt und mit einer Hand fest zusammendrückt, sodass ich wie wild daran zerre. *Was soll der Scheiß!* Entweder brennen mit ihm gerade die Sicherungen durch oder er hat einen über den Durst getrunken.

»Ich werde deine Agentur benachrichtigen, Noir. Oder besser: verklagen, wenn sie davon erfahren, dass du in Wahrheit nicht krank bist, sondern halbnackt in Dubais Clubs herumspringst. Ich glaube kaum, dass die anderen Kunden das freuen wird, wenn sie davon erfahren. Ihre Termine wurden bestimmt ebenfalls abgesagt.« Ich schlucke hart und erstarre kurz in seiner Haltung.

»Das wagst du nicht!«

»Doch, Noir! Es sei denn, du schwingst deinen heißen Arsch ins Atlantis – noch heute.« *Er will mich erpressen?!*

Seine dunklen Augen blitzen mir gefährlich entgegen, als er es wagt, mir zu drohen. Ehe ich antworten kann, wird er von mir gezerrt, und eine Faust trifft sein Gesicht, sodass ich panisch nach Luft schnappe.

»Nein!«, rufe ich instinktiv, als ich Gideon sehe, der

Robert einen Haken verpasst. Mit voller Wucht fliegt Roberts Kopf zur Seite. *Autsch!* Andere Gäste machen um das Geschehen Platz und treten entsetzt zur Seite.

»Nein?«, wiederholt Gideon meinen Schrei.

»Ich meine ...« *Ich weiß nicht, was ich meine ... Oh Gott, er kann ihn nicht schlagen, dann wird er erst recht unsere Agentur verklagen oder ich meinen Job verlieren.*

Wütend fährt Gideon Robert an und Lawrence greift nach seinen Schultern. Es ist wirklich rührend, was sie vorhaben, aber keine gute Idee, ihm sein Gesicht zu polieren. Schnell schiebe ich mich zwischen Gideon und Robert, als Robert sich aus Lawrence' Griff winden will.

»Wer – verdammt – seid ihr?«, will er wissen, dann trifft mich sein zorniger Blick. »Deine Lover?« Mir bleibt der Mund offen stehen, weil ich nicht antworten kann.

»Lass das, Gideon. Das ist es nicht wert.« Ich werfe Gideon einen verängstigten Blick zu, den er hoffentlich deuten kann, damit er von Robert ablässt, der plötzlich dunkel auflacht, als sei er irre, und sich dabei seine Wange reibt.

»Das wird Konsequenzen haben, Noir, das versichere ich dir.« Lawrence verzieht abfällig sein Gesicht, als würde ihn Dubois anwidern, dann stößt er ihn kräftig von sich.

»Wenn, dann kannst *du* mit Konsequenzen rechnen, mein Freund«, fährt ihn Lawrence an.

Aus den Augenwinkeln sehe ich, wie sich zwei Securitymänner ihren Weg durch die Zuschauer bahnen. Lawrence klopft Robert nachdrücklich auf die Schultern, dann sagt er etwas zu ihm, das ich nicht verstehe, und Robert verzieht sein Gesicht zu einer Grimasse. Was auch immer Lawrence gesagt hat, Roberts Gesichtszüge verkrampfen sich, bevor er mir einen todbringenden Blick zuwirft, sein Polohemd richtet und sich zwischen die gaffende Menschenmenge drängt.

Als die Securitymänner bei uns eintreffen, winke ich nur ab, damit sie Gideon und Lawrence nicht nach draußen befördern, obwohl es nicht mein Problem wäre. *Aber sie haben versucht mir zu helfen ...* Ich seufze leise.

Romana spricht kurz mit den Männern und scheint ihnen die Lage zu erklären. Zumindest nicken sie knapp, mustern aber Lawrence und Gideon lange, bis sie wieder zum Eingang der Umkleiden verschwinden.

Ein Handtuch wird mir von Romana über die Schultern gelegt, die mich anschließend zu den Umkleiden bringt.

»Ich besänftige sie wieder, geh dich duschen und ziehe dich in Ruhe um. Das war alles etwas zu viel für einen Abend«, versucht sie mich zu beruhigen. *Zu viel?*

Robert hätte mich nie in dem Club sehen dürfen. Wenn es rauskommt, dass die Termine der Kunden wegen einer Reise abgesagt worden sind, werden sicher einige die Agentur wechseln oder uns, wie Robert mir gedroht hat, verklagen.

Fürsorglich rubbelt mir Romana über die Schultern, dann schiebt sie mich in den Umkleideraum, in dem Zyla mit verschränkten Armen bereits auf mich wartet. Schnell werfe ich einen letzten Blick über die Schulter und sehe Gideon und Lawrence, die mit einer Mischung aus Zorn und Mitgefühl auf den Gesichtern zu mir schauen.

Danke, Robert, du hast die gesamte Show vermasselt – denke ich in dem Moment. Doch viel schlimmer ist für mich der Gedanke, dass Robert Leon verklagen will. Kann er das so einfach? Kann ich seinetwegen meinen Job verlieren? Das würde Leon niemals wagen. Ich bin viel zu wichtig für sein Geschäft. Die abstrusesten Gedanken spuken in meinem Kopf herum, als die schwere Metalltür hinter mir zufällt und mich von den Chevalierbrüdern trennt.

GIDEON

In einer sinnlichen Haltung nimmt Maron ihre Position ein, und schon jetzt weiß ich, was für eine Show mich erwarten wird. Ich beuge mich weiter mit dem Scotchglas in der Hand über das Geländer, als es in meiner Hosentasche vibriert. *Nicht jetzt!* – doch es ist Romana, die mir eine Nachricht geschickt hat.

Sie ist vorbereitet. Alles müsste perfekt laufen. Viel Spaß beim Zusehen und behalte die Hände am Geländer.

Rom

Ich grinse zufrieden. Mal sehen, ob ihre Versprechungen stimmen und in Maron wirklich ein Talent schlummert, das sie vor uns verbirgt. Neben mir nehmen Dorian und Lawrence ebenfalls am Geländer Platz und lassen ihre Blicke über das große flache Wasserbecken schweifen.

Eine ruhige Musik setzt ein, die fast mystisch und geheimnisvoll klingt. Wasserfontänen spritzen in die Höhe und Maron beginnt mit geschlossenen Augen und einem geheimnisvollen Lächeln sich an der Stange auf und ab zu bewegen. Ihre Hände bewegen sich, als würden sie die Luft streicheln.

Über den großen Bildschirm wird ihr hübsches Profil angezeigt. Das Lied gewinnt an Rhythmus und Maron bewegt sich schneller, anzüglicher – und Gott, sie kann sich unglaublich ausdrucksstark bewegen.

Mit einfachen Drehungen umkreist sie die Stange und

zieht sich daran hoch, als würde es sie keine Anstrengung kosten – sodass ich mich frage, woher sie die Kraft nimmt. Die anderen Mädels schwingen sich ebenfalls hoch, aber nicht so hoch wie Maron und auch nicht in so grazilen und gewagten Figuren.

Wie ein Engel schwebt sie in heißen Bewegungen an der Stange in der Luft, dass mir heiß wird ... *Und ich kenne diese Frau, habe sie nachts in meinem Bett beim Schlafen beobachtet, kenne ihren sinnlichen Duft und ihre Gesten, wenn sie mich belügt, und kann sie vögeln, sie für mich beanspruchen, wann immer ich es will* – denke ich instinktiv – während die anderen Männer, die sie begaffen, sie nicht mit nachhause nehmen können.

Geschickt gleitet sie herab, bewegt ihre Hüfte hin und her und räkelt sich an der Stange, sodass ihre Kurven wunderbar zur Schau kommen. Bisher habe ich viele Mädels an Stangen, in Käfigen oder auf Tischen tanzen gesehen, aber von Maron kann ich kaum den Blick lösen. Sie scheint wie in einer anderen Welt zu sein. Und dann das Lied »open your heart«.

Sofort denke ich an unseren Morgen ... Ich weiß, dass ich sie mit Romana in der Ausstellung etwas aus der Fassung gebracht habe, sie sich im Auto eingeengt und fehl am Platz gefühlt hat, aber es sollte nur einen Zweck erfüllen: herauszufinden, wie sie darauf reagiert, wenn sie mich mit einer anderen Frau sieht, und ob sie gelernt hat, sich anderen anzuvertrauen.

Von Anfang an wollte ich sie an diesem Abend nicht ins offene Messer laufen lassen. Mit Romana an der Seite, die sie auf den Tanz vorbereitet, sollte sie wissen, wie es ist, jemand Fremdem zu vertrauen. Und anscheinend hat es funktioniert.

Auf ihrem Körper blitzen dunkle Kristalle zu dem Licht, das in kurzen Intervallen aufleuchtet. Ihr Hintern bewegt sich verführerisch um die Stange. Die Striemen sind kaum zu erkennen, als sie gefilmt wird. Ein lautes Grölen und Pfeifen ertönt, als Maron sich mit gespreizten Beinen hoch oben an der Stange dreht, sich langsam kopfüber fallen lässt, sodass ihr blondes langes Haar herabfällt. In meiner Hose wird es bedrohlich eng und ich würde mir diese Göttin am liebsten von der Stange holen und vögeln, ehe der Tanz beendet ist. Ihr schlanker Körper, ihre schönen prallen Brüste und die sexy Arschbacken, die der knappe schwarze Stoff preisgibt, lassen mich tief durchatmen.

»Wenn diese Frau käuflich wäre, würde ich sie kaufen, egal wie hoch der Preis wäre«, übertönt Law die berauschende Musik. »Ich würde sie nur für mich gefangen halten und vor der Welt verschließen.« *Genau so würde ich es auch tun.* Noch nie zuvor hatte ich das Bedürfnis, eine Frau so sehr zu wollen.

»Du weißt, wie sie ist. Du würdest sie keine zehn Tage gefangen halten können, ohne dass sie versucht, dich zu beißen.«

»Knebel«, antwortet Law salopp und lacht. »Ich habe ja nicht gesagt, wie ich sie gefangen halte.«

Ich nehme einen großen Schluck aus dem Glas. Der scharfe Alkohol rinnt meine Kehle entlang. Für einen winzigen Moment habe ich das Gefühl, dass sich Marons und mein Blick treffen, weil sie zu uns aufsieht. Doch dann schließt sie wieder ihre Augen und gibt sich dem Tanz hin. Fast sieht es so aus, als würde sie für sich allein tanzen und alles um sich herum ausblenden.

Dorian wird am Geländer ebenfalls immer unruhiger und mustert die Menschenmenge unter uns. Es war seine Idee, sie tanzen zu sehen, um neue Inspirationen zu sammeln.

»Zufrieden?«, raune ich ihm zu und er blickt mir mit hochgezogenen Augenbrauen und einem Nicken entgegen.

»Mehr als das. Sie ist unglaublich«, antwortet er mit einem begeisterten Gesichtsausdruck. »Und das mit meinen Malen auf ihrem heißen Arsch. Bewundernswert.«

Maron ist wirklich bewundernswert. Ich könnte ihr stundenlang zusehen, wie verführerisch sie ihren Körper um das Metall im Wasser bewegt.

Der Tanz neigt sich leider dem Ende zu, sodass sie sich als Letzte an der Stange herabgleiten lässt. Ein letztes Mal wandern meine Blicke unter dem lautstarken Rufen nach einer Zulage über Marons schlanken Körper, der von schwarzen Bändern umgeben ist, dann geht das Licht aus.

In der Dunkelheit ist kaum zu sehen, wo die Mädels hingehen.

»Die Kleine ist heute sowas von fällig«, ruft Lawrence, schiebt seine Hemdärmel zurück, sodass seine Tattoos zu sehen sind, und starrt weiter zu dem Wasserbecken. »Während die anderen sich heute Abend gepflegt einen runterholen müssen, teilen wir uns die Kleine.«

Ich grinse nur, weil es mir nicht anders geht. Die letzten

sieben Tage gehört die Frau noch uns, die ich jede Sekunde ausnutzen werde. Zwischen der Security sehe ich Romana, dann Maron einer Frau hinterherlaufen. Kaum dass sie die Tür zu einem Hinterraum erreichen, zieht sie ein Typ grob zu sich.

»Das ist dieser Dubois«, höre ich bloß Dorian, schon brauche ich keine Sekunde länger mehr sehen zu müssen, um zu begreifen, dass er Maron bedrängt. Sie will sich aus dem Griff befreien, aber er lässt sie nicht los, stattdessen redet er auf sie ein und zieht sie näher an sich.

»Was ist das für ein Scheißkerl?«, fragt Law und beugt sich weiter über das Geländer.

»Lass uns nachsehen, Law.«

Schnell schiebe ich mich an den Menschen vorbei und überwinde mit Law die Stufen nach unten. Kaum dass ich Maron erreiche, sehe ich ihren verängstigten Blick, den ich noch nie auf ihrem Gesicht gesehen habe. Ich nicke Law zu, der grinst.

»Möchtest du?«, fragt er mich und deutet mit einem schiefen Grinsen zu dem Typen.

»Danke für den Vortritt.«

»Gerne. Die Gelegenheit wird uns nicht oft geboten, da lasse ich meinem kleinen Bruder gerne den Vortritt.«

Kräftig zieht Law den Typen an den Schultern von Maron weg, als ich ihm einen Haken verpasse, der perfekt sitzt, ehe er reagieren kann. In einem wunderbaren Schwung fliegt sein Gesicht zur Seite und ich reibe über meine Knöchel, die leicht schmerzen.

»Nein!«, schreit Maron laut und ich verstehe nicht

warum. *Nein? Warum schreit sie »nein«?*

»Nein?«, wiederhole ich.

»Ich meine ...«

Ich ignoriere Marons Proteste, denn der Typ hat versucht, sie zu bedrängen. Wir waren nicht anders, als wir Maron kennen gelernt haben. Aber in keiner Sekunde wirkte ihr Blick verängstigt. Sofort hätten wir aufgehört. Was er ihr auch gesagt hat, es muss ihr Angst eingejagt haben, was ich von ihr nicht kenne. Die Maron, die ich erlebt habe, kennt keine Angst, teilt aus, ohne zu überlegen, ob sie einstecken kann, und kontert mit bissigen Kommentaren, statt vor etwas zurückzuschrecken.

Nicht lange und Law raunt ihm eine Drohung zu, dann verschwindet der Kerl und Romana schnappt sich Maron, die uns einen letzten Blick zuwirft. Sie sieht ziemlich mitgenommen aus, was mir nicht gefällt. Aber sie braucht vorerst Ruhe und Romanas Begleitung, nicht mich, der sie vermutlich in Vorwürfen ersticken würde, weil ich wissen will, was hier vor sich gegangen ist.

23. KAPITEL

Frisch geduscht, umgezogen, die Haare geföhnt und wieder hochgesteckt, verlasse ich die Umkleide und verabschiede mich von den anderen Frauen, die mich sogar in den Arm nehmen. Neben Romana betrete ich den Club, in dem andere Mädels tanzen und ich an der Security vorbeilaufe, die mir zunicken. Die Brüder warten mit Jane direkt neben der Security auf uns. Hinter ihnen höre ich Worte von den Männern in einer fremden Sprache zu mir rufen, die anscheinend noch immer nicht genug hatten.

»Hier, den hast du dir verdient, Kleines.« Gideon überreicht mir meinen Drink, den ich ihm dankbar abnehme, dann zieht er mich besitzergreifend an sich und küsst mich zärtlich. Seine Zungenspitze drängt sich zwischen meine Lippen und der Geschmack von Scotch legt sich auf meine Zunge. Ich erwidere den Kuss, obwohl meine Gedanken immer noch durcheinander und bei Kean und Robert sind.

»Du warst beeindruckend, Maron, dass es kaum in Worte zu fassen ist.«

»Danke für das Kompliment«, antworte ich vor seinen Lippen und schaue zu seinen grünen Augen auf. »Dafür dürfte sich die Liste meiner Bestrafungen verkürzt haben.«

»Um Längen. Der Abend gehört dir, auch wenn es mir schwerfallen wird, dir nicht dabei helfen zu können, das zauberhafte Kleid loszuwerden. Und zu vorhin ...«

Ich lege schnell einen Finger auf seine Lippen und

schüttele den Kopf. »Nein, lass es uns einfach vergessen.«

Ich möchte nicht darüber reden, nicht weiter darüber nachdenken, weil es ansonsten den Abend ruiniert. Eine Hand zieht mich aus Gideons Griff und er gibt mich frei.

»Wenn wir dich nicht bereits gebucht hätten, würde ich es jetzt tun, Kätzchen«, raunt mir Lawrence zu und ich muss lachen.

»Deine Komplimente sind wie immer umwerfend.«

»So wie du an der Stange.« Er hebt seine Hand, streift eine Haarsträhne aus meinem Gesicht, bevor auch er mich küsst, aber leidenschaftlicher als sein Bruder. Jetzt wird mir klar, dass sie vor den anderen Gästen zeigen wollen, wem ich gehöre. Ich liebe das männliche Imponiergehabe – obwohl die Security uns belustigte Blicke zuwirft, als auch Dorian kurze Zeit darauf vor mir steht.

»Ich schließe mich den anderen an. Mit so viel Mut hätte ich nicht gerechnet. Aber ich unterschätze dich jedes Mal. Morgen darfst du die Vorstellung gerne in meinem Atelier vorführen.«

»Dann wirst du mich malen?« Er schenkt mir ein breites Grinsen, sodass sich ein Grübchen auf seiner Wange abzeichnet.

»Solch eine Muse lasse ich mir nicht entgehen.« Er beugt sich zu mir herab, legt seine Hände auf meine Schultern und küsst mich ebenfalls, geduldiger als Lawrence, aber kürzer als Gideon. »Wie fühlst du dich?«, möchte er wissen, als er sich von meinen Lippen löst, eine Hand über meinen Po gleitet und die andere fürsorglich über meinen Rücken streichelt.

»Wenn du auf deine hübsche Verzierung auf meinem Hintern ansprichst, dann musst du dir keine Sorgen machen. Alles bestens.« Erst jetzt kann ich einen Schluck von meinem Bacardi Rush nehmen. Für einen Moment schließe ich die Augen und lasse den Himbeergeschmack auf der Zunge zergehen. Mit jedem Schluck versuche ich, die Erinnerungen an Kean herunterzuspülen. Doch Romanas Anwesenheit macht es mir nicht leicht, weil ich wieder und wieder ihre Worte über ihn in meinen Gedanken höre.

Zurück in der Villa, nachdem Romana zu ihrem Hotel gefahren wurde, hilft mir Gideon aus der Limousine. Den Porsche hat Dorian mit Jane zurückgefahren, weil Gideon wieder einmal etwas trinken musste.

»Heute Nacht darfst du dich entscheiden, in welchem Bett du übernachten möchtest«, lässt mir Lawrence die Wahl offen. »Den Sex, der mir versprochen wurde, kann ich mir auch morgen früh, kurz bevor ich zum Büro muss, abholen.« Sein verschmitztes Grinsen kann er kaum verbergen. »Aber du siehst erschöpft aus, deswegen schlaf dich aus, wo du dich wohl fühlst.«

Sie lassen mir eine Wahl? Der Tanz hat mehr bewirkt, als ich gedacht hätte. Eigentlich hatte ich mir nichts dabei gedacht, nur mich daran gehalten, wie ich früher einen Poledance getanzt habe. Dorian geht mit Jane an uns vorbei, nachdem er den Porsche in die Garage gefahren hat.

»Du kannst auch gern die Nacht mit uns verbringen, falls du dich nicht entscheiden kannst«, bietet er mir an, während er die Tür aufschließt.

»Ich hätte nichts dagegen«, stimmt ihm Jane zu, obwohl ich weiß, dass sie die Nacht lieber mit Dorian allein verbringen möchte.

»Ich weiß das Angebot zu schätzen, aber lieber ein andermal. Wenn es euch nichts ausmacht«, abwechselnd schaue ich von Lawrence zu Gideon, »würde ich gern die Nacht allein in meinem Bett schlafen.«

Lawrence hebt die Augenbrauen, dann küsst er meine Stirn.

»Wie du möchtest … Schlaf gut, Schatz. Und du weißt, bis morgen früh.« Er dreht sich um und folgt Dorian und Jane durch die Tür.

»Bist du dir sicher?«, hakt Gideon nach, als ob ich ihn anlügen würde.

»Ja, mach dir keine Sorgen und hör auf, mir diesen Blick zuzuwerfen.« Ich gehe auf den Eingang zu und steige die Stufen hoch.

»Welchen Blick?«, will er wissen und hält mir die Tür auf.

»Den, den du mir immer zuwirfst, wenn du meine Antwort hinterfragst. Du schaust besorgt und zugleich, als könnte ich eins plus eins nicht zusammenrechnen.« Neben mir beginnt er leise zu lachen, aber steigt ohne zu antworten zusammen mit mir die Stufen hoch.

»Bei dir bin ich mir da manchmal auch nicht sicher.«

Mein Blick verfinstert sich, als ich zu ihm aufsehe. »Hättest du meine Aufgaben heute kontrolliert, hättest du gesehen, dass ich alles begriffen habe.«

»Ich habe sie mir angesehen. Und ich habe gesehen,

dass du sie begriffen hast, weil du nicht dumm bist.« Auf dem Treppenabsatz bleibt er stehen und wartet, das sehe ich an seiner Haltung, ob ich nicht doch meine Meinung ändere.

»Geht es dir wirklich gut, Maron?«, fragt er mich, während ich die Lippen aufeinanderpresse und mit einem verkrampften Lächeln nicke.

»Hör auf, dir Sorgen zu machen. Mir ist nichts passiert.« Ich hebe mich auf den Absatzschuhen etwas zu ihm hoch, dann küsse ich ihn. »Bonne nuit, Gideon.«

Schnell wende ich mich um, damit ich nicht doch in die Versuchung komme, meine Meinung zu ändern. Trotz des Alkohols in meinem Blut fühle ich mich erschöpft und niedergeschlagen wie schon lange nicht mehr.

Als ich mich in meinem Zimmer umgezogen habe, putze ich meine Zähne, creme meinen Po ein und gehe auf den Balkon, um eine Zigarette zu rauchen. So oft wie in Dubai habe ich lange nicht mehr geraucht. Kean würde, wenn er mich früher damit erwischt hätte, sie aus meinen Lippen zerren und zerbrechen. Danach hätte ich mir seine Triade anhören dürfen, wie ungesund und achtlos ich mit meinem Körper umgehen würde.

»Ach, Kean.« Vielleicht sollte ich ihn nach dem Urlaub besuchen. Geld dafür hätte ich zumindest.

Mit dem Klacken eines Feuerzeuges zucke ich zusammen.

»Was ...«, will ich ansetzen, als ich Gideon neben mir stehen sehe.

»Seit wann so schreckhaft?«

»Bin ich nicht. Aber du spionierst mir schon wieder hinterher.« Mit einem giftigen Blick sehe ich zu ihm auf, aber nehme sein Feuer an. Lange ziehe ich an der Zigarette, bevor ich den Rauch auspuste und zum Himmel aufsehe. »Und ehrlich gesagt machst du es nicht besser, wenn du um mich herumschleichst.«

»Ich dachte, es wäre angebracht, mit dir über den Abend zu reden.«

Bietet er mir gerade an, über Robert zu reden? Ich will die Angelegenheit einfach nur vergessen, mehr nicht – auch nicht mit ihm reden.

»Nimm es mir nicht persönlich, aber ich möchte nicht darüber reden. Den gesamten Abend können wir meinetwegen aus unserem Gedächtnis streichen«, wispere ich leise. Er lehnt sich neben mir über die Brüstung und blickt zum Meer. Ich sehe, wie sich sein Brustkorb hebt, als er tief Luft holt.

»Nein, den gesamten Abend nicht. Aber ... ich habe deinen verängstigten Blick gesehen, Maron, wie ich ihn nie bei dir gesehen habe.« *Wie auch, wir kennen uns erst eine Woche.* »Du sollst wissen, falls er etwas gesagt hat, was dir Sorgen, Angst oder Probleme bereitet, dann sprich mit mir.«

Seine freundliche Seite weiß ich wirklich zu schätzen, auch dass er den Versuch, mich ihm mehr anzuvertrauen, nicht aufgegeben hat. Aber gerade jetzt kann ich nicht reden, sondern möchte die Abendstille genießen. Ich bin viel zu aufgewühlt, was nicht nur an dem Vorfall mit Dubois liegt, um mit Gideon ein Gespräch zu führen oder seine

Fragen zu beantworten.

»Ein andermal gerne«, antworte ich leise.

»Gut, dann lasse ich dich allein.«

Schon dreht er sich auf seinen nackten Füßen um und verlässt nur in seiner Anzughose, den Oberkörper nackt, den Balkon. Kurz will ich ihm hinterherrufen »Bleib bitte«, aber ich tue es nicht. Stattdessen beiße ich mir auf die Lippen, weil ich ihn wieder zurückgewiesen habe, obwohl er mir helfen will. *Warum mache ich das ständig …?*

Auf der Holzliege nehme ich Platz und rauche in Ruhe die Zigarette aus. Immer wieder kehren meine Gedanken zu Gideon zurück, der eigentlich nur um mich besorgt ist. Wo ich früher diese Art für lästig empfunden habe, trifft es in den letzten Tagen einen Nerv in mir. Wenn ich seinen trüben Blick sehe oder er mich fragt, ob alles in Ordnung ist, beginnt etwas in mir sich aufzulösen, als würde eine Mauer in mir zerbröckeln – Stück für Stück. *Ich brauche dringend einen Therapeuten* – stelle ich mit einem verbissenen Lächeln fest.

Hin- und hergerissen, ob ich Gideon nicht doch aufsuchen soll, starre ich durch die Steinsäulen des Geländers zum Meer. *Tu ich's oder tu ich's nicht* … Ich wäge in Gedanken ab, ob ich nicht doch zu ihm gehen soll, und zähle meine Entscheidung an den Steinsäulen der Brüstung ab.

Ach, ich tu es einfach. Ich möchte die Nacht nicht allein verbringen, auch wenn ich es gesagt habe.

Entschlossen, sein Angebot anzunehmen und bei ihm zu schlafen, erhebe ich mich mit einer inneren Vorfreude, seine Nähe spüren zu können, von der Liege. Denn jedes

Mal, wenn ich bei ihm im Bett lag, konnte ich mühelos einschlafen, als hätte ich keine Sorgen und Probleme.

Über dem Balkon suche ich sein Zimmer auf und klopfe leise gegen die verschlossene Balkonscheibe. Aber Gideon ist nicht in seinem Zimmer zu sehen, das verlassen im Dunklen liegt. Weder in seinem Bett noch auf der Couch oder am Tisch ist er zu sehen.

Mit einem niedergeschlagenen Seufzen wende ich mich um und laufe zurück in mein Zimmer, denn ich weiß, dass es mein Stolz nicht zulässt, ihn im Anwesen zu suchen.

Du bist solch eine Närrin ...

Ich hätte nicht zu lange warten sollen ...

Der Augenblick ist nichts als der wehmütige Punkt zwischen Verlangen und Erinnern.

-ROBERT MUSIL-

BONUSKAPITEL

Unruhig wälze ich mich auf der Matratze hin und her und finde einfach keine bequeme Position. Mein Körper ist genauso aufgewühlt wie mein Geist. Endlich, als ich mich auf die Seite lege und wieder aus der leicht geöffneten Balkonscheibe schaue, schließe ich meine Augen und atme tief durch. Mein Hintern schmerzt zum Glück kein bisschen, er ist nicht daran schuld, dass ich nicht schlafen kann, sondern meine quälenden Gedanken um Gideon und Kean. *Sinnlos* – denke ich. Wie schon lange nicht mehr in meinem Leben zerbreche ich mir wegen der Männer den Kopf.

Als ich meine Gedanken endlich loswerde und spüre, wie sich der Schlaf einschleicht und meine Augen schwerer werden, legt sich etwas über mein Gesicht. Schnell hebe ich meine Hand und fasse danach.

»Was«, bringe ich hervor, aber kann meinen Satz nicht aussprechen. Mir wird eine Augenbinde umgelegt, dann ein Tuch über den Mund gebunden. Gerade als ich ansetzen will, dass das nicht komisch ist, greift jemand nach meinem Handgelenk und streichelt mir über den Arm, sodass ich Gänsehaut bekomme.

»Ich will dich nur kurz entführen.« Ich schüttle meinen Kopf, als ich Gideon über mir höre, der weiter meinen Arm streichelt, mein Handgelenk küsst.

Kaum dass ich seine Stimme höre, entkrampfen sich

meine Muskeln. »Und ich möchte es dir zeigen, ohne dass du schreist oder es siehst, bevor wir dort sind.«

Himmel, es ist mitten in der Nacht. Was hat er vor? Als ich das letzte Mal auf die Uhr gesehen habe, war es kurz vor drei Uhr. Ich dachte, er schläft bereits.

Arme schieben sich unter meine Schulterblätter und Kniekehlen und meine Handgelenke werden wieder losgelassen. Als ich glaube, auf Arme hochgehoben zu werden, fasse ich schnell nach den Tüchern, bis mich wieder Hände daran hindern.

»Sie kann keine Überraschungen abwarten. Deine Ungeduld ist wirklich süß, aber in manchen Momenten unpassend.« *Lawrence?*

»Lasst sie, sie war kurz vor dem Einschlafen«, erkenne ich Dorians Stimme. »Und hat nicht mehr mit einem nächtlichen Überfall gerechnet. Vermutlich hat sie gedacht, Dubois würde sie knebeln.« Er lacht amüsiert. »Keine Angst, ma cherie. Wir werden auf dich aufpassen wie auf unseren Augapfel.«

Das glaube ich ihnen sogar, weil sie ansonsten niemanden mehr zum Spielen hätten.

Ich werde eine Treppe hinuntergetragen, dann höre ich, wie sich Türen öffnen. Weiterhin rieche ich Gideons Duft. Werde ich von ihm getragen? *Verflucht, ich will wissen, was sie vorhaben.*

Warum habe ich nur geglaubt, eine Nacht – bloß eine Nacht – allein schlafen zu dürfen? Aber wollte ich das überhaupt? *Nein.*

»Setz sie hier ab.«

Ich höre Sand unter Füßen knirschen und das Meer. Was haben sie vor? Mich im Meer zu ertränken?

»Später darfst du sehen, was Gideon Wunderschönes für dich vorbereitet hat. Du hast es meiner Meinung nach etwas übertrieben«, höre ich Lawrence.

»Mir gefällt es.« *Was?*

»Du hast immer etwas zu nörgeln, Law. Ich möchte, dass sie sich nach unserer Intervention wohl fühlt – was dagegen?« *Was für eine Intervention?*

Langsam spüre ich unter meinem Rücken etwas Weiches, das sich wie Schaumstoffpolster anfühlt. Mit den Fingerspitzen taste ich über die Kanten der Matratze, die ... an den Strand getragen wurde? Ich stelle mir vor, wo ich mich gerade befinde, aber kann es mir nicht erklären. Noch nie habe ich eine Matratze oder Liege am Strand stehen gesehen, nur bei den Strandabschnitten der Hotelanlagen.

»Schade, dass sie heute Abend nicht reden wird«, bemerkt Dorian und eine Hand streichelt über meine Stirn, dann folgt ein Kuss. »Du kannst ihre Handgelenke loslassen, Law. Ich passe auf sie auf.«

Begeht euren ersten Fehler, dann stehe ich auf und befreie mich von der Augenbinde – denke ich und schmunzle unter dem Tuch. Schlimmer ist es für mich, nichts zu sehen als geknebelt zu werden.

Die Hände werden von meinen Gelenken genommen, als mir auf die Füße geholfen wird und ich um mich herum die nackten Oberkörper der Brüder spüre. Sand ist unter meinen nackten Fußsohlen zu fühlen und keine Matratze mehr.

Sie halten mich wie in einem Käfig gefangen, sodass ich mich selbst mit freien Handgelenken nicht an ihnen vorbeischieben kann. Sanft streichelt jemand über meinen Rücken, hinab zu meinem Po, streift meine Panty ab, während andere Hände mich von meinem Oberteil befreien und Lippen, die sich wie Gideons anfühlen, meinen Hals küssen, zuerst zärtlich, dann mit mehr Nachdruck, bis sie sich an meiner Haut festsaugen. Als ich nackt bin, werde ich gedreht, und ich habe meine Mühe, nicht zu stürzen. Aber Hände halten mich gefangen und stützen mich. Jemand zwirbelt meine Brustwarzen, sodass ich tief durchatme.

»Zu gern würde ich wissen, was sie sagt, wenn wir mit ihr fertig sind.« Das muss Lawrence sein, schon umfassen Hände meine Hüfte, ziehen mich näher an sich, als jemand anderes meine Beine auseinanderschiebt.

»Ich weiß, dass es ihr gefallen wird. Sie liebt aufregende Situationen, in denen sie nicht die Kontrolle behalten kann. Auch wenn sie es nicht zugibt«, spricht Gideon, dann werde ich von Lawrence mit dem Oberkörper nach vorn gezogen. *Wenn du dich da mal nicht täuschst, Gideon!* – würde ich ihm am liebsten an den Kopf werfen.

Meine Hände werden auf Schultern gelegt. *Auf Lawrence'?* Er muss vor mir knien, während mein Oberkörper im Stehen nach vorn gebeugt wird. Fingerspitzen streifen über meine empfindlichen Beininnenschenkel, beißen kurz in meine Haut, sodass ich in das Tuch keuche, dann pocht mein Kitzler, der von einer rauen Zunge umkreist wird – immer fester. Meine Pobacken werden auseinandergezogen, etwas Feuchtes wird um meinen Anus verteilt, dann befinden sich vier Hände um meinen Po.

Sie gehen wirklich ziemlich schnell zur Sache. Aber warum haben sie mir vorhin die Wahl gelassen, allein in meinem Bett zu schlafen, wenn sie mich doch ficken wollen?

Die Hände streicheln fester über mich, sodass mir heiß wird und mein Herz schneller schlägt. Es fühlt sich wahnsinnig gut an, von drei Männern umgeben zu sein, die mit einem machen können, was sie wollen.

»Du schüttelst mit dem Kopf, falls etwas nicht stimmt, Kätzchen«, raunt mir Lawrence zu, dabei streichelt er über meine Wange. »Verstanden?«, fragt er nachdrücklicher, als ich keuche, weil etwas nicht gerade Kleines in meinen Anus eingeführt wird und vibriert. *Gott! – fühlt sich das geil an.* Eine Zunge umspielt weiterhin abwechselnd meinen Kitzler, bevor sie in meiner Pussy eintaucht, die auszulaufen droht. Mein Herz rast wie verrückt.

Kurz stoppen die Bewegungen, als ich nicht reagiere. *Oh nein, sie sollten nicht aufhören.* Schnell nicke ich.

Lawrence lacht belustigt. »Ich wusste, dass es dir gefällt.« Schon werde ich weiter verwöhnt.

»Nimm es uns nicht persönlich, Maron, aber dein Tanz war unglaublich, sodass wir heute spontan unsere Pläne geändert haben, um deine Sinne zu verwöhnen. Sieh es als Dankeschön für die heiße Show an«, erklärt mir Lawrence. »Denn du warst wahnsinnig scharf, sodass ich dich am liebsten dort im Wasserbecken flachgelegt hätte«, raunt er die letzten Worte in einer rauen Stimmlage, die mich zum Lächeln bringt, neben meinem Ohr.

Das glaube ich ihm gern, weil ich bereits ahne, was sie als »Dankeschön« vorhaben. Aber gegen die geheimnisvolle Situation nichts ausrichten zu können, macht mich ungemein scharf, sodass das Ziehen in meinem Becken intensiver wird und ich es kaum abwarten kann, einen Schwanz von ihnen in mir zu spüren.

Wer kann schon von sich behaupten, von drei wirklich attraktiven und interessanten Männern gleichzeitig verwöhnt zu werden? Lawrence streift mit seinen Lippen über meine Wange, knabbert an meinem Ohr, als der Plug in meinem Anus nicht mehr bewegt wird.

»Dreht sie um«, befiehlt Dorian, dann höre ich etwas klimpern. Vollkommen nackt und blind werde ich von ihnen vorsichtig umgedreht und mit dem Rücken auf das weiche Polster gelegt, sodass ich schnell atme. Meine Knie hängen über der Matratze und werden auseinandergeschoben.

»Da du nicht auf deine Deko verzichten kannst, hier!« Etwas klirrt durch die Luft.

»Nicht dein Ernst?«, fragt Lawrence und macht mich neugierig.

»Schöne Überraschung«, antwortet Gideon, »Für dich habe ich auch etwas mitgenommen, warte ...«

Schritte entfernen sich und ich liege auf dem Polster voller Verlangen und weiß nicht, worüber sie reden. *Verflucht! Ich will wissen, was sie meinen.* Aber ich ahne bereits, es bald zu spüren.

Sicher wollen sie mich festbinden. Weiterhin höre ich das Rauschen der Wellen, was beruhigend auf mich einwirkt. Jemand streichelt über meine Arminnenseiten, fixiert meine Handgelenke, damit ich nicht aufspringen kann.

»Du kennst sie. Sie und ihre Fetische«, spricht Lawrence über mir. »Für mich bist du perfekt, so wie du bist, und ich kann es kaum erwarten, deine Pussy nach dem heißen Tanz zu ficken.« Schritte kommen näher, dann leckt jemand über meine kribbelnden Brustwarzen, knabbert daran.

»Herrlich«, höre ich Gideon, während sich jemand zwischen meinen Beinen zu schaffen macht, mir etwas unter den Po schiebt und den Plug weiter in mich schiebt, sodass ich ein Hohlkreuz mache und in den Knebel keuche. Gänsehaut breitet sich auf meinem Körper aus, die nicht nur von dem Plug stammen, sondern von höllisch kaltem Metall, das plötzlich um meine Brustwarzen gelegt wird, sodass ich zusammenzucke.

»Ich habe sie etwas vorgekühlt, Liebes, weil ich gesehen habe, wie scharf es dich gemacht hat, als du meinen Schwanz mit Eiswürfeln gelutscht hast«, spricht Dorian mit einem spöttischen Unterton in der Stimme, der seine sadistische Seite zum Ausdruck bringt. *Solch ein verdammter Scheißkerl.*

»Tief durchatmen, Kleines. Ich liebe diesen Schmuck, ganz besonders an dir«, spricht Gideon neben mir. »Law, halt sie fest.«

Meine Handgelenke werden auf das Polster gedrückt, der Plug dehnt weiter mit Fingern, die in meine Pussy eintauchen, meinen Muskel und gefrierend kalte Klemmen werden um meine Brustwarzen angelegt und ... ziemlich fest gezogen, sodass ich unter den Handgriffen von Lawrence die Finger in den Stoff kralle und meinen Rücken gefährlich durchbiege. Tränen brennen in meinen Augenwinkeln, die sie nicht sehen können, und ein leises Schluchzen kommt über meine Lippen, als der Schmerz meinen Körper durchzuckt.

»Geht es?«, fragt Gideon und jemand fasst nach meinem Kinn, als die Spange um meine linke Brustwarze fest sitzt und der Schmerz kaum zu ertragen ist. Ich hole gleichmäßig Luft, um den Schmerz wegzuatmen, so wie ich es von Kean gelernt habe, damit ich die Lust wieder spüren kann. Und es hilft, es wandelt die Pein in Begierde um und lässt meine Tränen trocknen.

»Immer nicken oder den Kopf schütteln, Maron!«, ermahnt mich Gideon.

»Du weißt, dass sie fast alles über sich ergehen lässt«, erkenne ich Dorians Stimme, der seine Bewegungen in meiner Pussy stoppt. *Mach weiter!* – würde ich ihm am liebsten zuschreien wollen.

»Das ist ja das Problem bei ihr«, antwortet Gideon in einem verärgerten Ton. »Die Kleine würde sich alles gefallen lassen, weil es ihr Stolz nicht zulässt, sich Grenzen einzugestehen.« *Wie gut er mich kennt, macht mir fast Angst.*

»Wartet kurz«, erkenne ich Lawrence' Stimme. Das Tuch wird über meine Lippen zu meinem Kinn geschoben.

»Hiermit warne ich dich, Maron Noir, solltest du Schmerzen haben, die deine Grenzen überschreiten, sollte dir etwas nicht gefallen oder solltest du dich eingeengt fühlen, schüttelst du den Kopf – verstanden? Und zwar sofort!«, weist mich Lawrence in einem bedrohlichen Ton hin, wie ich ihn noch nie reden gehört habe.

»Ja, ich werde es tun«, antworte ich schon fast freundlich, damit sie weitermachen.

»Versprich es!«, höre ich Gideon, den ich vor meinen Lippen an seinem Geruch erkenne. Nur ein Stück und ich könnte ihn küssen oder ihn anflehen, mich gehen zu lassen. *Aber das werde ich nicht tun.* Viel zu sehr tobt in mir die Neugierde, was sie für die Nacht geplant haben.

»Ich verspreche es, weil ich euch vertraue. Jetzt macht weiter, bevor meine Nippel zu Eiszapfen gefrieren.«

»Du bist bezaubernd, ma pièce d'or, merci«, haucht er vor meinen Lippen, bevor er mich küsst, Hände meinen Kopf umfassen und mich näher an ihn ziehen. Der Kuss von ihm ist so innig, dass er mir Geborgenheit und Vertrauen schenkt und ich kurz alles um mich herum vergesse – auch die festgezogene Metallspange um meine linke Brustwarze.

Doch nicht lange und er löst sich von mir und das Tuch wird wieder über meine Lippen gezogen. Ich höre weder ein spöttisches Lachen noch eine dumme Bemerkung wegen meiner ergebenen Worte, die sie ansonsten nie von mir zu hören bekommen.

»Les jeux sont faits!«

Die zweite eiskalte Nippelklemme wird mir angelegt, sodass ich in den Knebel schreie, meine Fußknöchel vor der Matratze anhebe, die mir jemand festhält, weil der Schmerz wellenartig durch meinen Körper zuckt. Aber der elektrische Strom, der von der eiskalten Klemme verursacht wird, schießt direkt zwischen meine Beine, was mich noch mehr erregt.

»Der Schmerz törnt sie ungemein an«, flüstert Dorian, sodass sogar ich es höre, aber sicher nicht zur Bestätigung nicken werde.

»Très bien, vous continuez.«

Der bittersüße Schmerz ist unglaublich, weil vermutlich Dorian weiter den vibrierenden Plug in mich schiebt und in kurzen Intervallen über meinen Kitzler leckt, sodass ich unkontrolliert stöhne und schneller atme. Meine Schamlippen werden auseinandergezogen, dann wird meine feuchte Pussy von zwei Fingern gefickt und ich schließe meine Augen hinter der Binde. Die Jungs sind verboten gut. Das Brennen um meine Brustwarzen geht in heißes Verlangen über, als Lippen den Schmuck küssen und sich das Metall erwärmt.

»Ich glaube, sie ist so weit«, höre ich Lawrence' raue Stimme, während an meinen Brustwarzen gesaugt und meine Klit weiter geleckt wird, sodass ich kurz davor bin zu kommen und das Zittern sich in meinen Oberschenkeln ausbreitet.

Es kommt mir so vor, als würde sich die Dunkelheit um mich drehen, als ich auf die Knie gezogen werde und auf das Becken von einem der Brüder gehoben werde. Ich taste mit den Fingern nach dem Körper, nach den Brustmuskeln und den Armen, weil niemand etwas sagt, schon werde ich vornübergebeugt, der Plug aus mir entfernt und eine Schwanzspitze dringt in meine Pussy ein, sodass ich den Kopf zurückwerfe, als ich die Fülle in mir spüre, auf die ich sehnsüchtig gewartet habe.

»Der Anblick, wie sie sich blind der Lust hingibt, ist fantastisch. Ich habe noch nie eine Frau gesehen, die sich so hingeben kann«, sagt Dorian hinter mir.

Als mich – ich denke Lawrence – fickt und er mich dicht an sich zieht, treffen mich unerwartet zwei Schläge – so schnell, dass ich nicht reagieren kann. Ich keuche in das Tuch und kralle mich an Schultern unter mir fest.

»Keine Angst, ich werde heute rücksichtsvoller sein. Aber das Spielzeug, das mir Gideon gegeben hat, wollte ich einfach testen.« Es fühlt sich an wie ein Paddle – flach, aber fest. Die Hitze prickelt über meine Arschbacken, als mich Lawrence härter nimmt und jeder Stoß mit dem heißen Brennen auf meinem Po vermischt wird.

Gideon lacht neben mir, bis mich Lawrence näher an sich zieht, meine Brustwarzen mit den Klemmen küsst, sie in seinen Mund nimmt und daran saugt, sodass ich fast wimmere, weil es brennt und mich zugleich ungemein scharfmacht. Das Pochen in meinem Kitzler, der einfach zu kurz gekommen ist, ist unerträglich.

Dann spüre ich zwei Finger in meinen Anus eindringen, während mich Lawrence langsam, dafür intensiv nimmt, sodass mir heiß wird und meine Brüste mit den Klemmen im Rhythmus vor und zurück wippen. Die Finger in meinem Arsch werden von einem Schwanz ersetzt, der langsam in mich eindringt, während ich über Lawrence liege. *Oh Gott, wie lange hatte ich keinen Dreier in der Art mehr?*

Stück für Stück schiebt sich der Schwanz tiefer in meinen Arsch, während Lawrence kurz langsamer wird, weil ich glaube, dass mich die Fülle auseinanderreißt, bis ich weit genug gedehnt bin und ich glaube, vor Lust zu zergehen. Er küsst weiter meine Brustwarzen, die pochen, während ein heißer Schauder meinen Rücken bis zu meinem Po herunterjagt.

»Geht es für dich, Kleines?«, fragt mich Gideon. Ich nicke eifrig und recke ihm weiter, wie es mir die Lage erlaubt, meinen Po entgegen – und Himmel, von ihm anal und Lawrence vaginal gefickt zu werden, war bisher meine heißeste Vorstellung – sodass ich schon bei der Fantasie daran kommen würde.

»Sehr gut.«

Zwei weitere Hände legen sich um meine Hüften, als sich die Schwänze in mir bewegen und Lawrence unter mir etwas leise flucht, was in ein lustvolles Stöhnen übergeht. In immer kürzeren Abständen durchrauschen mich Hitzewellen. Die Vorstellung, von ihnen blind in beide Öffnungen genommen zu werden, bringt mich um den Verstand. Sie versuchen im gleichen Rhythmus immer schneller werdend zuzustoßen.

Ich spüre sie bis in jede Faser meines Körper, keuche lauter, was in ein Stöhnen übergeht, als sie zügelloser werden und ich mich einfach fallen lasse, nur mich dem Gefühl, von ihnen genommen zu werden, hingebe. Mein erster Orgasmus lässt mich so schnell über die Klippe springen, weil Lawrence einen Punkt in mir trifft und alles so wahnsinnig eng ist, dass ich laut schreie und den Kopf hebe. Doch das Tuch erstickt meine Schreie. Hände streicheln mein Gesicht und über mein Haar. Das vertraute Gefühl, das mir die drei schenken, ist kaum in Worte zu fassen.

»Die Position werde ich auf einem meiner nächsten Bilder festhalten«, höre ich Dorian voller Begeisterung sprechen, was mich ehrt. Die anderen vögeln mich weiter, während mein Körper zittert, mein Puls rast wie kurz vor dem Endspurt eines Langstreckenlaufs und mein Atem abgehakt kommt.

Gideon höre ich hinter mir stöhnen, spüre ihn meine Bauchseite entlangstreichen, bis sich seine Hände grob in meine Hüfte versenken, er mehrere Male tief in meinen Anus eindringt und er kurz darauf laut stöhnend kommt, dabei »Verdammt, Kleines« schreit. Sein Schwanz zuckt in mir, dann werden seine Bewegungen langsamer, geschmeidiger und er holt tief Luft, während Lawrence mich weiter fickt. Gideon zieht sich aus mir zurück, ich spüre einen Kuss auf meinem Hintern, dann einen Klaps.

»Geh dich abkühlen«, höre ich Dorian sagen, dann einen Handschlag. Ich kann nicht darauf achten, als ich mich aufrichte und Lawrence mich immer kräftiger nimmt, was er zuvor nicht machen konnte. Ich werfe den Kopf zurück, während er fest meine Brüste umfasst, sodass mein Schrei in einen Lustschrei übergeht, als ich von einem weiteren Orgasmus überrollt werde.

»Baby, du bist der Hammer«, stöhnt Lawrence unter mir, als er mich im Nacken zu sich zieht und vor meinem Mund stöhnt, bevor er kommt. Schnell schiebt er das Tuch über meinen Mund unter mein Kinn und küsst mich gierig.

Dreimal hebt er mein Becken, als sei ich spielend leicht, auf seinem großen Schwanz auf und ab, bevor er kommt, in meine Lippe beißt, sodass ich kurz Blut schmecke, und sich in mir ergießt. Anschließend umgreift er mit seinen Händen meine Hüfte und lässt sie fest über sein Becken kreisen, sodass ich mit meinen Scheidenwänden seine Härte jeden Zentimeter in mir spüren kann.

Ich löse meine Hände von seinen Schultern und will mich nach dem intensiven Erlebnis zur Seite rollen und in den Nachthimmel starren, weil alles in mir bebt und ich keinen klaren Gedanken fassen kann. Unter den berauschenden Wellen, die über mich hinwegrollen, will ich mich einfach nur fallen lassen. Kurz kommt es mir vor, als sei ich betrunken, weil alles um mich herum schwankt.

»Kannst du noch?«, fragt Dorian dicht an meinem Ohr und ich spüre, wie er über meinen Arsch leckt. Lawrence' Schwanz bleibt weiterhin in mir, sodass ich es nicht glauben kann, als er wenige Minuten später in mir wieder hart wird. Er steht Gideon in Sachen Potenz in nichts nach. Alle drei sind erstaunlich potent, wie wenige Kunden, die ich zuvor hatte und die sich mit ein, zwei Runden über zwei bis drei Stunden begnügt haben.

Ich nicke, weil ich Dorian ebenfalls seine Lust befriedigen lassen möchte. Außerdem vertrage ich noch eine Runde, obwohl mein Atem schnell geht und mein Herz droht, gleich einen Aussetzer zu machen.

»Ihr seid unglaublich ...« Mir fällt nicht das passende Wort ein. Potent, ausgehungert und gierig.

»Ja?«, fragt Lawrence.

»Wie kannst du jetzt schon wieder hart sein?«, frage ich ihn fast vorwurfsvoll. »Wenn es zum Ausdruck bringt, dass die Nummer gerade ...«

Er hält mir den Mund zu, um mich zum Schweigen zu bringen.

»Nein, du warst perfekt, Kätzchen. Aber immer noch habe ich deinen sexy Tanz an der Stange vor Augen. Wenn du wüsstest, wie scharf du ausgesehen hast. Allein schon wie du deinen Arsch um die Stange geschwungen hast und die anderen Männer zum Grölen gebracht hast, verschafft mir einen Dauerständer.«

Ich schmunzle zufrieden, weil ich genau das bei ihnen bezwecken wollte, dann löst er seine Hand von meinem Mund.

»Geht es dir gut?«, fragt Gideon unerwartet neben oder vor mir. Ich drehe meinen Kopf in die Richtung, in der ich ihn vermute, und nicke mit einem Lächeln.

»Dann wollen wir Dorian nicht warten lassen.« Tief hole ich Luft.

»Falls es dich beruhigt, Gideon hat vorhin ein Kondom benutzt, nur damit du nicht Stunden unter der Dusche verbringen musst«, sagt Dorian, dann massiert er meinen Po, weiter meinen Rücken. »Bereit?«

»Wie vorausschauend ihr doch seid. Wenn ich von meinem Arzt hören sollte, dass ich fast jede Infektionskrankheit habe, die es gibt, weiß ich, wer dafür verantwortlich ist.«

»Mach dir keinen Kopf, wir passen auf«, antwortet mir Gideon. »Mit so vielen Frauen schlafen wir nicht ohne

Kondome.«

»Oh, dann bin ich eine Ausnahme – das ehrt mich.«

»Bind ihr den Knebel wieder um, Gideon«, spricht Lawrence, aber ich schüttle den Kopf.

»Bitte nicht. Meinetwegen könnt ihr mir auch die Augenbinde abnehmen.« In meiner Stimme schwingt ein bittender Unterton mit, weil ich wieder etwas sehen will und nicht mehr blind herumgereicht werden möchte.

»Einverstanden«, antwortet Gideon, schon löst er das Tuch von meinem Gesicht und mir funkeln grüne Augen entgegen, weil er sehr dicht vor mir steht. Als ich mich umsehe, erkenne ich den Strand und nur wenige beleuchtete Häuser. Wir liegen auf gepolsterten Matten, die sich unter einem Stelzenhaus befinden, und gleich neben uns liegt das Meer, das ich die gesamte Zeit rauschen gehört habe. Es ist wirklich eine fast romantische Stimmung, die mir gefällt, weil sie nicht kitschig ist, was zu den Jungs einfach nicht passt.

»Habt ihr das alles organisiert?«, frage ich und sehe plötzlich zwei Windlichter unter dem Boden des Hauses über uns baumeln. Das ist ein schöner versteckter Ort, bei dem uns niemand so schnell entdecken kann und wir ungestört sind.

»Ich sagte ja, Gideon übertreibt mit der Planung. Meinetwegen hätte ich dich auch in meinem Bett gevögelt. Geht es jetzt weiter?«, fragt Lawrence und ich glaube ihm kein Wort. Wenn es darum geht, mich scharfzumachen, nutzt er ebenfalls jede Möglichkeit, um das Herz einer Frau höher schlagen zu lassen.

Ich verpasse ihm eine leichte Ohrfeige, gefolgt von einem: »Gleich nicht mehr, wenn du die Stimmung ruinierst.«

Lawrence stöhnt genervt, dann nickt er Dorian zu, der sich hinlegt. Gideon hilft mir auf die Füße.

»Kümmer dich um Dorian, er kann es kaum erwarten, Kleines«, raunt er mir zu und küsst meinen Hals. Ich gehe neben Dorian auf die Knie und beginne seinen Schwanz zu lecken, damit er steif wird. Mit geübten Handbewegungen ist er wenige Momente später für mich bereit. Seine Eichel glänzt herrlich und die weichen Adern kann ich unter den Fingerspitzen spüren, bevor ich sie mit meiner Zungenspitze nachfahre.

»Setz dich auf mich, Liebes.« Er greift nach meinem Handgelenk und zieht mich zu sich herab. Noch nie war ich Dorian so nah und habe ihm, während er mich gevögelt hat, in die Augen gesehen. Selbst in der Dunkelheit kann ich das satte Blau seiner Augen im schwachen Licht sehen, sein Haar, das aus der Stirn fällt und seine scharfen Gesichtszüge, die mich an einen Pianisten erinnern.

Ich setze mich langsam auf ihn und er schiebt seinen Schwanz mit einem finsteren Blick in meine Pussy, die so weit gedehnt ist, dass sie sich sofort an sein dickes Glied anpasst. Mit tiefen, aber langsamen Stößen fickt er mich und zieht mich mit dem Gesicht näher zu sich. Seine Beine hängen über der Matte, sodass Lawrence hinter mir steht, einmal auf meine Pobacken schlägt und mich dann anal nimmt, weil ich auf seinen großen Schwanz vorbereitet bin. Trotzdem schreie ich kurz, als er mit einem kräftigen Stoß in mich eindringt und sich Tränen in meinen Augen bilden.

»Das Gefühl, dir so nah zu sein, Lawrence, ist etwas gewöhnungsbedürftig«, höre ich Dorian unter mir, bevor er mich sanft küsst, seine Zunge meine Lippen nachmalt und er sich an Lawrence' schnelle Stöße anpasst, sodass ich nach Luft schnappe. Hat er ebenfalls ein Kondom benutzt?

»Glaub mir, das wird nur vorkommen, wenn wir die Kleine poppen.«

Während mir beide den Verstand aus dem Kopf vögeln, reagiert mein Körper viel schneller auf die Reizüberflutung und ich komme mit geschlossenen Augen.

»Schau zu mir!«, befielht mir Gideon und ich blinzele in seine Richtung. An einem Holzpfahl des Hauses angelehnt schaut er mir lange entgegen. Sein Blick ist fesselnd und zugleich eiskalt. Er hat seine Arme verschränkt und steht nur in Shorts bekleidet vor mir, das Kinn wie ein Master erhoben.

Dorian beißt etwas grober in meine Brustwarze, sodass ich wimmere. Ich höre die Klammer auf seine Zähne aufschlagen, bevor ich laut komme, schreie wie noch nie zuvor und hoffe, dass mich niemand hört. Lawrence fickt mich erbarmungslos weiter, füllt mich komplett aus, während Dorian unter mir kommt und den Kopf zurückwirft. Sein Schwanz pumpt in mir, bevor er sich in mir ergießt.

Weiterhin halte ich Gideons Blick fest, der die Lippen fest aufeinanderpresst. *Irgendetwas stimmt nicht* – denke ich, aber bin von dem Höhepunkt überwältigt, sodass es mir in dem Moment egal ist. Doch dann verziehen sich seine

Mundwinkel zu einem durchtriebenen Lächeln und sein Blick wird weicher, als Lawrence ein zweites Mal kommt und ich mich, Gideon im Blick behaltend, ergeben mit dem Oberkörper auf Dorian abstütze, damit Lawrence ein letztes Mal tief in mich eindringen kann.

Erschöpft lasse ich mich auf die Matte rollen, nachdem sich Lawrence aus mir zurückgezogen hat und ich mit weichen Knien von Dorian klettere. Ich schwanke kurz wie eine Betrunkene, die eine Runde zu oft im Karussell mitgefahren ist. Um das Beben in meinem Körper zu genießen, schließe ich meine Augen und breite die Arme aus, während mein Gehirn auf Hochtouren die Situation verarbeiten muss.

»Hat jemand an meine Zigarette danach gedacht? Es können auch zwei werden, nach dem Szenario«, frage ich und werfe den Kopf in den Nacken. Kopfüber sehe ich Gideon, der mir mit einem schiefen Grinsen eine Zigarette zwischen meine Lippen schiebt und sie mir anzündet.

»Lass das nicht zur Gewohnheit werden, meine Kleine.« Ich nehme einen langen Zug und puste den Qualm in sein Gesicht.

»Dann müsste ich auf euch verzichten«, antworte ich mit einem verruchten Blick und wandere mit meinen Blicken über seine athletische Brust.

Vor meinen Augen geht Gideon in die Knie, umfasst mein Gesicht und küsst mich kopfüber. Es ist ein wohlverdienter Kuss, der hingebungsvoll und zugleich befreiend ist, weil ich so gern von ihm geküsst werde.

Neben mir lassen sich Lawrence und Dorian bereits in

Shorts bekleidet auf die Matte fallen, sodass sie schaukelt, und stützen sich neben mir auf ihren Ellenbogen ab, um zum Meer vor uns zu blicken.

Vor uns rauschen die Wellen friedlich unter dem Nachthimmel, und es könnte fast eine ruhige angenehme Abendstimmung sein, wenn mein Herz nicht immer noch so verräterisch laut schlagen würde.

Und zum Schluss ...

möchte ich jedem einzelnen Leser danken, der mein Buch gekauft hat, den Lesern, die ich über Facebook kennenlernen durfte und den Lesern, die mir hilfreiche Feedbacks geben, mich zum Lachen und Schmunzeln bringen. Und natürlich danke ich Sybille, die auch dieses Buch perfektioniert hat.

Ich hätte es niemals für möglich gehalten, dass die »Sehnsüchtig-Reihe« einen so großen Zuspruch findet – *Merci!*

Die Geschichte von Maron Noir und den Chevalier Brüdern wird bald weitergehen.
Der Folgeband »Sehnsüchtig Verloren« wird voraussichtlich *Ende September 2014* erscheinen.

Alles Liebe,

Eure *D. C. Odesza*

5059778R00213

Printed in Germany
by Amazon Distribution
GmbH, Leipzig